ここに物語が

梨木香歩

Nashiki Kaho　kokoni monogatariga　Shinchosha

新潮社

ここに物語が　目次

I

伝えたい一冊……013
塩野米松『失われた手仕事の思想』／桜井信夫『ハテルマ シキナ』
辰巳芳子『辰巳芳子の旬を味わう』／杉本鉞子『武士の娘』
鶴見俊輔 安達浩写真『新版 家の神』
リルケ『若き詩人への手紙 若き女性への手紙』
アレン・クライン『笑いの治癒力 II』／高野悦子『二十歳の原点』
神沢利子『おばあさんになるなんて』／リンドバーグ『海からの贈りもの』
フランシス・P・チャーチ『サンタクロースっているんでしょうか?』

今週の本棚……033
正面から向き合う 「風の旅人」
アジアの児童文学 「ネバーランド」
混じり合う屋敷の内と外 「考える人」
女性が戦いをどう歌ってきたか 「短歌研究」
〈死〉を考える言葉 「思想」
モラトリアム増殖の意味 「現代のエスプリ」
変化する細胞 「Newton」
静かな〈関心と熱〉の持続 「ナショナルジオグラフィック日本版」
暮らしの変化と〈伝える〉意志 「リンカラン」

愛書日記……043
詩情と思索のアウトドア
懐かしい絵はがき

心の指南役としての「実用」
宝石箱の中の財産
残したいサハリンの草花
秋の夜の読書
土と暮らす生活
「移動する」ということ
凄まじきもの
本体より繋ぎ目が魅力
歩いて五感で作る「地図」
痛みを受信する

マンスリー・ブックマーク……062
14歳！　何はともあれその眩さ！
安東みきえ　『頭のうちどころが悪かった熊の話』
北上次郎編　『14歳の本棚　部活学園編』
世界が全く違って感じられる
ヘルマン・シュルツ『ふたりきりの戦争』
ヤスミナ・カドラ　『テロル』

子どもの本三冊……066
桜井信夫　『ハテルマ　シキナ』
ドラ・ド・ヨング　『あらしの前』
フィリパ・ピアス　『幽霊を見た10の話』

II

一瞬の火のような物語
加藤幸子「火の恋」／アリステア・マクラウド「島」……071
小学生の頃、読んだ本……072
いぬいとみこ『木かげの家の小人たち』
ドストエフスキー『罪と罰』
佐藤さとる『てのひら島はどこにある』
小さな人たちのいる場所……077
——映画「借りぐらしのアリエッティ」
「曲り角のさきにあるもの」を信じる……083
——村岡恵理『アンのゆりかご』文庫解説
不可抗力の魔術……089
——ゴールズワージー『林檎の樹』
「あり得ないもの」の在《あ》る「日常」と……091
——早川司寿乃『いつも通りの日々』解説
緩急を得た片づけの妙……094
——幸田文『流れる』
「狂熱」の行方——片山廣子の場合……096
『新編　燈火節』解説

勤勉と受容――二軒の家をめぐって……107
ガルシア=マルケス『百年の孤独』解説

ユートピアは存在する……119
――ガルシア=マルケス
『ぼくはスピーチをするために来たのではありません』

ハンセン病と自由について……122
――特集「自由」って何？

パトリック・バーカム『アナグマ国へ』解説……131

バオバブのある風景　記憶を紐解く……143
――映画「バオバブの記憶」

まとめ上げ、醸し、解体する……146
――加藤幸子『家のロマンス』

生命《いのち》をかたちづくる皮膚……149
――傳田光洋『皮膚感覚と人間のこころ』

詩が伝わる歓び……151
――井坂洋子『詩はあなたの隣にいる』

真昼の星々への旅……154
――水越武『真昼の星への旅』

III

書苑周遊　新刊この一冊……157
アンドレア・ディ・ロビラント『ヴェネツィアのチャイナローズ』
ジョシュア・ハマー『アルカイダから古文書を守った図書館員』

自らを映し出す暗渠……162
——本田創、髙山英男、吉村生、三土たつお
『はじめての暗渠散歩——水のない水辺をあるく』

存在の深みへ向かう旅……165
——鷲尾和彦写真集『To the Sea』

私の好きなクレスト・ブックス……167
——グレアム・スウィフト『ウォーターランド』

今読む名作・話題作……171
ジェイン・オースティン『分別と多感』
E・ネズビット『若草の祈り』
吉野せい『洟をたらした神』
ジョー・シンプソン『死のクレバス』
和田稔『わだつみのこえ消えることなく』

和田稔さんのこと——群れにいると見えないこと……186

「その矢じるしの先っぽは、きみたちの国だよ」……193
——佐藤さとる『だれも知らない小さな国』文庫解説

気づかぬままで……199
——佐藤さとる展に寄せて
「静《しづ》の成熟」と「明治の精神」……203
——『定本　漱石全集　第九巻「心」』月報
親密な関心の寄せ方……208
——夏目漱石「文鳥」
『サリー・ジョーンズの伝説』……211
——どんな絵本を読んできた？
北志向について……213
——場所の力　言葉の種
「ひとがた」のバランス……218
村尾嘉陵『江戸近郊道しるべ』……221
よい航海を！——作家と絵本……223
新たな陸地を目指す創作者の方へ

Ⅳ

「犯しがたさ」と「里山脳」
——特集日本人の自然観・死生観 …… 231
金子文子『何が私をこうさせたか』 …… 249
スヴェトラーナ・アレクシエーヴィチ
『完全版　チェルノブイリの祈り』解説 …… 252
「コヴィッド－19人《じん》」として
——特集コロナ後の人生哲学 …… 259
遠くへ！　遠くへ！
——『わたしたちのたねまき』訳者あとがき …… 267
蛇の末娘 …… 270
初出一覧 …… 273

ここに物語が

I

伝えたい一冊

●『失われた手仕事の思想』――新しい時代へ覚悟を迫る

幼い頃、母親がよく手鞠をつくってくれた。私の遊び道具としてだったので、色糸でなく毛糸を使った。その方が比較的跳ねたし感触も良かったから。母は器用な人だったので、こちらの注文に合わせていろいろと模様も工夫してくれた。洋裁もよくしたが、しかし、最近はほとんどつくらない。苦労して時間をかけても安くてセンスのいいものが巷に溢れているので彼女の創作意欲を削ぐのだろう。手鞠ももちろん、誰も欲しがらないので作らない（当時でさえ欲しがったのは私ぐらいのものであった！）。絶滅の危機に瀕しているのはトキばかりではなかった。

塩野米松著『失われた手仕事の思想』は何とも感慨深い本だった。野鍛冶《のかじ》や葛布《くずふ》織り、箕《み》作りなど、まだ細々と職人仕事の行われている現場に行き（それも現役最後の数人のうちの一人、という場合がほとんどだ）、まさに「神は細部に宿り給う」という言葉通り、克明にその仕事の過程を追う。読み手は、例えば良い炭とはいかなるものか、そしてそれはどういう条件のもとにできてくるのか、ということの、実際の体験はなくとも、経験のとっかかりのところまでは確実に連れて行ってもらえる。けれどそれは同時に彼らの仕事の存在そのものがまさに風前の灯火であることをいやというほど思い知る旅でもある。先ず材料がもう手に入らない。山に人の手が入らなくなり、荒れてゆくので。植林のせいで雑木が消えてゆくので。次に道具を作る職人たちが消えてゆく。何より需要がない。安くて大量生産された規格品が市場を席巻しているのである。

　この本のタイトルは、「失われてゆく」でもなく「失われようとする」でもない、「失われた」手仕事の思想である。完了形で言い切ったところに、全国を隈無く回り職人たちの技を見聞し、それを愛し惜しんだ著者の断腸の思いが込められている。手仕事の時代は終わったのだ、と著者は宣言する。

「私たちは手仕事の時代を終焉させてしまったのである。それなのに、今現在、手仕事の時代に代わって進もうとする方向性は指し示されてはいない」（本文から）

　豊かな自然を母胎として次々に繋がってゆく職人の仕事というものがあった。それは人の育ちうる環境を保ってゆくものでもあった。今ならまだ振り返ることができる、今書き留めて置かねば、という使命感がひしひしと感じられる。それは単なる懐古趣味や無責任な「時代への警鐘」のためではない。今という時代は次の思想を確立するまでの過渡期の時代だとし、そのために使えるものを使い、手持ちにある道具を生かしてゆく発想からであろう。まさにこの本そのものが、私たちの慣れ親しんだ思想から抽出された手持ちの道具なのだ。次の新しい思想をつくるための。

　誰もまだ見ぬ、新しい時代の先端に立っているという、静かな覚悟を迫られる本だ。

●『少年長編叙事詩　ハテルマ　シキナ—よみがえりの島・波照間—』——もうひとつの沖縄戦

私たちは沖縄戦の悲惨さを時折耳にすることはあっても、そこから更に西の島々で当時何が起こっていたのか、知る機会は少なかったのではないだろうか。

一九四五年、つまり終戦の年に入ってから、八重山諸島の島々に、それぞれ偽の国民学校教師、青年学校指導員が上陸した。彼らは皆、姓に共通の「山」の字の入った偽名を名乗った。波照間《はてるま》島には「山下虎雄」。若く快活な青年教師として赴任し、島民に溶け込んでいった彼は、実は陸軍中野学校出の「離島残置諜者」だった。時を置かずして日本刀を振りかざす命令者としての正体を現す。島の全ての家畜の屠殺を命じ、家々に火を放ち井戸に毒薬を入れることを命じ、マラリア有病地である西表《いりおもて》島への強制疎開を命じた。その結果が後に「マラリア地獄——もうひとつの沖縄戦」と呼ばれるものになる。その「青年教師」たちはマラリアの特効薬を持参していたにもかかわらず、目の前で苦しみ抜いている島民たちにそれを分けることはしなかった。のみならず石垣島ではマラリア無病地である平地に住んでいた住人を追い出して旅団の軍隊が駐屯し、マラリア有病地である山地《やまち》へ島民たちを強制移動させた。彼らにとっての「敵」は、まったく日本軍そのものに他ならなかった。

桜井信夫著『ハテルマ　シキナ』は、この間の経過を少年叙事詩という形を用い、子どもに伝えようとする言葉で、つまり魂に直接訴える言葉で、淡々と事実を記載してゆく。家族同様に育てた家畜を殺さねばならない悲しさ、島に満ちる血の匂い、みすみすマラリアに罹患《りかん》することがわかっていて移動しなければならない島民の絶望。白刃の前にひるまず立ち上がった識名校長の気高さ。島の神話や美しく豊かで平和な生活がきちんと最初にうたわれているだけに、なぜこんな善良な人々が、というやるせなさに襲われる。繰り返してはならない、という著者の強い思いが、冷静な筆致の向こうから押し寄せてくる。

●『辰巳芳子の旬を味わう――いのちを養う家庭料理――』――社会をも支える、底力ある言葉で

昔、船旅で立ち寄ったある地方の古本屋で辰巳浜子さんの『料理歳時記』を入手した。何かがずっしりと詰まった風情に惹かれたのだった。その夜揺れる船室ですっかり彼女の文章に魅了された。数年後、今度は辰巳芳子さんの文章を目にする機会があった。同姓というヒントもあったが、明らかに同じ筋を受け継いだ文章の見事さに母娘を確信した。

『辰巳芳子の旬を味わう』の中の、「受け継いだ家々の食べ物の中には、事の始まり、物語に満ちているものがあります。それは時代の流れにも磨耗しない、その家のかい性の系譜であり、守り伝えたい資質です」という文章で、その「ずっしりと詰まった何か」の正体が分かった。そこから始まる「かつお節の佃煮」の項では、日中戦争に召集されて中国にいる辰巳さんの父上に、何とか盛りそばを食べさせてあげたいという母上の浜子さんの一念が、素晴らしい創意工夫の鰹節の佃煮（お湯を差すだけでつゆになる）へと結実してゆく様が描かれている。

職人は自分の技を言葉で伝えることを嫌う。技というものは、言葉にすることで抜け落ちてしまう微妙な息づかいのようなものが一番大事であったりするからだ。師匠の技は見て盗めと

か一子相伝とかいうことの本当の意味は、その一番大事なことが確実に伝わることを狙いとしているものだろう。辰巳さんのすごいところは、その究極の気配のようなものまで徹底して言語化しようという真摯な姿勢にある。たとえば「白玉だんご」の項。たいていの料理番組や本などでは、ただ粉をこねてという表現を使うが、彼女の場合は、それを「でっちる」という。

「その動作は、親指のつけ根から、手のひらの最も肉づきのよい筋肉を使い、粘る粉をぐいぐいと手前から向こうへ練り上げていく。陶土練りに準ずる手の用い方です。これが白玉の弾力の源。つるり、すっぺり。かんでふにゃふにゃでは、つるりが泣きます。

次にえくぼ（くぼみ）ですが、これは『白い顔にご愛敬』という、つけたしではありません。ちぎった白玉粉を両手のひらの間で丸める場合は、上下の手のひらを強く速く互いに逆回転させ、『練り』の効果を倍増させるのです。これでだんごの上下は、とがったベーゴマを合わせたようになるはずです。とんがりだんごでは見苦しいので、先端部分をそっと人さし指で押さえるのです。そこに自然にくぼみが生まれます」

教え手の息づかいまで伝わってきそうな文章ではないか。

素材を見つめる目の確かさはそのまま社会を見つめる目の的確さに繋がる。

「心のこめ方を知る食卓は、必ず生命を守ると信じております」

経験から滲み出た、こういう揺るぎのない底力のある言葉が、この浮き足だった世の中を支える屋台骨になる。料理をする人もしない人も是非一読して欲しい。

●『武士の娘』——アメリカへ渡った武士の娘

考えてみれば「明治維新」というのは随分荒っぽい改革だった。何百年も続いた国家体制ががらりと変わり、怒《ど》濤《とう》のごとく押し寄せる「文明開化」の荒々しくすさまじい波にさらされて、人々はどういうふうに惜しみつつ長い間慣れ親しんだ生活習慣を捨てていったのか。そしてどういう反発とまた好奇心を持って新しい風俗を迎え入れたのか。本書は実にリアルに「体験」としての異文化について語ってくれる。

杉本鉞子《えつこ》は雪深い越後長岡藩の名家に生まれた。江戸時代が色濃く残る環境であった。

「私が生れましたのは、御維新後数年たってからのことでありましたが、まだまだあの痛ましい日の思い出は人々の胸から消えやらず、禄と格式を失った家々の悲劇は、絶えず話題にのぼる頃でありました—略—父を先頭にした行列の進発を今もはっきり目に見るようでございます。古びたれども具足に身を固め、漆塗りの陣笠を頂いて、馬上に納まった父の姿は、子供の私には、堂々とみえたものでした—略—私共は晴着を着飾り、大門の傍に立った二つの高張提灯の下で迎えました。父は、私共の姿をみつけますと、鉄扇をひろげて打ふりました。私共はこれに応えて、幾度も幾度もお辞儀をいたしました。『今日のお父さまは、昔の盛んな時のご様子そっくりでいらっしゃいます。まあ、お前がこうしてお父さまの、このお姿を拝見することのできましたのは、何よりのことで……』と、母は昔を思い出しましたか、半ば悲しそうに申しました」

温かい中にも非常に封建的な家庭で育ったエツは、十四歳で兄の親友の元へ嫁ぐことを言い渡される。しかしその親友というのは何とアメリカに住む貿易商。早速親族会議が開かれ、まずは英語を学ばせるのが順当、と、東京の親戚の家に下宿して学校に通うことになった。東京に行く道中も、江戸から明治への過渡期の混乱が頻発する。父が参勤交代等で立ち寄った家で昔風の手厚い歓待を受けたり、うっかり下駄を脱いで汽車に乗ったり、また学校に通い始めてからも、土足で教室に入るのに非常な葛藤を感じたり。そういうエツが、今度はアメリカに渡り、彼《か》の地の伝統文化をみずみずしい感性で見聞してゆく。

激動する時代の価値観の中にあっても、エツの素直さ、一途さ、誠実さは微塵《みじん》も崩れはしない。彼女は新しい天地でやがて英語を駆使して文章を書き（この文庫三七八ページという大部な本は英語で書かれた。従って、この本は訳書である）、コロンビア大学で日本文化史を講義するまでになる。古い伝統と新しい文化思想が何の予備知識もないまま激しくぶつかり合い、彼女の中で次第になじんでゆき、一人の凜々《りり》しく聡明で美しい婦人ができあがってゆく様は目を見張るばかりだ。

今はもう、死語になってしまった、「修養の美徳」という言葉を味わえる本である。

●『新版　家の神』――新しい時代の「家の神」

うすら寒いニュースが多い。少し前まで、凶悪犯罪といっても、犯人の生い立ちを聞けばなるほどと共感できるものが多かった。個々の家庭の求心力、「家の神」の力が、今、急速に失われていっているのを感じる。

安達浩が撮った、どっしりとした合掌造りの家、その周辺で行われる、今ではほとんど失われた習俗（産屋見舞い、屋敷神参り等）の写真は、まるで私たちがかつてその共同体の一員であったかのような錯覚を覚えさせるほど、力に満ちている。本書は哲学者鶴見俊輔が、その写真に呼応する形で、かつて家の中心にあった生命の連続性の象徴、「家の神」について、深く洞察、そしてまたその在り方について「家の神」そのものに「意見」をしている本でもある（鶴見氏の静かな迫力は「家の神」のそれに拮抗していて少しもたじろがないのだ）。

冒頭、シベリア帰りの元日本兵がふるさとに帰国したときの話。彼はソヴィエト・ロシアにより戦争犯罪人として長年月にわたる重労働を科せられた。けれどこの抑留を「あの戦争の当事者だった日本人の誰かが負わなければならないものとして」納得もしていた。当然、故郷の人々から、その労をねぎらわれるだろうと思っていたが、人々の意識は戦争から遥かに遠のいており、親戚の長老からは「アカ」でないことの確認を迫られ、次に精神的にはともかく、物資的には頼ってくれるな、と言い渡され、最後に「祖先の供養をしろ」と諭《さと》される。

戦後、マイ・ホーム主義が近代的な倫理として広く浸透してからは、この新旧混在した長老の意見が「かなりのところまで、日本人の家の思想を代表しているものと見てよいだろう」。戦争体験をもって故郷に帰ったこの抑留兵、詩人の「石原吉郎は、自分の話が家の神に通じないことを思い知らされた。私たちは、家の神に何が通じないかを、ひとりひとり自分の目録としてつくっておくほうがよさそうだ。家の神への供養にはさまざまの方法があってよいはずで、これが家の神への供養にならないということはない」。鶴見氏はまた、「家の神」はもっと寛容をもってしかるべし、と説く。それが、西欧のキリスト教文明の不寛容に対する、日本独自の文明のひらかれゆく方向なのだ、と。だから、帰還兵を拒絶したこの家の神は、「家の神」の名において批判できる、と。「家の思想は、それぞれの時代の歴史、それぞれの個人の歴史の中で、独自の転生をとげてゆく」。

　現代に生きる私たちは、この安っぽい新建材でおもちゃのように組み立てられた家が、子々孫々、その魂を育む器になるとは到底思えない。核家族が当たり前になり、その少人数ですらバラバラと離れゆくこの社会で、昔の家の神を呼び戻すことは不可能に近い。

　血縁に拘らない、柔軟な共同体の象徴、新しい「家の神」の力が、今深刻に必要とされている。群れで生きるしかない私たち、人間という種を安定させる大きな力として。

●『若き詩人への手紙　若き女性への手紙』――祈りの言葉のように

　思春期の頃に影響を受けた書物というものは、その後のその人の生きる姿勢や価値観を決定し、もっと言えば、良くも悪くもまだ柔らかい心や精神を鋳型に押し込めてしまうような所があるのではないだろうか。少なくとも私の場合はそうだ。それが結果的に私の人生を生きやすいものにしたかどうかは分からないが、私にとってのその本との出会いは必然とも呼ぶべきものだった。

　今回、この本を取り上げようと思い、久しぶりで再読して、自分がほとんど暗誦《あんしょう》できるぐらい読み込んでいることに改めて驚いた。まるで故郷に帰ったような懐かしさだった。おそらく、魂の故郷なのだろう。人はそういうふうにも故郷を持つことが可能なのだ。

『若き詩人への手紙』は、リルケが、詩人を志す若い読者の手紙に応えて書き送った十通の書簡がもとになっている。そして、この手紙が公《おおやけ》にされてから果たして何人の若者がその言葉に勇気を得、精神の糧《かて》を得たように読み込んできたことだろう。

「誰もあなたに助言したり手助けしたりすることはできません、誰も。ただ一つの手段があるきりです。自らの内へおはいりなさい。あなたが書かずにいられない根拠を深くさぐって下さい。それがあなたの心の最も深い所に根を張っているかどうかをしらべてごらんなさい。もしもあなたが書くことを止められたら、死ななければならないかどうか、自分自身に告白して下さい。何よりもまず、あなたの夜の最もしずかな時刻に、自分自身に尋ねてごらんなさい、私は書かなければならないかと。深い答えを求めて自己の内へ内へと掘り下げてごらんなさい。そしてもしこの答えが肯定的であるならば、もしあなたが力強い単純な一語、『私は書かなければならぬ』をもって、あの真剣な問いに答えることができるならば、そのときはあなたの生涯をこの必然に従って打ちたてて下さい。あなたの生涯は、どんなに無関係に無意味に見える寸秒に至るまで、すべてこの衝迫の表徴となり証明とならなければなりません」

　この部分は、私が祈りの言葉のように暗誦している箇所である。今に至るまで、少なくとも「何かを表現する」ということに関して、リルケのこの言葉はそれと意識することもなくなったほど、良くも悪くも私の血肉にまでなってしまった（もちろん、それには私なりに、という但し書きを付けねばならないけれど。リルケの姿勢の真摯さに、万分の一となりとも近づきたいという思いは当時も今も変わらない）。

詩作に対してだけではなく、孤独について、愛について、神について、リルケの誠実で細やかな言及は深い愛情にあふれている。

この本は決して文学を志している人々にだけ益するものではない。自らの職業を天職と引き受けているあらゆる人々に共感を与え、そしてまだ職を持たない若い人には人生に対する真摯な姿勢を強烈に印象づける書だ。

●『笑いの治癒力 II―ユーモアと死と癒し―』――人生を豊かにする笑い

日本人は（と乱暴に括り上げるのはどうかと思うが、大まかにいっても）、ユーモアが苦手だとよくいわれる。欧米では小学校の時分から、人前で軽い笑いをとりながら簡単なスピーチをまとめあげる訓練ができている、らしいことは知っていたが、この本（『笑いの治癒力 II』アレン・クライン著、片山陽子訳）でのユーモアの扱いはもっと積極的だ。まるで最大の敵に対して、小脇に抱える最強の武器のようだ。

例えば長年ホスピス・ケアに携わってきた人の経験談として、患者からユーモアを教わることがいかに多いかということの一例。彼が在宅ケアでお世話していた患者さんの容態が急変し、急遽《きゅうきょ》ホスピスの入院施設に運び込まれた。そこは評判のいい施設で、実際全ての点においてすばらしかった。その女性患者は少し身が起こせるようになると、部屋を見回して思わず、「私ねえ、ここが死ぬほど見たかったのよ！」。そう言った途端、二人で顔を見合わせて大笑い。彼女は自分の死が間近だということを知っていた。「そうでなければ、その言葉はおかしくなかったでしょう。その人は一歩身を引いて、自分が思わず言ったことのおかしさを見て取ることができたのです。―略―ユーモアはどんなところにでも見つかります。あえてもちだすのはやめたほうがいいというタイミングもあるでしょうが、向こうから飛びだしてくるときは、ところかまわずです。―略―不謹慎どころか、残り少ない人生を豊かにする活力剤なんですね」

実際、笑うことで免疫力が高まり、ガンが消滅したという話も聞いたことがある。

突然の災害に出遭った人々の場合。洪水に襲われて辺りは水浸し、自分の家の前にこういう立て札を立てた人がいる。「海は目の前。格安の好物件」。地震で倒壊した家には「貸し家。組み立て式」。カリフォルニアを襲った地震で玄関の屋根が落ちたとき、家から少年が飛び出してきて、必死で叫んでいた。「ぼくじゃない、ぼくじゃない、ぜったいぼくじゃないやい！」

著者はリサ・クリーガーの言葉を引いて、人が災害のさなかになぜ冗談を言おうとするかについてこう書いている。「それは人生をわが手に取りもどすのに役立つからだ。人は自分を脅かすものを、あざ笑おうとする。笑いものにしてしまえば、もはやそれに害を及ぼす力はない」

実際、この本の中には死の間際にあってもいたずらっぽい目で冗談を言って去って行く人々のことも書かれている。そのユーモアは、その人の人生のしめとして優雅であり、残された人々を救う。

定められた運命に立ち向かう最大の武器の一つは、なるほどユーモアかもしれない。人生の最後は誰にでもやってくるものだ。かくあるべし、と思う自分らしいフィナーレを思い描くことも、他ならぬ自分の人生を手中にするための方法の一つだろう。

●『二十歳の原点』——若い頃の情熱

ついこの間、ある作家の日記の最初の方（二十代前半）を読んでいて、ああ、この若い人特有の、胸が痛くなるほどの人生に対する真剣さを、私はずっと以前にも味わったことがあると思った。ずっと以前、まだ高校生の頃。それは高野悦子著『二十歳の原点』だった。実家にあった三冊（『二十歳の原点序章』『二十歳の原点ノート』）、本棚のその場所まで明確に覚えているが、今でも売られているのだろうかと調べると、かろうじて文庫に残っているのが分かった。それでも三冊のうちの一冊しか流通していない。当時友人知人の間で知らぬ人はいない大ベストセラーだったのに。そういう時代ではなくなった、ということか。

この書評コラムのタイトルは「伝えたい一冊」となっている。これは編集部の命名であるが、そのおかげで、ここに取り上げる本を考えるとき、これは本当に「伝えたい」本であるか、と自らに問い直す癖が付いた。

そう、『二十歳の原点』は本当に伝えていかなければならない本だ。

高野悦子は立命館大学文学部史学科の学生として二十歳を迎えた。当時学園紛争のただ中に身を置き、自身の生の有り様を必死で模索した跡が、克明に日記に記されている。自分を叱咤激励し、反省し、また落ち込んでは、理想と現実の狭間《はざま》で可能な限りまっとうに生きようとする。

「私は慣らされる人間ではなく、創造する人間になりたい。『高野悦子』自身になりたい。

―略―私は、自分の意志で決定したことをやり、あらゆるものにぶつかって必死にもがき、歌をうたい、下手でも絵をかき、泣いたり笑ったり、悲しんだりすることの出来る人間になりたい―略―『独りであること』、『未熟であること』、これが私の二十歳の原点である」

静かに自分自身にそう宣言した彼女はそれから半年ほどで鉄道自殺を遂げる。

その試行錯誤がどんなに幼く見えようと、政治に対して、また自分自身に対してもこんなにエネルギーを注げた時代があったのだ。

近年、メディアで政治の腐敗ぶりが伝えられるたび（自分自身の気楽な学生時代を棚に上げ）、今の学生たちは静かだなあ、昔だったら……と思うのだが、このときの「昔」というのが、私の中では高野悦子の時代なのである。

確かに若さ故の自己陶酔や自我肥大、かと思えば自虐的自己嫌悪の迷路、性急な短絡さも散見するが、熱のない今の時代に読むとそれがまた眩しい。熱を失ったのは誰なのだろう。もしかするとこの国全体が、彼女の死の時期と相前後して急速に「熱」を失っていったのではないだろうか。その熱さに代わる、静かに、けれど永々と燃え続ける何かが、自分の裡《うち》にあるかと問いたくなる。

戻らない時代へのオマージュとしてだけではなく、今日の自分を考えるよすがとしても、残しておきたい本である。

●『おばあさんになるなんて』神沢利子著――人間としてのふくらみに必要なもの

ちょっとした出会いでも、ああ素敵な人だなあ、と思えることがある。例えば行きずりに言葉を交わした程度であっても、事務的な手続きで窓越しに対応しただけであっても。そういう人たちに共通する印象は、人間としてのふくらみがあるということ。ふとした言葉や表情、やりとりに、その人の生活の歴史が彷彿としてくる。一瞬見せるはにかみやとまどい、好奇心に、その人の子どもの頃や若い頃の様子がふんわりと浮かんでくる。こちらが職業柄、想像力が過多なのかもしれないけれど。

反対に、まるで仮面を被っているかのように、型どおりの受け答え、機械的な対応しか返ってこないようなとき、ふくらみがない、という印象を受ける。

前者が、生まれてから連綿として続いてきたその人自身、まるでロシア人形の入れ子のように、小さい頃からのその人自身をしっかり内部に抱えて生きているとするなら、後者はそれが切れてしまっている状態、根無し草のように自分の存在が表層だけで浮いている状態、といえるかもしれない。

児童文学をもっと大人にも読んでほしいと思うのは、この、「幼かった自分の感覚」を手元に引き寄せることで、今の自分が存在の厚みを増してゆく、確かな「感じ」があるという効能のためでもある。

名作『くまの子ウーフ』の著者、神沢利子は、幼い頃を南樺太《からふと》の奥地で過ごした。フレップ（コケモモ等）の実を摘みに行ったり、雪の下に咲いている福寿草の花を探しに行ったり。自然の中で自分自身の居場所を見つけること——わすれな草の野原や、羊歯《しだ》や灌木でそっと隠されたような小さな池など——にうっとりするような喜びを感じる、その宝石のような体験は、彼女の作品のそれぞれに、独自の輝きを映し私たちを魅了して止まない。

『流れのほとり』『いないいないばあや』などを読んでいると、少女の、というより、いつまでも「人の世」に狎《な》れあわない、まっすぐな目で世界を見つめる著者の感性の清冽さに、胸が痛くなる。この心もちで、ほとんどこのままで、この見事に美しい人は、修羅《しゅら》とも呼べる困難な人生を突き進んできたのだ。幼い日の豊かな自然との交流を、存在の核のように身の内に潜ませて。


この本は、そういう著者の、良い聞き手を得て綴られた半生が、聞き書きを主に構成されている。


幼い彼女は、自分が年をとったときの顔が想像できなかった。けれどそれから怒濤のような七十年が経ち、最近、何気なく鏡を見て、思わず呟くのだ。『なあんてことはなかったわね……』―略―すると、見えない女の子の声が、どこかでくくっと笑うのです。『なんだぁー、そうなんだ』『うふふふふ』と、わたしも笑います。笑いながら気づきます。なるほど、見えないわけで、女の子はわたしの内側、つまり、わたしの奥深くに棲《す》んでいるのだと。―略―

『なあんてことはなかったよ……、おばあさんになるなんて』

●『海からの贈りもの』――深い内省に貫かれた言葉

「わたしはシンプルな暮らしがしたい。やどかりのように容易に移動できる殻の中に住みたい。

―略―どれだけ多くのもので、ではなく、どれだけ少ないものでやっていくか」

これは、今から約半世紀前に書かれた、アン・モロウ・リンドバーグ著『海からの贈りもの』の中の一節であるが、共感を覚える人は多いのではないだろうか。

当時物質文明への道を、疑うことなくひたすら邁進《まいしん》していたアメリカ社会の、その恩恵を最も享受していたと思われる、裕福な階級層の主婦の一人でもあった彼女は、メイン州の島の簡素な小屋で、一人思索に耽《ふけ》る。日常の、煩雑で雑多な仕事で分断される自分から、まるごとの自分を取り戻したいと思う。そして自分と他者との関係性について。

「自分が自分に対して他人である限り、他人に対してもわたしたちは当然他人であり、両者の距離を縮めることは出来ない。大都会の中で誰かと握手をしながら、そのあいだに広がる荒野を、わたしはいままで何度感じてきたことだろう。―略―自分が自分の核としっかりと繋がっている時だけ、わたしたちは他者とも繋がることができる」

どの文章も深い内省に貫かれたものなので、紹介したい部分がありすぎて、困っている。たとえば生活を共にする相手と生きることを、モーツァルトの対舞曲《ついぶきょく》を踊るふたりにたとえた文章は、こう綴られる。

「かたく手を握り合っていると、動きが鈍り、リズムに乗って次々に変化していく美しさがかえって壊されてしまう。強く抱いたり、相手の腕にすがったり、重たく寄りかかるようなこともなく、すれ違いながらかすかに触れ合うだけである。ある時は腕を組み、ある時は向かい合い、ある時は背を向けるが、すべてはなにげなく進行する。―略―うまく踊るには、音楽と完全に一体になり、前のステップを長引かせたり、急いで次のステップに行ったりせず、いつも現在、いまという瞬間のステップを踏んでいなければならない。―略―完全に調和したふたりの踊り手は、自分の中の、またパートナーの中にある『翼ある生命』を決して滅ぼしたりはしない」

彼女はたまたまアメリカで、女性という性に生まれついたので、自分の周りから思索を推し進めるこのスタイルでは、自然にその立場から書いているが、むしろ男性にも読んでもらいたい本である。人生の様々なステージで、彼女の言葉は私たちを内側へと志向させ、「自分の生活の核に、いつもたしかな座標軸」を与えてくれるだろう。

新潮文庫版は端正な吉田健一訳でファンも多いが、一九九四年に出た落合恵子訳も、ひたひたと心に入ってくる名訳である。そしてアン・モロウ・リンドバーグが実際にこの本を書いた二十年後に再び書き添えた最後の章もこちらの本には付け加えてあり、これもまた感慨深い。

●『サンタクロースっているんでしょうか？』――本当のクリスマスへ

一八九七年九月二十一日、ニューヨーク・サン新聞の社説は、次のような書き出しで始まった。

「ニューヨーク・サンしんぶんしゃに、このたび、つぎのような手紙がとどきました。さっそく、社説でとりあげて、おへんじしたいとおもいます。この手紙のさしだし人が、こんなにたいせつなしつもんをするほど、わたしたちを信頼してくださったことを、記者いちどう、たいへんうれしくおもっております。

『きしゃさま　あたしは、八つです。あたしの友だちに、「サンタクロースなんていないんだ。」っていってる子がいます。パパにきいてみたら、「サンしんぶんにといあわせてごらん。しんぶんしゃで、サンタクロースがいるというなら、そりゃもう、たしかにいるんだろうよ。」と、いいました。ですから、おねがいです。おしえてください。サンタクロースって、ほんとうに、いるんでしょうか？　バージニア・オハンロン』」

　バージニア嬢のこの切実な質問に対する、記者の答えの第一声は、「バージニア、あなたのお友だちは、まちがっています」というものだった。サンタクロースはもちろんいる。記者のフランシス・P・チャーチは確信を持って続ける。目に見えるものしか信じないというのは心の狭い人々であり、自分の分からないことはみんな嘘だと決めつけているのだ、でもこの限りなく広い宇宙、深い世界のことを知るには、同じように大きな、深い知恵が必要なのだ、と。

「(…)そうです、バージニア。サンタクロースがいるというのは、けっしてうそではありません。この世の中に、愛や、人へのおもいやりやまごころがあるのとおなじように、サンタクロースもたしかにいるのです。―略―サンタクロースをみた人は、いません。けれども、それは、サンタクロースがいないというしょうめいにはならないのです。この世界でいちばんたしかなこと、それは、子どもの目にも、おとなの目にも、みえないのですから」

　前号紹介の本にも繋がることだが、こういう精神性を大切にする流れが、確かにアメリカにはある（問題はそれを逆手にとってナショナリズムの高揚に繋げてしまうことだ）。この流れが、たとえ外からは見えにくく感じる時期があったとしても、伏流水のようにその良心が、実はかの国の底部を貫いて流れているのだと信じたい。
流れは着実に日本にも届いた。この日本版『サンタクロースっているんでしょうか？』（中村妙子訳）には、文字通り子どもたちのために書かれた、チャーチ記者の社説全文が掲載されている。一九七七年に翻訳出版、以来今日まで九〇版を重ねている。クリスマスを、「宗教を超えた」商業主義のための日ではなく、個々の「宗教を超えた」、深い宗教性を思う日にすることも、私たちには出来る。

今週の本棚

●正面から向き合う

「風の旅人」（ユーラシア旅行社）の創刊号を見たときの衝撃は忘れられない。どんな雑誌も、創刊号にはとても力を入れるので、大体その一冊で作り手の側の志向性やテイストがほぼ分かるものだが、少し遊びというか、力を抜いた部分も必ず残してあるように思う。自信と余裕を演出、かつ読み手に圧迫感を持たせないためだろう。

　けれど、この雑誌の創刊号ときたら、もう明日地球が滅んだって悔いはないというぐらいの真っ向からの全力投入、全編に漲《みなぎ》る緊張感とストイシズムには、他に類を見ない求心力があった（この雑誌はグラフィックマガジンということになっている。が、そう一言で言い切れるほど単純な雑誌ではない）。

　その雑誌も十三号、セバスチャン・サルガドの名前が目を引く。その写真の被写体に今回人間は写らない。ガラパゴス諸島を中心とする多様な生物種が独特の存在感を帯びて写し出される。彼の寄稿した文章、「『ＧＥＮＥＳＩＳ』プロジェクトについて」から。

「確実に言えることは、我々が、地球上における命の本質とのつながりを失いつつあることです」。彼は警鐘を鳴らしてはいるが、決して打ちひしがれているわけではない。「我々の種を地球と結びつける試みとして、私はいま、自然と人類の未だ汚れや傷のない様相を記録するため、この世界を探検するつもりです」

深刻な現実を見据えつつも、気負いのない行動の起こし方が何ともいい。

そして本質を見失わず柔軟に時代を生き抜いて行くこの雑誌の在り方もまた。

●アジアの児童文学

風から
来る鶴、
流れてくる。

むらさき
露玉、
散らしてくる。

これは童謡詩人、与田準一の「風から来る鶴」の前半部分である。声に出して読んでみるとよく分かるが、リズミカルで心地よく、またイメージが斬新で清冽な美しさがある。「ネバーランド」三号（てらいんく）は、この与田準一の特集号。彼の名前に覚えがない方でも、「小鳥はとってもうたがすき　かあさんよぶのも…」の作詞家だといったら、ああ、と思われるのではないだろうか。特集はあまんきみこらの鼎談や、与田や新美南吉、巽聖歌《たつみせいか》らとりアルタイムで親交のあった詩人、清水たみ子の寄稿などで充実した内容だ。

出版社のてらいんくは、カンボジア、ミャンマー、ベトナム、バングラデシュ、中国、韓国、台湾と、アジアの国々の児童文学等を日本に紹介し続けている。

児童文学には現地の精神風土や生活習慣などを皮膚感覚で訴えてくるものがあり、異なる文化的背景を持った相手を理解し、思いやるのにとても効果的。子ども時代の喜び、切なさ、怒りは、文化は違ってもほとんどの人が共感の持てるものだからだ。こういうグローバリゼーションは大歓迎だ。

英米のそれはすっかり日本に浸透しているが、アジアの児童文学を私たちはどれだけしみじみ味わうことが出来るだろうか。今の時代にこそ本当に必要とされる仕事であると思う。

●混じり合う屋敷の内と外

全く私的な好みで恐縮なのだけれど、「植物」や、人の「日常の営み」に関する著述にはつい目を引かれてしまう。だから、「京都夢幻記　五　植物小誌」（新潮社「考える人」二〇〇五年夏号）の冒頭、小さく「小文の題名は、私の日常とまざりあうフローラ（植物相）について、というほどの意味である。」という文章を見つけたときは、もう、それだけでうっとりしてしまった。

著者の杉本秀太郎氏のお住まいは、「京都市有形文化財の指定を受ける」と、紹介にあるような家屋である。当然、敷地内に生い茂る草木も歴史あるものに違いなく、またその由来や日常の佇まいが、氏の端正かつ流麗な文章で語られてゆく様は、そこだけ汚染されていない、深山幽谷の空気が漂っているかのようだ。元々この連載は最初からそういう気配があったが、今回特別そう感じるのは、やはり樹木に関する記述の豊富さ故からかもしれない。

　幕末、元治元年の京の大火を知っているらしい、裏庭の一隅を「死守している」接骨木《にわとこ》のうろに、木耳《きくらげ》がびっしりと生え、「山中の隠者にわが身を擬《なぞ》らえ、木耳を採り集めていた」こと、三十年前、ブーローニュの森のマロニエの芽生えを「禁を犯して」日本に持ち帰り、それが今では「一樹よく一山の趣」を呈するまでになっていること、泰山木の雪玉のようなつぼみを高枝剪りで切り落とし、仏前の供花に用いると、つぼみが開いて白蓮華《びゃくれんげ》のようであること、等々。

　人の日常の営みが、辺りの植物相と混じり合う――一つの理想の極に思えてならない。

●女性が戦いをどう歌ってきたか

「短歌研究」（短歌研究社）二〇〇五年八月号の特集「女性が戦いをどう歌ってきたか」のタイトルは、表紙と目次が「戦い」の字を、本文は「闘い」の字を使っている。日露戦争からの百年を、大逆事件、関東大震災から、太平洋戦争を経て、公害闘争、全共闘、沖縄戦以後、と全部で十四の歴史的「戦い」や「闘い」を歌った、与謝野晶子を始めとする二十四人の女性歌人のそれぞれの詩や短歌数首と、それからこれはちょっと面白い試みだと思うのだが、そのほとんど同時期に、同時代の男性歌人が詠んだ歌も並べている。

　つまり、一つの「戦《いくさ》」、「闘い」に対して、一人の選者が、女性、男性、それぞれの歌人の組み合わせで（もちろんタイトル通り女性の歌がメインなのだが）、歌を選んでおり、その選者は河野裕子、栗木京子など現役第一線で活躍する歌人たち。道浦母都子は、選ぶ方（関東大震災）にも、選ばれる方（全共闘）にも入っている。

編集の意図がどのようなものであれ、さすがにそれぞれの選者の選んだ組は、単なる女歌対男歌という単純な図式を離れ、考えさせるものがある。

戦争のにおいに興奮するのは男性だけではなく（葉鶏頭《かまつか》の朱猛《あけたけ》くして立ち並ぶ野中の家に兵は光れり――岡本かの子）、銃後の不安や混乱を歌うのは女性ばかりではない（東京は再《また》いつ見んといふ妻よあはれ夜の汽車に落ちのびんとす――木俣修）。

活字と化した冷たい歴史的事実の記録に、個人の血汐が迸《ほとばし》るような経験の残響を、歌は祈りのように付け加えてゆく。

●〈死〉を考える言葉

この数ヶ月、生命倫理学という言葉に敏感になっていた。ある本を読んで、一体この分野で今何が起こっているのだろう、と戸惑ったこともその一因。それでとりあえず、身近な人たちと読書会を開いたり、何がどうしてこんなに「神経に障る」のだろう、と自分自身その根っこを考えるようなことを繰り返していた。

その矢先「思想」二〇〇五年九月号（岩波書店）の、特集「メタ・バイオエシックス」である。

折しも「臓器の移植に関する法律」の改定案が取り沙汰されている時期でもあり、前号の特集テーマが「医療における意思決定」、今号も脳死やインフォームド・コンセントに関する論文がほとんどであった。どれも読み応えのある内容で、私の感じていたディレンマも徐々に解消の方向性が見えてきた気がする（ので、この上もっと、クローン生殖のことについても読みたかった、と思うのは贅沢というものだろう）。

レディ・メイドのものでない、考える言葉を自らが持たなければ。社会制度としての死の定義を考えるためには、まず生きている私たち自身の、「死」に対する深い考察が必要になる。「道具的理性の限界を見きわめようとするメタ・バイオエシックスは、現代科学の歴史的・科学社会学的反省を必要としているとともに、現代的な生活文化史研究、宗教文化史研究をも不可欠の局面として含み込むはずである。それはまた、市民の経験から立ち上がって来る問いかけに、じっくり耳を傾ける知の営みともなるはずである」。島薗進「思想の言葉」から。

●モラトリアム増殖の意味

「モラトリアム」というのは何だか懐かしい言葉だ。学生時代に小此木啓吾氏の著作タイトルで一世を風靡した。当時「新人類」という言葉もはやり、「何を考えているのか分からない」若い人たちを指すとき、重宝に使い回されたものだ。それは正確には「モラトリアム」傾向をも含む、広範な世代間ギャップを指していたが、私はその特質の一つとされていた一種の「熱のなさ」に、乱暴に言えば「種としての可能性」のようなものを感じて、あるゼミでそういう内容のことを発言したことを覚えている。

「現代のエスプリ」（至文堂）十一月号特集は「モラトリアム青年肯定論」。

企画の段階で執筆者の方々に送られた「執筆のお願い」が、（渡部真氏によるプロローグに）そのまま載せられており、それで企画の意図がよりいっそうクリアーになっている。

「（エリック・エリクソンによるモラトリアム概念が）日本に紹介された際、その病理的側面が強調された傾向があり―略―エリクソンが必ずしも意図しなかった『モラトリアム青年』を否定的にとらえる考え方がめだつのです―略―（しかし）彼らの姿を肯定的に見ていくことも可能なのではないでしょうか」。（括弧内筆者）

阪神・淡路大震災で、いわゆるフリーターと呼ばれる若者達がボランティアでめざましい働きをしたというのは、記憶に新しいところである。社会全体を一個の生命体と見れば、「何になるのか決めかねている」ES細胞の増殖という、大きな変容の兆しに当たるのだろうか、これは。

●変化する細胞

「Newton」二〇〇六年一月号（ニュートンプレス）の大特集は、「首都大地震」。もちろんそれも切迫感のある記事なのだが、個人的に目が釘付けになったのは、「機能によって形をかえる細胞たち」。

走査型電子顕微鏡を使って撮影された立体的な画像は、細胞の表面の突起まで繊細に捉えて圧倒的だ。それぞれ深海の生物、地球上のどこかの奇観、と言っても通用する程の、奇妙だけれども不思議な既視感がある。昨今の電子顕微鏡の精度や、撮影手法の進歩は目覚ましいものなのだ。

例えば、私たちが自分の体が傾いていると知るのは、炭酸カルシウムの結晶である「砂」、つまり平衡砂が動くことによってである。この平衡砂は、耳の前庭にある平衡斑の感覚細胞の、その頭に生えた感覚毛の上に乗っている。それが動くと感覚毛がしなり、感覚細胞が刺激されるという仕組み。

その「砂」が、感覚毛の上に乗っている写真は、有無を言わさぬ存在感があり、何というか、「あるんだ、そういうことって……」という、教科書の説明やイラストだけでは得られない感慨をもたらす。

また、ミトコンドリアが二重膜をもっている、ということも、そういう「図」は無数に見てきた気がするが、「写真」として目の当たりにすると、ああ、本当に本当なんだ（別に疑っていたわけではないが）、としんみりする。

細胞の世界は私たちに一番身近でありながら、実はもっとも遠い異世界なのかもしれない。垣間見られて嬉しい。

●静かな〈関心と熱〉の持続

クルド人のことはずっと気になっていた。彼らは古来国家という形式を持たずに、トルコ・

イラン・イラク・シリアなどの国境線で分断された地域で暮らしてきた。が、イラクのクルド人達は一九九一年以降北部山岳地帯に自治区を持ち、今度イラクの連邦制導入が実現すれば新憲法下で更に大きな自治権を享受出来るかも知れないという。しかし彼らの願いはイラクからの完全な分離独立なのだ。彼らはその長い歴史上、初めて「国土」を手にできるのだろうか。「ナショナルジオグラフィック日本版」（日経ナショナルジオグラフィック社）二〇〇六年一月号の特集「独立に燃えるイラクのクルド人」の記事を書いたフランク・ビビアーノは、今、イラクのクルド人論客たちに、二つのタイプを見る。「建設者」と「戦士」。つまり、創造に軸足を置いて論を展開するタイプと、自分たちの前に立ちはだかる（人間を含む）もの、システムなどの破壊へ向かって突き進むタイプ。

民族ナショナリズムが沸騰する場所では、必ずそれぞれの「正義」のぶつかり合いがある。大体大上段に正義を振りかざすなんて絶対眉唾ものだ。が、だからといって無関心でいいとも思えない。翻って自国のことを考えると、過剰な熱と熱のなさはどちらがより民族にとって危険なのか分からない。古代ローマの劇作家テレンティウスの書いた台詞を思い出す。「私は人間である。およそ人間に関することで私に無縁なことは一つもない」。静かに持続する「関心と熱」を身の内に。

●暮らしの変化と〈伝える〉意志

一九八六年、チェルノブイリで史上最悪の原発事故が発生した。その被害は常に現在進行形で語られ、その規模は測り知れないほど深刻だが、その被害の一つ、北極圏の国々を遊牧して暮らす、サーメ人達への、ほとんど壊滅的なまでの影響を聞いたとき、ああ、また一つ、美しい少数民族がなくなってしまうのか、と心が酷《ひど》く痛んだ。

ラップランドに住むラップ人、と言った方がピンとくる方も多いかも知れない。サーメ人は生活のほとんどをトナカイに依存している。そのトナカイの餌となる苔が、折しも四月の北方へと吹く風に乗ってやってきた放射能で汚染された。苔だけではなくサーメ人達が茸や木々の新芽を採取する、生活の糧である森も。その結果、現在の鳥インフルエンザの鶏たちのように、数万頭ものトナカイが空しく地中に埋められた。サーメ人達はその民族アイデンティティであった国境を越えた放牧を諦め、定住政策に従わざるを得なくなった。

と、ここまでが私が知っていた、サーメ民族の抱える過酷な実情。

「リンカラン」（ソニー・マガジンズ）三月号では、スウェーデンに住むサーメ人の現在の暮らしぶりが紹介されている。チェルノブイリ原発事故の影響などへの言及は一切ないが、その素朴な生活が写真と共に魅力的に語られている。明るく、楽しく、エコロジカル。彼らは、少なくとも「なくなって」はいない、決して。

時代の変化によって変わらざるを得ない暮らしと、だからこそ育まれる「伝える」意志と。

愛書日記

●詩情と思索のアウトドア

最近アウトドア関係の本を手にすることが多い。アウトドア、という言葉も考えてみれば面白い。ドア、を、内と外の境にある記号、と捉えると、アウトドア、というのはまさしく自分の外回りに焦点を当ててるものだ。その焦点となった「外」への接近の手段（登山でもダイビングでも）の選び方、のめり込む姿勢に、けれども奇妙にその人の内側からの照射がある。その微妙な内外《うちそと》のニュアンスが、こういう書物の醍醐味なのだろう。

『アルプス登攀記』（E・ウィンパー著、岩波文庫）、『ハイランド』（辻村伊助著、平凡社）等はおよそ一世紀ほど前のアウトドアの名作だが、その淡々とした記録の連なりの向こうに、プラクティカルな詩情ともいうべきものが滲んできて、読んでいるとたいそう落ち着く。

そういう自分の内外との節度ある関係性が保てた時代、ということもあるのかもしれない。最近『携帯ボートの楽しみ方』（高木公三郎著、西東社）という四十数年前のハウツー本を手にし、同じく控えめな詩情、という雰囲気の懐かしさにじんとしてしまった（この本は琵琶湖畔のカヌーセンターでお借りしたのだが、それをずっと大事にされてきた持ち主の人生まで彷彿とさせるものがあった）。

詩情はさておいても、アウトドアに関する出版物は、実用的であると共に、戸外で活動することの楽しさを謳《うた》いあげねばならない、だから概《おおむ》ねシリアスな思索には発展していかない、そう思っていたら、北海道の出版社、ギミック発行の「RISE」誌を一読、認識を改めた。自然と共にあることの喜びを伝えながらも、自然保護の目線からの（例えばカヌーイングの）問題点や葛藤をも、ごまかすことなく真摯に綴る。煽るだけで終わりではなく着地点まで視野に入れようとしている。真剣に取り組まれた一つ一つの記事は、資料的価値も高く、北海道という具体的な場所から、普遍的な「自然」をリアルに立ち上がらせることに成功していた。

かけた労力や時間を考えると今の時代によくもまあ、と頭が下がるが、やはり、こういう雑誌の存続には難しいものがあるのだろうか、最新刊の6号が（それまでも数年に一回の発行であったようだが）七年前の刊行。それでも最終号とせず、廃刊とも投げず、あくまで最新刊と売り出す志。

これもまた、作り手の内外が反映して成された結果の仕事なのだろう。

●懐かしい絵はがき

高校生時代、愛読していたものの一つに、創刊されたばかりの「私の部屋」という雑誌があった。熊井明子さんが当時連載していたエッセイは、中でも楽しみの一つで、特にその姉妹誌の「生活の絵本」№10に掲載されていた軽井沢紀行文は素晴らしかった（今でもその号は大事に持っている）。そこで紹介されていた片山廣子の『燈火節』が読みたくて、いろいろ調べたのだがとっくに絶版になっており、手に入らない。だがどうしても読みたい。思いあまって生まれて初めて著者（片山さんは亡くなっているので熊井さんの方）に手紙を書いた。

数ヶ月後、忘れもしない美しい山百合の絵はがきが届き、けれどもやはり、気長に古本屋を覗くより手はないだろう、ということが書かれてあった。それはもちろんがっかりしたのだが、高校生の私は憧れの随筆家からの、その美しい絵はがきに随分慰められた。

それから二十年近く探し続けたが、どうしても見つからない。数年前、私の思いを知った編集者Kさんが、国会図書館に通って全編コピーして下さり、私は涙ぐまんばかりに感激し、お礼を言った。

そこまで思い焦がれていた『新編　燈火節』（月曜社）が去年、ついに復刊された。私は手元にコピーがあり、すでに堪能していたので、狂喜乱舞というよりは比較的余裕を持ってこの事態を受け入れたが、歓迎することには変わりない。この名著をより多くの人が手に取る機会が出来たのは嬉しいことだ。

片山廣子は歌人でもあり、アイルランド文学翻訳者（その仕事での筆名は、松村みね子）でもある。晩年を美しい清貧のうちに送った。

その松村みね子による翻訳作品も多い、アイルランドの劇作家に、ジョン・M・シングがいる。彼の作品で、実は私が一番好きなのはアラン島への紀行文。『アラン島ほか』（恒文社）は、百年ほど前のアラン島や島で生きる人々の描写がとても味わい深い。

アラン島は私が最も惹きつけられる土地の一つだ。荒涼として、何もない、耕作するにも土すら海草を敷いて作っていかなければならなかったような辺境の地。この島と、また「百年ほど前」という時代がとても好きなので、これもまた、折に触れて手に取る本だ。

無性に惹きつけられて止まない、そのことがそのまま、今日まで私の生活と生きる方向を決定してきた。

●心の指南役としての「実用」

実用書が好きだ。単なるハウツー本ではなく、心と命の「いざ」にも役立ってくれる実用。『あなたのために』（文化出版局）等、辰巳芳子さんの料理書はいずれもそういう「指南書」である。書いてあるのは命を慈しむこと。そういうと、なんだか料理の専門書ではないみたいだが、これは紛れもない料理の本。ある素材が人の体の中で、その人の命へと活かされる滋養に変わってゆく。それが目に見えるような文章であり、料理である。

まったく料理をしない人でも読むだけで滋養になる、と断言できる。

そういう実用。

内田正洋著『シーカヤッカーズ・ハンドブック　北西太平洋版』（マリン企画）は、「海を歩くためのマニュアル」という副題が付いているとおり、海の上を移動する手段として、「ちょっとその入り江の先まで」から「何ヶ月もかけての航海」まで、大昔から世界中のあちこちで人類が利用してきたツール、シーカヤックについての本である。その魅力的な歴史や、実際のパドリングの方法、窮地に陥ったときの、または陥らないためのノウハウが、まるで、読み手の血肉になっていくように書いてある。たとえ一生シーカヤックをやる機会に恵まれなくても、読むだけで命の脈動する手応えを感じ取ることの出来る本。生き抜く精神に触れ、自分の五感まで研ぎ澄まされる。

　そういう実用。

『良心的兵役拒否の潮流』（社会批評社）は、尾崎翠研究でも有名な稲垣真美の著作。本書では、日本における良心的兵役拒否者たちの歴史、その様々なかたち、反戦自衛官の存在、現在世界中でどのような形で「良心的兵役拒否」が展開しているか、など、私たちが知っておくべき重要な事柄が語られている。

　戦前の国家体制のもとでは、国民の義務である兵役を拒否するということは、一般には思いも及ばぬ事であり、秘密裏に行われたとしても、徴兵忌避と呼ばれ、非常に後ろめたいものであった。「だが、それはまちがっていたのだ。―略―いまや『良心的兵役拒否』は―略―人々の『常識』または『良識』として実行され得ることに変わっているのである。そのことを私は告げたい」

　もちろん、現在の日本に徴兵制度はなく、「自分のこと」としては一生縁がないかも知れない、けれど。

　そういう、実用。

●宝石箱の中の財産

　金子みすゞのおかげで、童謡、少年詩という分野の魅力が、広まったような気がする。それは、知らない間に鈍磨していた自分の感受性が、何か、貴い大事なものを、探し当てたような喜びの魅力だ。工藤直子著『こどものころにみた空は』（理論社）は、松本大洋の絵とのコラボレーションが絶妙で、まざまざと自分の「あの頃」を内側からわしづかみされる。

　こんな分類はあまり意味がないと思うけれど、これらを少年詩と呼ぶなら、次の詩は童謡の類になるのだろうか。

耳鳴り

お耳のなかに夜がある、
くらいさびしい原がある、
風があれてる塔がある、
小さいあかりがともってる、
窓に羽虫がむれている、
そして遠くに鐘が鳴る。

——『かたつむりの詩』（かど創房）から

　この詩の作者、清水たみ子さんのお宅におじゃましたことがある。落ち着いた住宅地にあるそのお宅は、人生の様々な哀歓が重すぎず軽すぎず、ほどよく染みこんでいるといった風情の、「住み慣らした」良さがあった。あのとき、彼女は八十をいくつか出られた頃。今年九十歳になられた。

　居間の窓辺から、薔薇の赤い実が鮮やかに、まだ少し寒い早春の空に映えていた。その薔薇は、「与田さんの所からいただいてきたものなの」だという。与田準一や北原白秋、鈴木三重吉、巽聖歌等とリアルタイムで親交のあった、その穏やかな昔語りにすっかり夢見心地になっていると、誰か訪なう人の声。清水さんが応対に出る。私の耳に会話が入ってくる。お相手は、礼儀正しくもはっきりと、「先生、お誕生日おめでとうございます」。居間に帰ってきた清水さんに訊くと、その日は偶然彼女の誕生日で、毎年近所のお米屋さん（か、八百屋さん）が、誕生日のお祝いを述べてくれるのだという。なんて、心優しい「恒例」なのだろう、と私はすっかり嬉しくなった。急遽、持参したお菓子で誕生日のパーティの真似事をさせていただき、早春の静かで幸せな午後を満喫して夕刻に辞した。

　年上の、素晴らしい先達たちの存在は、宝石箱の中の財産だ。そういう齢《よわい》の重ね方をしたい、と、つくづく思うのだけれど、なんだか、ただただ五里霧中な日々が続くばかりで。

●残したいサハリンの草花

　この夏の酷暑に気息奄々《えんえん》の情けなさだったが、ようやく朝夕に秋の気配を感じられるようになり、心底嬉しい。少し標高の高いところへ上がれば、もう、ツリガネニンジンにも会えるだろう。文字通り釣鐘形の慎ましい花をそこここに、うす紫の鈴振る如くしてつける、たおやかなその風情は、出会うたびにほっとする。けれど、やわやわとした新芽は山菜にもなるぐらいなので、鹿も好物なのだろう、せっかく見つけたその株も、次に行ったときは跡形もない、ということがよくあった。各地の鹿害の凄まじさは、近年よく聞くところのものだ。

昨年（二〇〇八年）サハリンへ行ったときのこと。貨物列車のような無骨な、それでも四人用コンパートメントの車窓から、薄紫に延々と続くツリガネニンジンの野原を見た。圧巻だった。夢を見ているようだった。

神沢利子『流れのほとり』（福音館書店）の冒頭は、花であふれんばかりの夏の樺太の美しい描写が印象的だ。ヤナギランに煙る野原、フレップの実る森は今に変わらない。

主人公麻子が愛した戦前の樺太の地を、その数年ほど前に訪れたのが宮沢賢治。栄浜近くの白鳥湖は、当時冬になれば白鳥が大群をなしてやってくる場所だったが、日本人による凄まじい乱獲のせいでほとんど見られなくなった。今でも、当時の盛んな猟の様子が写真に残っている。両側に、まるで白い綿の山のように獲物の白鳥を積んで愉快そうに笑っている狩猟家の写真。『春と修羅』（ちくま文庫『宮沢賢治全集』）にはこの白鳥湖や栄浜での体験も反映されている。そして『銀河鉄道の夜』（新潮文庫）に出てくる、白鳥区に現れた「鳥捕り」は、ここでの見聞から出てきたのだろう。今に至るまで、「白鳥湖」に「白鳥」は戻らない。

日本統治時代の社宅や工場跡、それからソビエト連邦崩壊後の施設等の跡、それぞれの夢が潰《つい》え、人工的なものすべて虚しく荒れ果ててゆく中、豊かな植物相だけがサハリンの夏を鮮やかにも優しく彩っていた。

先日、ロシア・サハリン州が、増えすぎて困っている北海道のエゾシカをサハリンへ輸入、観光客の狩猟用に繁殖させたい旨、北海道庁に申し出ていると報道されていた。彼の地の生態系への影響を懸念して、道庁は断ったそうだ。当然とはいえ立派な見識だ。どうか頑として拒絶し続けて下さい。

サハリンの花々を残したい。白鳥の代わりに、せめて。

●秋の夜の読書

寝室の戸を一枚隔てた向こう側、小さな草むらで鉦《かね》たたきが鳴いている。秋の夜。聞いていると、その虫の音の寂しさと、失った愛娘への哀惜を重ねた文章が収められた、宮城道雄の「春の海」（千葉潤之介編『新編 春の海—宮城道雄随筆集』岩波文庫）を思い出す。鉦たたきのみならず「澄みきった静かな日に、縁側に出て立っていると、人々のうるさがる蠅の舞い立つ音でも、何となく澄んでいるような気がする」。彼の傑出した聴覚を通すと、世界が如何に襞《ひだ》深く豊かなものかを再発見する。

そういう盲人の聴覚の優秀さに言及した箇所もある、『音の世界』（創元科学叢書）は、今から約八十年ほど前、科学者W・H・ブラッグがロイヤル・インスティチューションで行ったクリスマス講演の原稿を元にしたもの。もちろん今の音響学の発達はめざましいものなのだろうが、私程度にはその当時のもので十分啓蒙的。しんとした秋の夜に、独り正座してこの本を紐解けば、まるで『銀河鉄道の夜』のジョバンニやカンパネルラの傍らで共に講義を受けているような気になる。「（…）つぎに、釘の頭を同時に水の中に入れてみましょう—略—あなたがたが光学の本をすこし深くお読みになると、この美しい実験はとりもなおさず『ホイヘンスの原理』と名づけられる原理を示しているのだということがおわかりになるでしょう」。昔の時代の落ち着いた語りは、文章からだけでも心が優しく包まれていくよう。

約百十年前にまず海の向こうで出版された『日本の面影』（角川ソフィア文庫）は、ラフカディオ・ハーン独特の日本贔屓《びいき》（正直に言うとこれはちょっと慰められる）が幻想的かつ情緒豊かに展開される、秋の夜更けにふさわしい一冊だ。蜩の音に触れるのはわかるが（これは前出の『春の海』でも）、つくつくぼうしの音を世界でも類を見ないと絶賛し「その鳴き声は鳥のさえずりを思わせる」といわれると、思わず彼の蟬への評価を考え直す。百年前の出雲の人々の、その音の聞きなしや、運動会での人々の声援のあげ方など、今では驚くようなことが記録されているのも楽しい。その約八十年後、ロラン・バルトもまた、同じように彼の内界に映った日本を記述した（『表徴の帝国』ちくま学芸文庫）。

外界の音が自分の内側に響き渡り、まるで水琴窟の中にいるように、澄んだ緊張に満ちた内的世界を組み上げてゆく。静かな秋の夜は、例えばそんなことも可能にする。

●土と暮らす生活

ここ一週間ほど、北海道を旅していた。

緩やかな起伏にパッチワークのような畑が広がる、まるで外国のカントリーサイドをドライヴしているような、広大な彼の地の、そういう印象的な風景を決定しているのは、どうやら明治の初めの頃導入された外国式の農業技術らしい。透き通るような山の紅葉もカナダのそれを思わせ、トドマツの山はいかにも北の国らしい。東大演習林に今も残る原生林を案内していただき、その静けさと「気配」に満ちた空間に身を置いたとき、アリソン・アトリーの、自伝とも言える『農場にくらして』（岩波少年文庫）を思い出した。

　アトリーは『時の旅人』（評論社）という、古い館の、苔むした石の一つ一つから漏れてくるため息のような記憶を、織り上げるが如く仕上げた小説が有名だが、この『農場にくらして』を読むと、ああ、これはまさしく彼女の少女時代、と納得する。並でない想像力を持った作家が、深いオークの森と隣り合わせの、歴史豊かな農場に生まれ合わせた場合の、幸福と不幸。十九世紀末の英国の農家の生活と、濃密に語りかけてくる古い家具や木々の息づかいさえ感じられる。これはそういう、少女の鋭い感受性をセンサーにして、私たちに古い英国カントリーサイドを教えてくれる本だが、『農場の少年』（ローラ・インガルス・ワイルダー著、福音館文庫など）は、実際的な少年の目を通した、同じような農家の、けれどこちらはアメリカ開拓時代の生活。その質朴で豊かな生活圏に入り込むと、どんなときでも心落ち着くのが不思議。眠れぬ夜は、特に。

　スティーヴン・リン著『グリーンフィールズ』（新宿書房）は、子どもたちでなく、アイルランドの農場主の日々の記録。芸術全般に造詣が深く、また田園生活にあふれる愛情を注ぐ青年の、現実的かつ思索的な農夫暮らしの記録。

　そういえば日本でも、宮澤賢治やその友、保阪嘉内は、農業と芸術に軸足を置いた理想の農村をつくろうとした。結果的にその理想に最も近づいたのは、彼らの弟子筋に当たる松田甚次郎。昭和十三年に刊行された『土に叫ぶ　愛郷愛土』が最も有名だが、今彼に関する本で入手しやすいのは安藤玉治著『「賢治精神」の実践』（農山漁村文化協会）だろうか。
饒舌《じょうぜつ》に言葉を操る人々に立て続けに会ったりしていると、時折無性に、ただただ土を相手に暮らす生活を思う。

●「移動する」ということ

前回北海道を旅行したと書いたが、実は今、再び北海道にいてこの原稿を書いている。その間、白神山地にも行っている。その土地に惹かれるということ以外に、「移動する」ということがもともと性に合っているのだろう。以前あるエッセイに書いたことだが、目の前に移りゆく風景を内界にリフレクト（反射）させながら、それらがいつのまにか互いに深化してゆく、それが「移動すること」の醍醐味。そして、生まれつきそれ（移動すること）が自分の一部となってしまっている人々がいる。その人を、他の何ものでもないその人として、生まれながら構成している要素の一つ、どうにも抜き差しがたい「流離感」。

そういうものを感じさせる作家として、まず思いつくのはブルース・チャトウィンだろう。『どうして僕はこんなところに』（池央耿・神保睦訳、角川書店）は、旅先で出会った風景、出来事、人々を、クロッキー帳にさっと手早く素描した、という執着のない乾いた感じ。喜怒哀楽はそれなりにあるのだ。ただ、それが発生しては消えてゆく。そして何かに憑かれたかのように、「世の中」を見て回る。見て回る、と言うよりは、通り過ぎざま視線を送る、そして通り過ぎた後、歩調はそのままに、ちょっとそれを反芻する、という印象を受ける。対象に対する洞察が浅いわけではなく、むしろ的確で深い。人々に関わっていないわけではなく、その土地の生活に入り込んでもいる。なのにこの印象はどういうわけか。彼が四十八で死んだという事実が、私に妙な感傷を抱かせるのか。

何かに取り憑かれたように生き急ぐ人々がいる、というのを最近しみじみと感じる。それは前述した流離感と必ずしもイコールではないが、重なるところがある。

アラン・ブースは「失われゆく風景を探して」ほとんど隈無く、と言っていいほど日本中を歩いた。『津軽』（柴田京子訳、新潮社）では太宰治の歩いた道を、そして『西郷隆盛の道』（同）では、西郷隆盛が西南戦争の敗戦が決まった後、南九州の山中を延々歩いた跡をなぞるようにして、延岡から四百八十キロ、鹿児島市まで歩いている。軽やかで、不思議な切迫感がある。

彼の通り過ぎた風景を、少しずれた時期に私も歩いている。それぞれの世界観の中にあって、何の接点もなく、路上ですれ違いたかった、とも思う。

彼もまた、四十六で早逝したと、聞けば尚更。

●凄まじきもの

凄まじきもの。

燃えさかる屋敷の屋根で仁王立ちになり咆哮する『ジェーン・エア』（C・ブロンテ著、新潮文庫）の狂女。自ら所望したヨカナーンの首に接吻するオスカー・ワイルドの『サロメ』

（岩波文庫）。片恋に苦しみつつ、難破した海賊船の屈強の男達の長髪を枝に括り、木の実のように風に揺らすアイルランド孤島の女王、スカァア。その聞く者を凍らせる猛々しくも哀しい笑い。狂気と悲しさと炎と哄笑は、人に与えるインパクトとして、いつの時代も強力な布陣だ。

師走に入っても毎日のお茶の時間は欠かさないし、心持ちは常と変わらぬつもりでいるのだが、どこか荒々しいものに共感する気分があるのだろうか、ちくま文庫から新しく出た『かなしき女王　ケルト幻想作品集』（フィオナ・マクラウド著）を手に取り、久しぶりにまたスカァアの凄まじさに圧倒され、読み耽ってしまった。久しぶり、というのは、この本は元々、以前この欄でも取り上げた片山廣子が、筆名松村みね子を用いて翻訳したアイルランド文学の中の一冊で、十六年前、旧仮名遣いそのままで復刊された沖積舎版のものが手元にあったからだ。今度の新刊ではその十六年後の解題として、井村君江が松村の訳した原本の行方（十六年前には不明で終わっていた）に言及している。その松村みね子の、まるで聖書のそれのようにゴツゴツとした、洗練された野蛮ともいうべき「語り」には霧に閉ざされたアイルランドの（実際は天気のいいときも、もちろん、ある）滅びゆくケルトの民の、声にならない叫びを湧き上がらせる力がある。

歌人でもある彼女は、佳人麗人、深窓の、等の修飾尽きせぬ良妻賢母で、生涯をそのように生きた人であるが、歌集『翡翠』を出したとき、「自分の歌は『狂気と理智との争の濃き陰影を印し』たものであり、『真面目なる女の内的生活の記録』である」と語ったらしい。

狂気の小さな炎を身の内に潜めて生きる人の文章にふれると、忽ち自分の中の何かが生き生き感応して歓ぶのを感じる。文庫版解説の荻原規子の、強く美しい孤高の女王スカァアが乗り移ったかのような最後の行を読んでも。これは或いは大地に近しい（と言われる）女性という性特有の「野蛮」なのか。

凄まじきもの——飼い慣らしたり、時々解き放したり。そしてまた、静かな夜に古い友人のように見つめ合ったり。

●本体より繋ぎ目が魅力

今、秋田県八森《はちもり》町に向かう途中でこれを書いている。白神山地の秋田県側。豪雪の続くこんな時に、と自分でも思うのだがいろんなことが重なって「こんな時」になってしまった。

陸路で地方都市をいくつか過ぎると、首都圏近郊ではないに等しい町と町の間、途切れ具合がよく分かる。空間的な繋ぎ目はこうやって目で確認出来るけれども、それでは時間的な、歴史的なそれは、と、雪野原を見ながら同じく雪深い長岡で生まれ育った杉本鉞子の『武士の娘』（ちくま文庫）を思い出す。

江戸時代が終わり「御維新」が日本の隅々までやってきた頃、長岡藩の家老の家に生まれた彼女は、文化的にはまさしく江戸と明治の狭間で子ども時代を過ごした。その当時の雪国の冬支度のものものしさ。何週間も掛けて人足達が路傍の地蔵や小さな祠、庭の樹木や植込、石灯籠まで藁で包み、寺の壁は莚《むしろ》、石段の上の狛犬《こまいぬ》まで藁囲いがすむ頃には「町中は大きさも形も様々な藁のテントにつつまれて―略―大雪の来るのを待ちかまえていたものでありました」。

初めて牛肉が家に来た日、仏壇に目張りをし、ご先祖に「不浄」が及ばないようにしたり、上京の途中、父親が参勤交代（！）の折、世話になった家で宿をとったり。彼女はそれから婚約者に従って異国の生活を送り、コロンビア大学で教鞭を執ることになる。

時代の変わり目、為政者側からの歴史ではない、市井の人のこういう細々としたリアルな生活感情の記録はとても貴重だ。

西洋では例えば四一〇年、西ゴート王アラリックがローマに侵入してからというもの、栄華を誇ったローマ文明は無惨に衰退し、人々は読み書きや「思考の方法」についてさえ忘れた、まさに西洋文明は風前の灯火だった、という。『聖者と学僧の島』（トマス・カヒル著、青土社）には、ギリシャ・ローマの影響をほとんど受けなかったアイルランドの学僧たちがいかにその文明の断絶を救ったかということが、細部から掬い上げるように書かれていてジグソーパズルのパーツがカチッと合ったかのような爽快感がある。

繋いでいく、その連結部分にこそ繋がれる「本体」よりむしろ醍醐味があるように思うのは、多分もう死ぬまで変わらぬ嗜好だろう。車窓を流れる都市の風景より、その合間の雪野原に遥かに惹きつけられるように。「連結部分？」、と雪野原側は憤慨するだろうが。

●歩いて五感で作る「地図」

今住んでいるところが坂の多い土地なので、上がったり下がったりを足の裏に感じながら歩いている。この下に埋もれている、気の遠くなるような個々の「人間」たちについても。

関東地方の表面、深さ一メートルほどは黒土。その下、赤い関東ローム層は火山灰地。太古の時代、至る所で火山が爆発し、灰がどんどん降っていた、そんなところには遺跡などないだろう、住む人間もいなかっただろうからと長いこと思われていた。が、実はいた、ことが半世紀ほど前に分かった。その赤土の中から遺物が発見されたのである（岩宿遺跡）。そういう荒涼とした土地を歩き回っていた先祖がいたのだ。

　人がその土地を歩く、という営みは、その人が世界とどう関わるかという象徴的な行為のように思える。『猪・鹿・狸』（講談社学術文庫）は、大正末期出版の本。著者の早川孝太郎は柳田國男門下、在野の民俗学研究家で彼の郷里に近い愛知県北設楽郡に住む、主に猟師達の聞き書きを元にした本。この猟師達が歩くこと歩くこと。山を越え谷を越え、手負いの獲物を追ってどこまでも移動する。その足下で、山野の地勢が山の秘密を語りかける。五感がフルに機能している、ということだろう。

　対照的に思い出すのは十五年前、湾岸戦争が始まったときの、あのＴＶゲームの映像のような空中爆撃のシーン。そこでは五感が閉ざされることによる異様な興奮だけが、周りとの何の関係性もなしに、ただ、あった。

　サン＝テグジュペリは、郵便物運送を目的とした飛行機乗りだった。『人間の土地』（新潮文庫）は、その彼や同僚が、空から「見て」、また不時着（や墜落）した飛行機から「降りて歩いた」土地の話。初めてのフライトの前、先達でもある僚友ギヨメは「なんとも不思議きわまる地理学の講習」を彼に授ける。人口や水路など、その航空路に関する概略については語らず、例えばある原っぱに立つ三本のオレンジの樹について「あれには用心したまえよ、きみの地図の上に記入しておきたまえ」と。彼の「地図」は、「人間」の五感に裏打ちされた砂漠や山々や山間の村で、地味豊かなものになってゆく。こういう人の脳内「地図」には、ほとんど体験と同時に新しい記入箇所が現れるはずだ。おそらく、愛機と共に行方不明になった、その直前まで。それが読みたい、と心底思うものだけれど。

●痛みを受信する

　昨年（二〇〇五年）十一月に発生した中国吉林市の化学工場爆発のニュースは不気味だった。有毒物質流入により（それまでも相当酷かった）黒龍江の汚染状況は更に悪化した。そういう情報が念頭にあったから、数週間前から知床沿岸で数千羽におよぶ海鳥の死骸が次々に見つかっている、と聞いたときにはますます重い気分になった。結局死骸からは有毒物質は検出されなかったらしいが、潮の流れの先で、何か悲惨な事態が起こっていることには間違いがない。

　伝説では邪悪で巨大な龍が英雄に退治され、その傷から今なお血が流れている、そのせいで川の水が黒いのだという黒龍江のもう一つの呼び名はアムール川。極東最大級の母なる川。その河口の先に大きな島がある。間にある海峡は冬季には凍結し、その島と大陸は地続きになる。島の名はアイヌ語でカムイ・カラ・プト・ヤ・モシリ、神が河口に造った島。それに由来してその島は日本では樺太（カラフト）と呼ばれるようになった。

　樺太の自然やそこでの生活を丹念に描いた『流れのほとり』（福音館文庫）は、著者神沢利子の強い北志向の原点を見ることが出来る作品だが、その神沢が五十年ぶりに樺太で北方民族の人々と出会ったときのこと。彼女たちの歌う民族歌にあった「マンゴー、マンゴー」という繰り返しに、神沢は、間宮林蔵が彼の著した『東韃《とうだつ》紀行』（ニュートンプレス）の中で、アムール川を「マンコー川」と記していたことを思い出す。通訳に確かめ、まさにその「マンゴー」がアムール川のことだと知る。彼らはやはり大陸のアムール川沿岸から渡ってきたのだ。そして望郷の思いを込めて長い年月母なる川を歌い続けていた。

そう、人も「渡り」をする動物なのだ（定住生活を強いられた遊牧民族の中にはアルコールやドラッグに溺れる人々が多いという）。

春になれば黄砂が、大陸の工業地帯からの有毒物質と共に大気を渡ってくる。地球を取り巻いていた自由で伸びやかな流れが、かつてない規模で生命力をなくしてゆく。

グローバルという言葉に出会って初めて地球がグローバル（！）であることを発見するような状況すら、すでに過去になりつつある。海流や気流がこのように満身創痍で私たちが否応なく「一つ」であることを訴えてくる、そのことの痛みを受信するアンテナを持ち続けたい。星の子として。

●14歳！　何はともあれその眩さ！

十年ほど前、初めて安東みきえの短編を読んだときの、胸のすくような思いと驚きは忘れられない。それ以来ずっと短編集が出版されるのを心待ちにしていたのだが、この春ようやくその思いが叶った。

タイトルの『頭のうちどころが悪かった熊の話』（理論社、新潮文庫）は「頭のうちどころが悪かった熊」が頭を打って以来、姿形《すがたかたち》を忘れてしまったその妻、レディベアを探し続けているという話だ。登場動物それぞれ愉快で個性的だが、何と言っても極めつきはついに会えたレディベアその人（熊）である。プロレスラーを彷彿とさせる豪快でダイナミックな愛情表現の書きっぷりがとても好ましく、つい憧れてしまいそうになる。「いただきます」も大好きな作品だ。ここで明かしてしまうわけにはいかないが、当然予想される結末が裏切られる、ああ、やられた、とそのことがまたとても痛快で気持ちがいい。もう終わりだと思っていた景色が、ずっと向こうまで続いていたかと気づいたときの嬉しさだ。いずれも動物が主人公の、鳥獣戯画の蛙の相撲のように骨太でひねりの利いた七編である。

北上次郎編『14歳の本棚　部活学園編』（新潮文庫）は、八人の作家の、タイトル通り、それぞれ十四歳前後の主人公の学校生活を描いた作品ばかりを編んである。

たとえ部活というものを体験したことがなくても、角田光代「空のクロール」では、黙々と孤独を穿つように泳ぎ続ける主人公の、そのクロールのひと搔きひと搔きや薬品臭いプールのしんと冷たい水を感じることができ、中沢けい「ブラス！　ブラス!!　ブラス!!!」では、全員で一つの音をつくりだす緊張感や一体感、現実から遥か離れた時空で何か偉大なものに参与しているという敬虔な思いを共にすることができる。部活という不思議な場と時間の独特の空気は、他では味わえないものだと改めて思わされ、またそれを超えて集団生活というもの自体の持つ闇も光も見えてくる。

他の収録作品も同じテーマながら著者に森鷗外、井上靖、氷室冴子、川西蘭、松村雄策、大岡昇平と、時代や硬軟のバラエティーに富んだアンソロジーだ。

それにしても十四歳！　今まさに社会へ入ろうとする時期の、何はともあれその眩さ！　自分自身のあの頃に、戻りたいとは決して思わないけれども。

●世界が全く違って感じられる

読書の不思議な力の一つは、生身の自分は決してその場に居合わせるわけがないのに、内側のどこか奥深く、その場を「生きている」確かな感覚が逃れようもなく生じることだ。

ヘルマン・シュルツ著『ふたりきりの戦争』（渡辺広佐訳、徳間書店）は第二次世界大戦末期のドイツで、脱走したロシア人強制労働者の少年と、当初彼のことをよく知らないながらも、人間らしくさりげない同情心の発露から逃亡の道行きを共にするドイツ人少女の話。この物語には勇気に溢れて死地を脱出する英雄も、崇高な使命感を感じさせる聖人も出てこないけれど、ナチス支配下で怯えるドイツの村人たちのぎりぎりの優しさや暮らしぶり、消極的な善意のようなものが滲み出ている。人々はいつの時代でも否応なく戦争に巻き込まれる。けれど、狂気には巻き込まれまい、いつも変わらぬ自分自身であろうと努める普通の人々も必ずいる。二人が本当に戦っていたものを見つめたい。

今では海外の自爆テロのニュースにもなんだか「妙な慣れ方」をしてしまって、その「慣れ」が、そこで起こっていることが一体どういうことなのか、感じ取ろうとする素直な心の動きを妨げている。

ヤスミナ・カドラ著『テロル』（藤本優子訳、早川書房）の主人公はイスラエル・テルアビブの病院で働くアラブ系のエリート医師。周囲にはアラブ系であることからの差別や偏見はあるものの、地位も名誉も美しい妻も手に入れ、しみじみと幸福を噛みしめて暮らしていた。が、西欧風に洗練された社交と裕福な暮らしに満足しきっているとばかり思っていた妻が、ある日突然「カミカゼ」、つまり、自爆テロの犯人としてむごたらしい最期を遂げたと知らされる。

主人公の驚愕と悲嘆は共感できる。「なぜ、そんなことを？」という、ひりつくような問いに引きずられて起こす行動にも。しかし最終的にその問いに答えようとするテロ組織の「正義」の論理にはついに付いていけなかった。私も主人公と同じ欧米流の価値観に支配されているのだろうか。

この本は、購入した書店の近くの喫茶店で読み始めた。肝心のことが、結局私にはまだ何も掴めていないのだろう。どちらの側にも肩入れしない著者の姿勢が、読み手の「共感したい、分かりたい」という欲求を妨げる。もどかしい不全感を抱えたまま読了することになった。それでも、店を出て街の雑踏を前にしたとき、世界が全く違って感じられたのは、風景が夜になっていたせいではない。読み始めた瞬間から、このただならぬ臨場感に引き込まれ、未だ抜け出せずにいたのだった。

子どもの本三冊

●『ハテルマ　シキナ』（桜井信夫著　津田櫓冬画　かど創房）

大人になってから児童書を読むときにうれしいのは、世界がより低い視点（つまり、より大地に近い）から開かれるので、頭でなく腹の底からの、理屈を超えた共感を得ることができる点である。

児童書によらず、本を読むときにうれしいことの一つは、自分の未経験の出来事を疑似体験できることだ。もしかしたらその学習によって、繰り返される悲惨な事態を回避できるかもしれない。

何にせよ、何か判断しなければならない状況に陥ったときに、手持ちの情報は多ければ多いほど、そしてそれを得た時の年齢は若ければ若いほど、たぶん、いいのだろう。こなれた形で自分の中に蓄積されるから。

第二次世界大戦時の、沖縄戦の悲惨さは取り上げられることはあっても、沖縄よりさらに西の島々で何が起こっていたのかは、私たちはほとんど知らない。波照間島という島が南の別天地としてリゾートのように紹介されることがあっても、そこで昔、何が起こっていたのかが、その紹介の中に含まれることはほとんどない。

叙事詩の形で書かれたこの本は、波照間島に伝わる神話から始まって、島人たちが豊かで平和な日常を送っていた様子を美しく詠いあげる。しかし、ある日突然、白刃を振りかざす一人の命令者がやってきて、島の生活を破壊し、島人たちをマラリアの蔓延する別の島へ強制疎開させた。命令者の専横に屈しなかった誇り高い少年は、軍靴で蹴り殺される。最後には、識名校長が白刃の前にひるまず立ち向かい、人々は故郷の島へ帰ることになるのだけれど、すでに島人のすべてはマラリアにかかり、三分の一が命を落とす。これが後に「マラリア地獄――もうひとつの沖縄戦」と呼ばれるものだ。

この沖縄戦には米軍は出てこない。人々の敵と呼べるのは日本軍そのものだった。国は軍しか守らなかった。マラリアに地獄の苦しみを味わう島人を前にしても、軍は所蔵している特効薬を渡さなかった。自らはマラリアから安全な地に駐屯し、島人を危険地帯に追いやっていたにもかかわらず、だ。

戦争が人を狂気に駆り立てるとき、制御不能に陥った攻撃性が、本来守るべき自国民へと向かっていく可能性は大きい。これも知っておいた方がいい事実である。

●『あらしの前』（ドラ・ド・ヨング作　吉野源三郎訳　岩波書店）

児童書を読む喜びは金鉱を掘り当てるのに似ている。素晴らしい宝に出合うためには、それなりの努力が必要なのだ。テレビならいつスイッチを入れても、私たちは違和感なくすぐにその時間の流れにのることができる。画面の向こうには、こちら側と同じ空気が流れているから。けれど、数十年前の児童書に漂う独特の倫理観やゆったりした時間の流れに、今を生きる私たちがその喧噪を心に纏《まと》わせたまま突入しようとしても、どうしても無理がある。違う国の価値観、別の時間の流れに身をゆだねるのだと、自分自身の心のスイッチを切り替える必要がある。その努力を払うことは、慣れないと力の要ることかもしれないが、それだけの価値はある。

本書は、第二次世界大戦に巻き込まれる直前のオランダの片田舎に住む、オルト一家の話。家族は、村医者の父親、力強く優しい母親、それぞれに個性的な六人の子どもたちと、心から主人の家族を愛する数人の雇い人で構成されている。

互いが互いを思いやる、ユーモラスで愛情に満ちた毎日のエピソードが丁寧に紡がれている。オランダはもう百年以上も戦争に参加したことがなく、自分たちは守られていると信じ切っていた。あまりに温かな日常が続いていくので、ナチスがやってくるのではないかという噂が耳に入っても、父親でさえ頭から否定する。そんなことはありえない、というのだ。防空壕を作ろうという話が出ても、こんな人口一万にも満たない村、重要な施設は何もない村を爆撃する理由などあるわけがない、と。そうだ、「正気」で考えて、あるはずがないことなのだ。

しかし、ドイツから亡命してきたユダヤ人の少年ヴェルネルが一家に加わるのを皮切りに、ありえないと思っていたことが、次第に現実になっていく。

国は違っても、戦争に入る前の空気というのはどこも共通しているのかもしれない。ありえない、と思ったことが現実に起こる。まさか、こんなことがあっていいわけがない、誰かが止めてくれるだろう、と思っているうちに不気味な流れの上にのってしまっている。

「あの連中は、いままでに真理を学んだことがないんだね——われわれが、われわれすべてが、一つの大きい家族のひとりだ、という真理を！」

半世紀以上がたった。私たちは真理を学んできたか。

●『幽霊を見た10の話』（フィリパ・ピアス作　高杉一郎訳　岩波書店）

フィリパ・ピアスの魅力を何と伝えたらよいだろう。

読み始めたら途中で本をおくことができない。読了近くになると、何ともいえない寂しさを感じる。けれどそれは、いつまでもその心地よい物語世界に浸っていたい、という名残惜しさからではない。そんなほのぼのした空気は、この人には似合わない。強いて言えば、川面に覆いかぶさったほの暗い緑陰の魅力、というところか。何だかぞくっとして、けれど目が離せない。こここそが真実が語られる場、という気がしてくるのだ。ラストはいつも、頭ではなく心の、深い所で納得させられる。

この本も、そんな一冊だ。どの一篇も大変魅力的なのだが、先に紹介した二冊との関連性を持たせるために（そんな必要はないのだろうけれど）その中の「水門で」を取り上げよう。

これは水車を回して穀物を製粉することを生業《なりわい》とする一家に起こった物語。語り手はこの家の末っ子で、今はもう老人となった「チビ」。彼には子どものころ、年の離れた兄が一人いた。まだ若いけれど父親も頼り切るほど、皆が信頼を寄せていた長男だった。彼は、水門のせきを開け閉めして水量を調節したりする、水車の構造についても熟知していたし、そういう仕事も、毎日の生活も、川も、すべてを愛していたが、突然召兵され、戦線へと駆り出される。たまに休暇で帰ってきて戦場のことを聞かれても、ぼうっとして「地獄だ」と呟くばかり。

あるひどい嵐の晩、激しい雨で川の水は一挙に増水した。水門のせきを全開にしに行かねばならない、と父親は言い張り、母親は危険だと大反対するのだが、結局押し切られ、風雨の中を父親は出発する。心配でたまらない「チビ」もこっそりついてゆく。

　兄が戦場に行ってしまった今、老いた父親一人には絶対に無理な仕事だった。チビは「川がおやじを打ち敗《ま》かす」と恐れたが、次の瞬間目を見張る。別のもう一人の影が突然現れ、父親を支え、力を合わせて作業するのが見えたからだ。すべてが終わったあと、影は去り、父親は泣いていた。戦死の電報が来る前に、家族は長男の死を知ってしまった。この辺りは松谷みよ子の『銃後』を思い出す。

　日々の暮らしを愛する実直な少年が、突然そのすべてを奪われる。死してなお、愛するものを守るために帰ってくる姿が切ない。

一瞬の火のような物語

「火の恋」加藤幸子　『心ヲナクセ、体ヲ残セ』（角川文庫）所収
「島」アリステア・マクラウド　『記憶に残っていること』（新潮クレスト・ブックス）所収

短篇というより、掌篇と呼ぶべきであろう、「火の恋」は数ページで読了できる短さである。その主人公は、人間ではない。繁殖地たる渓流に渡りついた、アカショウビンの雌の、その体内からダイレクトにこちらの体内に響いてくるようなモノローグで、正体不明のもやもやとした、けれど抗しきれない衝動がクリアーに言葉として立っている。これがすべての生きものの根本にあるものを活写しているような鮮やかさなのだ。神話的なエネルギーの、火種をもらえるような作品。

「島」はそれよりは長いが、もしかしたら同じものをまったく別の角度から照射しているのかもしれない。カナダ東岸の、自分が生まれ育った孤島でただ一人、灯台守として過ごす女の物語。若い頃の一瞬の火のような恋が生きる核になる。厳寒の島の風景や漁の光景の描写が、無駄なものをそぎ落とした「剥き出し」の世界の詩情を漂わせている。「自分であるがまま」を生きて、他のものになりようがなかった人々の、孤高の美しさを感じさせる一篇だ。

小学生の頃、読んだ本

『木かげの家の小人たち』　いぬいとみこ著　吉井忠画

人間から毎日カップ一杯のミルクをもらって生活する、英国生まれの小人たち。この設定だけでわくわくしたものだ。だが時代は太平洋戦争の最中。主人公のゆりは文字どおり命がけで小人たちを守ろうとする。ストーリー自体も胸を打つものだったが、細部がまた良かった。例えば空襲の真っ只中、家を飛び出して避難に急ぐゆりの母は、目があったお隣の奥さんと互いに短い別れの言葉を掛け合う。そして今まで彼女と仲が良くなく疎遠にしていたことを省みる。その一瞬の鮮やかさ。これもまた人生だ、と本は教えてくれた。

『罪と罰』　ドストエフスキー著　工藤精一郎訳

そんなものを、小学生が？　と訝られることが多いのだが、読めてしまうものなのである。意識の上ではたとえサスペンス風にしか読めていないにしても、子どもの無意識には深く何かが落ちていく。正義とは何か、と考え込んだわけではなかったが、ハラハラドキドキ、夢中で読んだ最後のあたり、ラスコーリニコフが大地に接吻するシーンには、生まれてこの方味わったことのない何かを感じたと、今でもはっきり覚えている。本当に衝撃的だった。翌日小学校へ向かう道すがら、世界は今までと違う、陰影に富んだ灰色をしていた。

『てのひら島はどこにある』　佐藤さとる著　池田仙三郎画

有名なコロボックルシリーズの先駆けとなる本だ。私がこれを初めて読んだのは小学校の三年生だったと思うけれど、リアルな自然を本によって体感する、初めての経験だったように思う。架空の「てのひら島」に繰り広げられるファンタジー世界は主人公の想像のなかに留まるが、ある女の子との劇的な出会いと再会を手助けする。もう今はほとんど姿を変えてしまった三浦半島の自然の描写が丁寧で素晴らしく、主人公が歩む谷戸の光と影が私的な読書の原風景になった。だから先年、現場を訪れたときは本当に感動した。

II

小さな人たちのいる場所――映画「借りぐらしのアリエッティ」

『水辺の絵日記』という本を、折りにふれよく手に取る。
作者のジャネット・マーシュは、執筆当時まだ二十代の画家で、タイトル通りしょっちゅう水辺を散歩しては細緻で美しいスケッチと文章を綴った。場所は英国ハンプシャー州のイッチェン川上流、イーストンという、英国人でさえ地元の人でなければそれまで名も知らなかった、小さな小さな村であるが、村のその日のちょっとした出来事、鳥や昆虫、小動物の生態、風や雨や川の流れの描写のおかげで、「まだふみもみぬ」イーストンが、私にはすっかり大事な土地になった――もうわざわざ訪れる必要もないくらいに。「絵日記」には、専門性の高い注釈とともに、木々や草々、その花や実、リスやハトの死骸等、対象の部分部分が「ミクロの視点」で詳細に描き込まれている。

　ある特定の土地の、細部にわたるこのような徹底したリアリティは、不思議なことに、どこか遠くの土地で起こっている事件という心の遠近感のようなものを軽々と飛び越えて、深く普遍性を帯びた場所へ読者を案内するようなのだ（同じことが多くの英国人の心の中でも起こったらしく、この土地を横断する予定の高速道路〈M－3〉建設計画は、本の出版後いよいよ高まりを見せた反対運動の成果もあって、大幅に変更された）。

「借りぐらしのアリエッティ」の舞台のモデルは東京都小金井市だそうだ。私はたまたま比較的近くに住んでいて、毎日の散歩の後、ジャネット・マーシュのように絵こそ描かないものの植物等の記録を残す習慣があるので、画面の風物からその「地元性」がよく実感できたのだけれど、この映画の「小さな人たちの視点」で武蔵野の人家周辺を経験された方は、たとえ小金井市に来たことがなくても、そして小さな人たちの生活を想像したことがなくても、私が英国イーストン村に感じたような「力強く確かな、懐かしい感じ」を、その両者に持たれるのではないか。

翔が過ごす「夏の一週間」に現れる植物は、ヒメジョオン、ムラサキハナナにツツジにツユクサ、カラスノエンドウ、ホウセンカ、ツメクサ、トキワハゼ、ナガミヒナゲシ、マリーゴールド、イヌタデ等々、実は晩春から初秋にかけて、四、五ヶ月の間の庭の草花オールスターキャストになる。これらが設定では夏の一週間の間に見られた、というのは、それだけでも本来私には現実味の薄れる要素になるはずなのに、アカジソの花穂の、あの小さな一つ一つの花の愛らしさや、ナワシロイチゴの一個分に、艶々とガーネットのように輝く大きめの粒々が集まっている美しさ等を、こんな風にきちんと描いてもらうと、（両者の出現時期は現実には三ヶ月ほど――しかも作品の流れとは逆に――ずれている、にもかかわらず）普段陽の当たらぬ場所にいる我が子に、親切に声をかけてもらえたようにうれしい。これは本当に不思議な「現実味」だ。アリエッティが窓からツタに覆われる壁に臨むとき、ツタの波を揺らす豪気な風は確かに武蔵野のもののような気がするし、冒頭の車が入っていく小道のシーンに現れる剥き出しの赤黒い土は、いかにも関東ローム層の表土らしい。

同じような「？」と「そうそう！」の同時発生は、床下の小さな人たちの室内でも続く。実は私の「小さな人たち」との付き合いは長い。

まだ学齢に達しない年齢で迎えた春のこと、チューリップの蕾《つぼみ》が開くのを今か今かと待ち望んでいた。そここそが小さな人が生まれてくる場所のように思っていた（もちろん、『おやゆびひめ』からの情報である）。そのために、手に入る様々なものを、小さな人用の家具や生活必需品に加工して待っていたのだ（ちょうどプラスティック容器の大量生産や菓子箱等の過剰包装が始まった頃で、材料に事欠かなかった）。だが、ついにチューリップの蕾が開いても、そこに小さな人の姿はなかった。他の花でもしや、と切ない期待もかけたが、私の目が喜びに輝くことはなかった。幼い頃というのは、「人生における暗黙のルール」を体得するのに必死の時期でもある。やっぱり、と私は落胆した。が、とりあえずこの事実から真実を学ぶ必要があった。この場合、真実の可能性としては二つあった。一つは、小さな人は存在しない、という事実。「実はどうもそんな気がしていた」、というのは幼いながら私の中にある小市民性が呟いた言葉である。もう一つは、小さな人は、大きな人には見えないのだ、という事実。

私は両方の可能性の中で生きることにした。とりわけ、個人的な嗜好としては、後者の説の方に大きく肩入れした。大きな人は、小さな人を見てはいけないのだった。そのときから、私は小さな人たちと付き合う術を学んだ。あえて「見ない」のである。だからその存在が私の中で全否定されることはなく、それから数年は、彼らの住居の充実のために知恵を絞った。

そういうわけで、手に入る「ちょっと気のきいた、けれど要らないもの」を「小さな人用に加工する」術については、一家言あったのだ。けれど、この映画のアリエッティの家にあったような「弁当用醤油《しょうゆ》入れ」を樽代わりに使うことや、ボタンを絵皿のように壁に飾る、鉛筆キャップを一輪差し代わりに使うことまでは考えつかなかった。ましてや、紅茶の缶を加工して引き出し付きの箪笥をつくったり、その蓋を鏡にしたり、乾かした柑橘類の果皮を使ってランプシェードにしたり（カビ対策はどうしているのだろう……きっと自然素材の防カビワックスか何かをつくったに違いない）、などという場面は、目から鱗、以上に眼福以外の何物でもない。久しぶりに「小さな人たちのために一肌脱ぎたい心」がうずいた。彼らの視点でものを見るときの、可能性の多様さとアイディアの閃きが交錯する楽しさといったら。そして極めつけは、ポッドが垂直の壁登りに利用する両面テープだ。やってみたい、と思った人も多いだろう（私もそうです）。

　室内の描写はどこか懐かしく、ヨーロッパ文化の古層の流れのどこかを汲んでいそうでいながら、突如現れる「借りてきたもの」の「常ならなさ」。つまり、クラシックで、ノスタルジックで、しかもシュールなのは、日常にあり得ないサイズがごく普通の日常におさまっているからだろう。もともとは「借りて」きたものだから、加工して、工夫して、自分のモジュール――世界を測る物差し――に合わせていかなければならない。ロビンソン・クルーソーのように、生活に対する積極的な関与の姿勢がないと到底生きていけないのだ。

　視覚的な味わい深さだけでなく、聴覚的なそれも、印象深かったことの一つだ。アリエッティが初めて台所の端に立ち、普通の民家の台所が、巨大な地下貯水池のホールのような音響効果をもっていることを彼女とともに実感したとき、五感はもう、小さな人たちのそれに近づいているのだろう。初対面のときの翔の声が、空間いっぱいに遠雷のように響き渡ると、なるほど小さな人たちにはこう聞こえるに違いない、と思う。

この「借りぐらしのアリエッティ」の底本になっている、メアリー・ノートン著の『床下の小人たち』は幼い頃からの愛読書だったが、さすがに音の響きまでは自分の中で再現できていなかった。

その『床下の小人たち』では、アリエッティが人間を「借りぐらしの自分たちのために存在する、滅びゆく種族」と思い込んでいた、その視点を、十歳の人間の男の子から百八十度ひっくり返され、激しく動揺する場面がある。この映画「借りぐらしのアリエッティ」でも、主人公は、翔から「滅びゆく種族」と言われ、感情を爆発させる。現代的なテーマ性を感じさせる場面だが、どちらのアリエッティもそれによって鬱《うつ》になったり無気力になったりはしない。たとえ自分たちが「滅びゆく種族」であろうが、とりあえず今日の「借り」を成功させ、明日へと生き延びる算段をしなければならない。考えるより先に、五感を研ぎ澄ませて今を生きなければならない。

角砂糖一つ、両手で持ち、鞄に入れるときの、掘り出した岩塩の一塊のような量感と質感。ビスケットを突き砕いて、粉にするときの力の入る作業。ポッドの仕事もホミリーの仕事も、それを手伝うアリエッティには、手触りがあり、糧を得る実感のある仕事だ。知恵と体力と遊び心のありったけを使う——アリエッティ達の生活の鮮やかさはそこに起因するのだろう。それに較べて、死と隣り合わせに生きている男の子、翔の存在の静謐さ。そして、「見られてはならない」存在が、「見られた」ときの衝撃。
意識するにせよ、しないにせよ、人は皆、小さな人たちを心に抱えているのだろう。目に見える生活の、床板一枚下に、似て非なる別の世界が広がっている。こうしている間にも彼らは忙しく働いている。光や影、喜びや悲しみ、称賛や蔑み、憧れや妬み——彼らが目に見える表の世界から借りてくるものはなんだろう。そして彼らはそれを、目に見えない場所でどう加工しているのだろう。

「アリエッティ、君は僕の心臓の一部だ」

最後に翔の呟く台詞が、それまでの「?」と「!」を現実世界に収斂させていく。

幼いあの頃、私が作った彼らのための「住まい」はどこへ行ってしまったのか。翔のように、心臓の一部に取り込まれているような気もする。

今、これを書きながら、「ようやく彼らが姿を見せてくれた」、という、ひどく個人的な、しみじみとした心もちでいる。

「曲り角のさきにあるもの」を信じる——村岡恵理『アンのゆりかご』文庫解説

筆者がこの文章を綴っている現在、東日本大震災からほぼ四ヶ月が経過しているのだが、被災者の悲嘆は未だ尽きることなく、頼みの政治はだらしなく混迷を極め、福島第一原子力発電所は地球規模の犯罪とも言える放射能漏れで陸海空を汚染し続けている状況である。相次ぐ被災地での自殺のニュース。胸が痛い。先が見えない。

そういうとき、久しぶりに『赤毛のアン』の、この有名な言葉に本書『アンのゆりかご　村岡花子の生涯』（新潮文庫）の中で再会した。

「いま曲り角にきたのよ。曲り角をまがったさきになにがあるのかは、わからないの。でも、きっといちばんよいものにちがいないと思うの」

懐かしい泉の水を飲んだように感じた。

今までのどの時代にもまして、「いちばんよい」時代は、これから来る。そう強く思いたい。これまでの人生で幾度となく「再会してきた」はずのこの言葉が、こんなに力強く、光に満ちたものであったことを、改めて知らされた思いだった。同じく先の見えない思いであったろう戦時中、『赤毛のアン』を訳し続けた村岡花子の心境を思った。本書で知った、彼女が東洋英和女学校を卒業するときの校長、ミス・ブラックモアの言葉、「（…）最上のものは過去にあるのではなく、将来にあります。旅路の最後まで希望と理想を持ち続けて、進んでいく者でありますように」にも、その同じエッセンスが窺える。村岡花子が受けてきた、そういう教育はまた、数十年ほど前まで欧米の児童文学が醸成してきた世界とも重なるものがある。どんな状況でも、光に向かって歩んでいく、という。

モンゴメリから、そして村岡花子からもらったものは大きい。

村岡花子の翻訳家としてのバックボーンは、十歳の頃からカナダ人宣教師たちと寝食を共にする形で過ごした、明治時代のミッションスクール、東洋英和女学校の寄宿舎生活にあった。彼女や彼女の先輩に当たる片山廣子のように、生涯一度も（村岡は晩年一度だけアメリカに渡ったが）外国の土を踏んだ経験がないにもかかわらず、自在に英語を使いこなせる女性を輩出した、というだけでも、その学校生活が特色あるものであっただろうことが窺われる。

本書では、その生活の様子が細部に渡って実に生き生きと描かれている。村岡花子の翻訳文に特有の、「……くださらないこと？」等の言い回しが飛び交う、正真正銘の女学校生活だ。キリスト教を、英語並びに西欧文化ごと、この国の子女に教え込むのだ、という女性宣教師たちの意気込みたるや、以降の日本の学校教育の中にも、同じような例は容易に見いだせないのではないだろうか（ちょっとした規則違反に与えられる罰が、ずいぶん厳しい。そして上流階級のお姫様たちが、けなげにそれを耐えしのび、品よく悪態をつくかわいらしさ）。

専門領域における知識の伝達のみならず、日常の立ち居振る舞い、文化習慣に至るまでの「カナダ風」は、今なら「自国の文化を他国に押し付ける」植民地的、とためらわれてもおかしくないような徹底ぶりである。が、善きにつけ悪しきにつけ、何かが自分の骨身に沁みるようにインストールされる道は、いつもそういうものであるのだろう。花子が生涯に渡って持っていた、社会福祉への意識の高さ、社会的弱者であった女性や子供の生活向上への献身（東洋英和女学校は、当時孤児院も経営しており、花子もそこへ通っていた）もまた、この時代に彼女が叩き込まれた生きる姿勢のようなものであったのかもしれない。

　戦時色が次第に色濃くなっていく時代にも、彼女には、そういう社会の空気から、精一杯子供を守ろうとする意志が見える。子供に向けてのラジオ番組を担当する中、軍の検閲を受けざるを得なくなったときの心境をこう述べている。

「現在の時局下にあっては、そんな悠長なものではなくもっと軍事に関係ある話材を脚色して見せるべきだといふ人々も、勿論、多くあることでありませう。

　しかしながら、子供はいつの時代にも美しい夢を持っているものです。生まれ合わせた時代がきりきりと緊張してをり、大人たちが切迫した気分で生活してゐればゐるほど、子供の無限的気分へのいたわりを、忘れないやうに心すべきであると、私は考えているのです。」

　そしてまた、そういう時代を何とかしのいで、婦人参政権獲得のために行動した――それがたとえ時局に迎合するような形になったにしても――花子以外の女性運動家たちの闘いのことも、本書は冷静な筆致で伝える。「理想とはかけ離れた選択だったが、参政権を勝ちとらなければ、平和を求めようにも女性の意見は政治決定に生かされない」。生まれたときから、女性にも選挙権があることが当然の社会に育ってきたものにとっては、この、選挙権がない、つまり二級市民である、ということの抑圧と反発は本当には分からないのかもしれない、としみじみ感じた。

花子もまた、自分にとって何より大事な家族を守らなければならない。仕事ができなくなれば社会のためにも働けない。だから今は表立って戦争に異を唱えることはできない。国の命令に従って国策のための講演へすら行かなければならない。そういう葛藤を抱えながらも、ひそかに『アン・オブ・グリン・ゲイブルス』の翻訳を続ける。いつか、日本がこの本を必要とするときが来る、という使命感もあったろう。カナダの友人知人たちとの友情の絆をこのまま風化させるまい、という思いもあったろう。けれど、何よりも花子自身が、軍事色一色の世界の中、心の深いところで、アンの物語を必要としていたのではないか。自分の魂のために、それは必要であったのではないか。本書を読んでいると、そのことがひしひしと伝わってくる。狂奔する世界の中で、正気を保つよう彼女を守り続けたのは、ほかならぬ、疎開もせずに彼女が守り続けた蔵書や翻訳作業そのものだったのだ、ということが。「命に代えても」という言葉は、こういう関係性の中で生まれてくるものなのだろう。

クリスチャンであることと、花子の生き方は切り離せないものだった。だが、花子は同じクリスチャンであるはずの自身の母の死に際しては、仏式で送った。生存中は、熱心なクリスチャンだった夫に従い、自分の意見を言わずにいた母であったが、実は仏教に深く傾倒していたことを、花子は知っていたからだ。花子が旧弊な家制度に疑問を持ち続け、女性の社会的地位の確立のために働いた原動力の一つには、そういう母の姿もあったのだろう。花子は、母の最期を、家や夫に従属しない個人の姿で送りたかったのだろう。

柳原燁子《あきこ》との終生尽きることのなかった、あるときは忠実な恋人のような、支え合う姉妹のような篤い友情、夫・儆三《けいぞう》との、文字通り「死が二人を分かつまで」四十四年間貫き通した夫婦愛。出張中の花子との間に交わされた書簡には、結婚後も相変わらず熱烈としか言いようのない愛情の吐露が見て取れる。読む者は、他人の恋文を読んでいるという後ろめたさを不思議に感じることなく、ただただ圧倒され、感動すら覚える。中世の時代の熱烈な恋愛に憧れていた花子の、絵に描いたようなロマンティック・ラブだが、こういう人間関係が可能だった時代があったのだ（いや、私が知らないだけで今もどこかにこういうカップルがいるのかも知れないが）、と思うとなんだかほのぼのと嬉しい。

　娯楽の少なかった時代、花子は、家族皆で楽しめる家庭文学の確立を目指す。それを希望する社会の層があり、その必要を確信できたからこそである。家庭にテレビが入り込み、携帯電話やインターネットが新しい文化を牽引しようとしている今、村岡花子の築いていた濃密な人間関係の世界は遠いものになってしまった観がある。当時とは違う苦悩の中で生きる子供たちを前にして、村岡花子なら、どう行動しようとしただろう。新しい人間関係の絆を、模索していただろうか。つい、問うてみたくなる。

　本書には、ただ村岡花子一人の女性史のみならず、彼女の生きた時代の女性たちの意識、彼女たちの置かれた社会的地位、葛藤までもが丹念に描かれている。中でも市川房枝に対する言及は、簡潔ではあるが各時代の要所要所に的確に入っていて、婦人参政権獲得運動の歴史が実に端的に浮かび上がる仕組みになっている。

　本文の最後にある通り、著者・村岡恵理氏は、村岡花子の孫に当たる。身内のことを記録する、という作業は、決して易しいものではない。書こうとしている対象に対して、記録者は客観性を失いがちになり、無意識のうちに自分と同一視し、まるで過去の人物本人による自画自賛、自己弁明と他者糾弾に満ちた回顧録のようなものにさえなり得る危険性がある。本書はそういうものとはまったく無縁である。無縁でありながら、激動の時代に、葛藤を抱えながら自分の運命を引き受け、切り開いてきた一人の女性への、同じ女性としての親密な共感が感じられる。花子が、結果的に薄倖《はっこう》の妻子から儆三を奪うような形で成就させた恋についても、著者は庇うでもなく非難するでもなく、ましてや弁明でもなく、彼女の歩んできた道程では「そうとしかありようがなかった」出来事として、丁寧に叙述している。同じように最愛の息子・道雄を失ったときの悲嘆にも、著者は付かず離れず寄り添っている。だからこそ、花子の喪失の穴の深さが、後悔や罪意識でえぐられるようであるのを、読者も共に体感できる。

　村岡花子を敬愛する人は多い。けれど、その生涯について知り得る人は少なかったのではないか。これは、強風の中を疾走するように生き抜いた、村岡花子という個人を、繊細で強靭な精神が、これもまた個人として彼女と相対しながら、時代の空気ごと見事に彫り上げた、まぎれもない村岡花子像である。ものをつくり出すという仕事は、いつも孤独という祭壇の上でなされる。自身の身をも削るような大変な力仕事だったに違いないと推察する。よくぞ今のこの時代《とき》にと、深い感慨に満たされて読了した。

不可抗力の魔術――ゴールズワージー『林檎の樹』

フィクションの中の記憶に残る食べ物といったら『ちびくろさんぼ』のトラのバターで出来たホットケーキ、『長くつ下のピッピ』が床でつくったジンジャー・クッキー、そして『ハイジ』の白パン。プルースト『失われた時を求めて』の紅茶に浸すマドレーヌ。

文中、子ども時代の旺盛な食欲か、（ストーリーの構成上設定されている）ある程度の飢餓かに結びついて忘れがたいものになっているのだろう。トラのバターなんて、現実にあっても自分が喜んで食べるだろうとは到底思えない。ほこりだらけの床の上でつくったクッキーとかも。それがいかにもおいしそうに思えるところが物語の力だ。マインド・コントロールされてしまう、ということなんだろうか。そういえば昔よく、催眠術にかかった被験者が自分の大嫌いなもの、もしくは普通の食べ物の範疇にないぐらいのとんでもないものをおいしそうに食べるという実験（？）をテレビで見たことがある。小説を読む、という営みでも同じようなことが起こっているのかも知れない。

ゴールズワージーの『林檎の樹』（新潮文庫）は英国ヴィクトリア朝期の感傷小説で、エリート青年が田舎で美少女に一目惚れし結婚まで約束するが、駆け落ちを目前にして都会から来た美人にこれも一目惚れし、田舎の美少女を置き去りにする。二十六年後、今は妻になった、そのかつての都会の美人との銀婚式記念旅行で偶然彼の地を訪れ自殺者の墓を見つけるが、それが自分がかつて置き去りにした少女のものと知り、切ない感傷に捕らわれる、という何とも蹴飛ばしたくなるような噴飯物のピエール・ロティ風独りよがり小説だが、南イングランドの風物の描写がともかくも美しい。田舎の美少女ミーガンが主人公のために用意するクリーム・ティ、樽から注ぐ林檎酒等、デボンシャーの食の豊かさにも心惹かれる。初めてこの小説を読んだのはまだ十代の頃で、サイダー（cyder, cider）が本来林檎酒を意味し、農家がそれぞれ自家製の林檎酒をつくる、ということを知ったのもこの本から。以来彼の地を旅行するとき、農家の庭先でサイダーとクリーム・ティという看板を見ると条件反射的に立ち止まるのは、悔しいけれどやはりあの本のせいかと認めざるを得ない。ストーリー自体にはあれほど呆れ果てていたはずなのに、いつのまにかマインド・コントロールされていたのだろうか。

　小説の力はかくも恐ろしい。

「あり得ないもの」の在《あ》る「日常」と――早川司寿乃『いつも通りの日々』解説

会社勤めから帰ってきて、一人の夕飯のための台所に立つ「私」。そこへ訪ねてくるくま。大掃除のとき、おじいちゃんが毎日使っていたやかんを発見した「私」。夕飯を片付けたあと、それをきれいに洗い、「キュッキュッと音がするくらい拭いている」と、中から出てきた小さい人……等々。

早川さんのお描きになる絵の魅力の一つは、日常生活の細々としたもの――イス、やかん、食卓等――が、丁寧に絵の中に描きこまれていることでしょう。そして、ときに不思議な時空の「場」を生みだす、全くあり得ない空間構成が出現すること。

また彼女が今回お書きになったストーリーに共通する特徴で、最も魅力を放っていることの一つに、日々の「暮らし」ということがあります。そしてその中からごく自然に遭遇する「あり得ないもの」たち。

絵と、ストーリー、別々の位相で立ち顕れる「日常生活」と「あり得ないもの」。

「あり得ないこと」が、確かさを持つためには、それが個人の内側で起こったこととしての「真実性」を持っていなければなりません。早川さんの作品のほとんどが一人暮らしの女性か、ときに男性。「イス」の主人公は家族がいるようですが、イスがいたのは一人暮らしの頃のこと。「妹」の語り手は、姉妹の話をしているわけですが、どうやら今は一人暮らしのようです。皆、自分の内側に異空間を抱え、それを見つめながら生きているのです。その異空間を生かすためには、「日常」は反対にまっとうすぎるくらい「正常」な方がいいのでしょう。早川さんのお描きになる日常生活の、清潔さ、端正さの魅力はここに在るような気がしてなりません。内側にとんでもない宇宙を抱えている、主人公本人にとって（そしてそれを共有する特権を得た読者にとっても）それはかけがえのないリアリティを持っている、だからこそそっと、大切に、異物によって荒らされることがないようにしなければならない。よもやこんなところに、という場所に、そっと隠しておかなければ。そのための、まっとうな「日常生活」であり、頼りになる日々の暮らしなのでしょう。そしてその暮らしは、彼女の絵に漂う透明な色調の力で、どんどん内側へ向かう求心力を持っているように見えます。

　そうそう、早川さんの絵の魅力の中で、忘れてならないのは「植物」です。

　ときどき、ただ植物と分かるだけで、「何の」植物か分からない絵も、世の中にはたくさんありますが、早川さんのお描きになる植物の絵は、はっきりと名前が浮かびます。ヒメジョオンもカラスノエンドウもエノコログサも、こんなに凛々しく描いてもらえてよかったね、と思わず声をかけたくなるほどです。

　描きものであれ書きものであれ、創られたものの中には逃れようもなく創り手が現れるものです。ご本人が、とても誠実でいらっしゃるのだと思います。

　早川さんに初めてお会いしたのは、札幌でした。季節は秋だったように記憶しています。北海道立文学館で行われた個展へお伺いしたときのことです。北海道の秋の空気の清澄さが、そのまま館内に展示された早川さんの絵世界と繋がっているようで、なんだか不思議な気持ちでその続き具合——建物の内と外との——を味わっていたのを覚えています。

……なぜこんなにマッチしているのだろう。

彼女とお話ししていて、私はその理由が分かったように思えました。彼女は北海道のお生まれではなく、旅行でこの街を訪れたとき、ああ、ここに住もう、と決意されたのだそうです。以来、札幌を拠点に仕事をされていたのでした。

深く納得しました。

まるで本作品の最終話、「町」のように、早川さんはご自分の本質に近い空気の町に巡り合い、そして作品を創り続けてこられたのでした。そして数年前、彼女は十年間住まわれた札幌を後にして、生まれ故郷の街へ帰られたことを知りました。これもまた最終話の「町」のようです。

これから、彼女の作風にどんな変化が現れるのか。

どんな変化であっても、彼女の心の内奥の国から届く、不思議な手紙のように私たちはそれを受け取るでしょう。なんだか信じられるものがどんどん少なくなっていく世の中ですが、そのことについてはまちがいがありません。すでにこんな素敵なメッセージ——足はきちんと地を踏み、伸ばした手は軽やかに天に届き、自在な心は新しい世界に向かう——を、いただいているのですから。

緩急を得た片づけの妙――幸田文『流れる』

主人公「梨花」の身の上については作中ほとんど語られない。いわゆる「しろうと」の女が女中として「くろうと」、つまり芸者の世界に入り込んでゆく。初めてその世界を見聞する新鮮な目を持っていることが肝要なのであって、必要最小限以外のディテールはすっぱり省かれている。梨花は確かに「しろうと」であるが、読者は読み始めてすぐに彼女がただの無自覚な生活者ではないことを知る。

　京都の言葉で「猫知恵」というのがある。日常生活で出来るだけ自分が優位に立つための、ちょっとした言葉の持って行きようなどのことだ。京都人が（特に女性が）「あの人は賢いから」と言うときは、たいてい、「あの人には猫知恵がある」と言っているのである。賢い、の上に「ずる」が伏せられている。そういう伏せ字をする技術もまた、猫知恵から来ているのだ。何も試験の成績だけが頭脳の優秀さの証明ではない。実生活上ではむしろこの猫知恵の方がものを言うことが多いのだろう。京都のくろうと衆は、この猫知恵偏差値において、並外れたエリート集団とされている。『流れる』の舞台は明記されていないが、くろうと衆のそういう事情はどこもさして変わりあるまい。梨花はしろうとなりの猫知恵を、全て束ねて突き抜けて、ほとんど求道的なものに進化させている。必要以外のことは言わない、無駄な動きはしない。

ここぞというときには強く出る。しかも主人に対する忠義心もある。梨花はすぐに一目置かれる存在になるが、怜悧なだけでなく、熱しやすい気性も秘めているので、例えば主人の清元が普段より飛躍的に上手く出来たとき、芸事にはしろうとであるはずの梨花が、（うれしさの余り）それを言い当て、主人を恐懼させる場面がある。主人は初めて見る人のように梨花を見、「あんた一体どういう素性なの？」と問い質す。

　梨花の賢さの特徴は、その場しのぎの猫知恵の向こうにある、「今、目の前で起きていることのからくりを知りたい」という、科学者のそれにも似た精神なのだ。例えば病気の子どもに抱きつかれた女主人が、バランスを失って倒れる瞬間の、その崩れの型の美しさを刻々と冷静にリポートするように、非情に徹した、とも言える梨花の視線により、この没落してゆく「くろうと世界」の、爛熟した蘭のような妖しさ美しさ、そして醜さが活写されて行く。

　次々と起きる事象を、（主人公とほぼ重なる）著者の手持ちの言葉で分析し、自分の世界観の中に収めて行く展開の仕方は、もともとは随筆向きの文体なのだろう。それを小説仕立てにした趣向は、一つ一つの所作の型を決めながら、流れるように進行してゆく日本舞踊を見ているようである。場面場面の身ごなしの逐一が、的確に測った言葉を得て次々文章内に収まって行く。緩急を得た片づけぶりは職人のそれを思わせる。

「狂熱」の行方――片山廣子の場合　『新編　燈火節』解説

片山廣子の名を最初に知ったのは、熊井明子さんのエッセイ*からだった。当時高校生だった私は、そこに引用してあった『燈火節』の一節に惹かれ、絶版になったその本を可能な限り探したのだがどうしても見つからず、思いあまって著者の熊井さんにお手紙を書き（こういうことをしたのは後にも先にもこのときだけだが）、相談した記憶がある。一面識もない高校生からの手紙にきちんと対応していただいたのは、熊井さんもきっと、この読みたくて「いてもたってもいられないほどの渇望」をご存じだったからだろう。その渇望は、ある種の「狂熱」に繋がる道筋を持っている。そういう女達がいるのだ。片山廣子もまた、紛れもなくそういう「狂熱の人」であった。そしてそのことを自覚していた。

しかし彼女はそういう内面とは裏腹に、独身時代は深窓の令嬢、嫁してからは良妻賢母の鑑《かがみ》のような令夫人と謳われ、もの静かでいつも微笑んでいる才女、周囲には今で言う「クール・ビューティ」のイメージを持つ人が多かったようだ。与謝野晶子と生年を同じくするが、晶子の短歌が印象づける「奔放さ」とは対極の印象を周囲の人々に与えていたらしい。社会の枠をはみ出さず、当時の良識をむしろ積極的に遵守しているようなところは、「よめいり荷物」の中の、微に入り細にわたった「花嫁側がそろえておくあれこれの目録」を読めば一目瞭然である。いや、積極的に遵守、というよりも、そういうことも難なく出来た。

一八七八年、ニューヨーク領事等を務めた吉田二郎の長女として生まれ、ミッション系の東洋英和女学校卒業後は歌人佐佐木信綱に師事している。「彼女（筆者註・廣子本人のこと）は自分の仕事を欲しく思ひましたが学校の女教師よりほか仕事のなかつた時代には彼女は教師になる気はしないので仕方なしに歌の稽古に通つてゐました」。（「学校を卒業した時分」）

二十一歳で後に日本銀行理事となる片山貞次郎に嫁し、一男一女をもうける。廣子は七歳の頃から学校の寄宿舎で外国人の教師と生活を共にし英語に堪能、海外の文学にも詳しく翻訳も発表していたが、その活躍が目覚ましいのは大正三年鈴木大拙夫人ビアトリスの勧めによりアイルランド文学の翻訳に携わってからである。この頃から歌以外の創作、翻訳に「松村みね子」の筆名を使い始める。当時アイルランドでは、イェイツやグレゴリー夫人等が中心になって、ケルトの神話や伝説、民族歌謡に新しい光を当てようとする、アイルランド文芸復興運動が興っていた。アイルランドの自然の荒涼とした厳しさを源とするようなその復興文学のエッセンスは、彼女の心にどんなにか深い共感を呼んだことだろう。そう推測するのは、それが彼女自身自分の心の故郷のようになじんでいた、古語で言う「ものすごし」の風景に酷似していたからだ。彼女の初期の歌を集めた最初の歌集『翡翠』には次のような歌が入っている。

ことわりも教も知らず恐れなくおもひのままに生きて死なばや
子猫ならば遠野のやみに捨ててまし我が胸に来て何か啼くこゑ
何事か来るやと待てど何も来ず恐れむなしき物たりなさよ

我が世にもつくづくあきぬ海賊の船など来たれ胸さわがしに

もちろん『翡翠』に収められているのはこのような胸のすくような思いのする荒々しい歌ばかりではなく、細やかな情感に溢れた歌も多い。両方合わせて初めてまごうかたなき彼女そのものになるのであった。『翡翠』に序を寄せた佐佐木信綱によれば、彼女はこの『翡翠』に集めた歌を「狂熱と理智との争の濃き陰影を印して居る点に於いて、最も強く自分を現はしたもので、自分の身の半身の如くなつかしく思はれた」と語っているということである。

廣子自身も好きだという映画、フラハティの「アラン」に出てくる、畑の土すら自分たちで作らないとならないような（採ってきた海草を砕いた岩に鋤き込む）ほとんど不毛に近い島の暮らしの原点に見えてくるようなアイルランド神話。その今は霧の彼方のケルトの民の、声にならない叫びを甦らせるような――まるで彼女が幼い頃から慣れ親しんだ聖書のそれのようにゴツゴツとした――洗練された野蛮ともいうべき「語り」の力こそ、「松村みね子」の本領とするところであった。

若い頃から彼女には、女であるが故に表舞台で活躍できないという「諦め」があった（その辺りの心情は、正直に言うと第二次世界大戦後に生を受けた私には本当には分かっていないと思う。社会人として仕事を持つ、それが本当にやりたいことなのかどうかは別にして、まあやりたいことなのだとして、そのことを「諦める」ということに「しみじみとした納得」が出来ないのである。同じ葛藤と戦ったヴァージニア・ウルフが四年、平塚らいてうが八年、廣子より若いと言ったら、あるいは彼女が生きた時代背景の理解に、少しは近づけるだろうか）。その「諦め」は、「わかい時から夢想をいのちとして来た」（「地山謙」）彼女の心象世界をことさらに掘り下げていったが、彼女が社会から求められていた常識的な家庭婦人としての「スタイル」もまた、しっかりと確立させていったのである。この二つは本当はなかなかに両立させがたいものだ。

　彼女の、（主として「松村みね子」の座である）片方の眼は、常に内側の「飢《かつ》えるような夢想への葛藤」と共にあり、もう片方の眼は、客体としてそういう自分を突き放して見ていた。そういうことを知らず知らずやっている人は多い。しかし彼女の場合はこのことに自覚的で、しかも、その両方の眼の視座が、あまりにも遠かった。一つは深く、そしてもう一つは高みに。この両輪のような二つの眼をもってその生涯を歩んだ。その不幸は、この二つの眼が長い間焦点を結ばなかったことにある。

　松村みね子として翻訳作品を発表していた初期の頃は、ほとんど自分の素性を明かすことはなかった。時事新報の記者としてインタビューに来た菊池寛に、「まあ私の事をお書きになるのですか、夫《それ》ならどうか片山廣子とはお書きにならないやうに、こんな生意気な事をして居る事が分りますとお交際《つきあひ》して居る方などから何んなに思はれるか分りません、強ひてお書きになるのなら名誉毀損と云ふやうな訴へを致します、そんな事は出来ないものでしやうかホホホ…」と冗談めかして言っている。半分本気だろう。

　彼女が極端な写真嫌いだった（皆で記念写真を撮るような状況になっても、自分だけそっとその場を外れたという）、というのも、自分の中で結ばれていないその二つの、欺瞞の焦点をむりやり見せつけられるようないたたまれなさがあったからではないかと察する。世間並に社交をこなし、にこやかに微笑む、そんな写真は彼女が感じる本当の彼女とはあまりにもかけ離れている。しかし、そういう世間知のある自分もまた自分だということも分かっている、そのディレンマ。

『燈火節』が私を惹きつけたのは、そして今も惹きつけているのも、この二つの視座が長い年月の末、ようやく焦点を結んだ先の向こうに見える、揺らぎのない生の真実があったからだ（もちろん高校生の頃はそんなことが分かるはずもないが、本能的に嗅ぎ取っていたのだろう）。そしてそれは彼女ほどの才女をして戦争や我が子の死などの様々な出来事をその身に通過させ初めて得られた、きわめて貴重な景色なのである。よくそこに至るまで、それを私たちに知らしめてくれるまで長生きしてくれたと思う——それが彼女にとって幸せだったかどうか分からないし、そもそも幸せとか不幸とかいう尺度から、遥かに遠い境地であったろうけれど。荒涼とした風景を、狂熱をもってしてではなく静かな日常の平常心を持って、それを嘆きもしなければ熱烈に愛することもなく、受け容れるのでもなければ拒絶するのでもなく、ただ風景それそのものになる——彼女が遂に結んだ二つの世界の融合点、『燈火節』は、そのような場所にある。

「赤とピンクの世界」という章の（そのタイトルは、貧乏の度合いのことを言っている。自分の貧乏は赤貧とまでは言わない、ピンク色というところだろうか、という意である）最後の文章——「赤貧となつては、土に投げ出されたお池の鯉のやうに死ぬよりほか仕方があるまい。死ぬといふことは悪い事ではない、人間が多すぎるのだから。生きてゐることも悪い事ではない、生きてゐることをたのしんでゐれば」。

　死んでもかまわないけれど、別に生きていてもかまわないのである。捨て鉢なのではない。「蝙蝠の歴史」では、これでもかこれでもかというぐらいに蝙蝠についての蘊蓄を述べた後、最後に「この世に蝙蝠はゐてもよろしいが、無くてもけつこうである」と終えている。「古い傳説」では、神がイヴの前につくられた女性とされるリリスについて、「リリスは楽園の花のやうに生きてゐたが、満ち足りた彼女には希望がなかつた、だから失望も知らなかつた。しぜん、悲しみを持たないのだつた。リリスは何年か何千年かかうして暮してゐるうちに、ほのかに一つの感情を味つた。それはくたびれたのである。不足のない悲しみのない幸福にくたびれて、ある時彼女ははじめて溜息をついたのであつた」。そうか、くたびれたのか、と神は察し、消えることをおゆるしになり、そして海の泡のように一瞬にしてこの世から跡形もなくなってしまった。何の悲嘆も未練もなく、ただ「儚く」なってしまう。

　繰り返して言うが、決して捨て鉢なのではない。世をはかなんでいるのでもない。ただそれはそういうものとしてまるで風が吹く様を描写するように書いているだけなのである。

　前述の熊井明子さんのエッセイで引用された、つまり私が彼女にこの絶版になってしまった『燈火節』を是非入手したいと手紙を書くほど魅了された文章は、「ばらの花五つ」の中の、次の箇所である。

「ばらの花をきり、つぼみを一つきり二つきり、小さい利益と小さい損失を積みかさね、積みかさね、自分の新しい仕事を育ててゆかなければと、この頃しみじみ思ふやうになつた。お花やお茶の先生も、洋裁も、玉子を売ることも愉しいだらう。洗濯婦になることも勇ましく気持が好いだらう」。

欲も得もなく、それでもただ生きてあることを自分に許している。今読んでもやはり良いなあと思う。そしてこのエッセイにはいやに「食べ物」のことが多い。林檎が買えたと言ってはそのためにいくつもの歌を詠むほど喜び、昔食べた「あれこれ」のことが何のてらいもなく、ただ戦中戦後の「ともしさ」を経験中の自分が「思いつくこと」として次から次へ出てくるだけなのだ。不自由な生活であったには違いないが、精神の「自在感」が感じられる。

「季節の変るごとに」では、「冬の葱だけは都の西北の畑には貧弱なものしか出来ない。大森や池上あたりの白根の長いあの豊かな味の物は手に入りにくいから……」。

彼女の住んでいる「都の西北」浜田山は大森から地図上の直線距離にして約十六・七キロ。その距離が、彼女をして「大森あたりの葱」から遠ざからしめているのである。今の私たちが当たり前のように「北海道産のジャガイモ」「高知産のショウガ」「宮崎産のピーマン」を手にし口にし、むしろ地元産のものを食卓にのせるなんて（大体畑を目にしない）珍しいこの状況を考えると隔世の感がある。そしてこの体の尺度で測った距離の感覚は、彼女自身の個性と密接な繋がりがあるように思う。

海外の文学にも詳しかった彼女だったが、日本を出たことはなかった。その日本も、ほとんど東京と軽井沢の往還だけで、嫁いだ娘、総子の住んでいた仙台を訪ねたぐらいが唯一旅らしい旅である（らしいのである）。出不精、と自分を評しているが、彼女の内界が世界を自由に旅していたことを思うと、これもまたあまりに対照的だ。

スケールが小さい、というと、ネガティヴに捉えがちだが、この「スケールの小ささ」が秘めている膨大な可能性と豊かさについて、今改めて考えている。スケールを小さく保つことによって得られる細やかさ、世界を構成している分子レベルの確実な感覚、それを通ってその向こう側に広がる空間的な広がりについて。その広がりの中に、彼女のアイルランドがあり世界がある。そこは松村みね子が生きている世界でもある。荒涼とした、「ものすごし」の世界。

さて、彼女が活躍した時代に、同じような「ものすごし」を、精神的原風景として持つ作家がいた。芥川龍之介である。その自伝的作品である「大導寺信輔の半生」では、彼が生まれ育った愛着のある本所の「精神的陰影の全部だつた」光景として、幼い頃に見た「朝焼けの揺らめいた川波には坊主頭の死骸が一人、磯臭い水草や五味のからんだ乱杭の間に漂つてゐた」様子を挙げている。また毎日のように幼い彼が遊びに行っていた回向院は、振袖火事で知られる明暦の大火で亡くなった十万人余りの人々の供養のために建立されたのを始まりとし、その境内には、水死者焼死者横死者刑死者の供養塔が所狭しと並んでいる。私も以前一度訪れて、こんな所で毎日遊んでいたという、人並み外れて感受性の強い利発な子どものことを考えた。その幼い心に刻み込まれたであろう風景のことを。彼の作品の中で、とりわけ応仁の乱当時のような凄まじい風景がいやに「生き生きと」活写されているのは、ほとんどその情景が心のホームグラウンドのようなものだったからだろう。

その精神的風土として——多少ニュアンスは違っていたとしても——同じような荒涼としたものを抱えていた二人が、相まみえて互いに懐かしさのようなものを感じなかったわけがない。精神的同胞のようなもので、この奇跡的な邂逅《かいこう》を芥川晩年の恋人とかいうスキャンダラスな取り上げられ方をされたら、松村みね子はともかく、世間体を気にする片山廣子の方はたまったものではなかっただろう。気の毒なことであった。

　とはいえ、片山廣子の名が世に広く知られたのは、皮肉にもこの芥川の「或阿呆の一生」の中の、「越し人」であった。彼らは大正十三年、軽井沢で出会う（もっとも、廣子が『翡翠』を出した折りに芥川はその書評を書いている。本格的に交際をしていないだけで互いに互いの仕事のことは知っていたに違いない）。

「彼は彼と才力の上にも格闘出来る女に遭遇した。が、「越し人」等の抒情詩を作り、僅かにこの危機を脱出した。それは何か木の幹に凍つた、かがやかしい雪を落すやうに切ない心もちのするものだつた……」（「或阿呆の一生」）

「越し人」等の抒情詩というのは彼が「明星」に発表した二十五首の旋頭歌のことである。確かにそれらに見られるような純粋な心の交流があったに違いないと思うし、それは両方にとってかけがえのない歓びであったと思う。昔、片山廣子を知る前、「或阿呆の一生」の中のこの「越し人」の部分を読んで、当時精神的に苦しかったであろう彼のために、ほっとしたことを覚えている。事実あの部分が作品中の風通しを非常に良くしている重要な一節であることは間違いがない。が、芥川という作家は作品のためなら家族でも友人でも容赦なく材料にする「芸術至上主義者」である（自分の病気はもちろんのこと、できることなら死んだ後にもその自死の顚末を作品にしたかったことだろう）。片山廣子との出会いが「木の幹に凍つた、かがやかしい雪」を見るような純粋な喜びを彼に与えたことは間違いないだろうが、彼の中の作家はその瞬間でさえ、この「理知的な年上の女性」が目新しい作品の素材となることを予感して悦んでいたことだろう。どうにもならない、哀しい業だ。

「越し人」には「わが名はいかで惜しむべき　惜しむは君が名のみとよ」という一節があるが、真実彼女の「名を惜しむ」のなら、最初から書かなければいいのだ。雰囲気だけの、うわすべりの文章である。人間存在としての現実と、作家としての現実が全く乖離している。同情はするが、付き合うにははた迷惑な、実のない男である。


彼女は彼の自殺後、十年間沈黙を守る。精神の同胞であった彼を失ったことの打撃に加え、「片山廣子」が被ったダメージの故もあっただろう。

女なれば夫も我が子もことごとく身を飾るべき珠と思ひぬ

という歌を『翡翠』で詠んだように、芥川のことも「身を飾る珠」とわりきれたらよかったのだが。松村みね子なら、あるいはそう開き直っただろう。しかし、これ以後松村みね子はほとんど表舞台に出てこなくなる。

最晩年、廣子は「ともしい」「ピンク色の貧乏」の中で、病に臥せる。彼女と交流のあった栗原潔子は、頼まれて、他の友人が身辺不如意であるだろう彼女に見舞いをしたがっていることを伝える。

「私がそれを伝えると、彼女はいきなり顔をしかめて言った。――お金やお花を下さるんなら、まっぴらお断りしますよ。お菓子ならいただいてもいいけど。その語気は烈しいものであった。

その時、お金は片山さんにとって決して不要なものではなかったけれど、そういう色合いのついたお金を貰うことは彼女を身顫いさせた。お花も同様であった。彼女は古びた箪笥などが置かれているきりまったく飾り気のない六畳に、ひえびえと清潔にしつらえた自分の病床を、豪華な見舞の花などで汚されたくなかったのだ」（「片山廣子素描」）

何とも澄み切った「荒涼」の風景ではないか。松村みね子は、齢を重ねてなお、生きていたのだ。

穏やかで慎ましい日常と昔語り、つれづれに思いつくこと――『燈火節』は静かな随筆集だ。この「静けさ」が、こんなにも清澄さを保っているのは、その裏に、あるいは「下地」に、「狂熱」の緊迫感の名残があるからだろう。その昇華した「狂熱」に、なまなましさはない。

＊「軽井沢感傷旅行」　雑誌「生活の絵本」10号に掲載。のちに『続・私の部屋のポプリ』（生活の絵本社、一九七八年）に収録。

勤勉と受容——二軒の家をめぐって　ガルシア＝マルケス『百年の孤独』解説

以前、北方へ旅立つ機会があったとき、北で見るべき植物について植物学者に質問したことがあった。曰く「北方では生物は保守に回りやすく、奇想天外なものとはならないので、むしろ単一種が広大な面積を覆い尽くすという特性を存分に見たらどうか。（彼のフィールドでもある）熱帯では、逆に狭い面積にこれでもかというほど、基本ルールを逸脱した形の生物がひしめき合うわけだけれども」。北方の植物を専門とする人々からは異議があるかもしれないが、確かに南方のジャングルの、一種独特の熱気と狂気に近い旺盛な生命力は、むせ返るような植物の多様性、奔放さ、獰猛《どうもう》さを印象づける。北と南の地域的な志向性というのは確かにある、とそのときぼんやりガルシア＝マルケスを思った。

ガルシア＝マルケスの『物語の作り方』（木村榮一訳、岩波書店刊）の中に、次のような一節がある。

「わたしは物心がつきはじめた頃からいろいろな話を聞かされて育ったんだが、そうした話のうちの半分は母親から聞かされたものだ。母は現在八十七歳になっているが、文学論や物語の技法といったことをまったく知らないのに、ストーリーの中にどんでん返しを仕掛けたり、帽子からハンカチやウサギを取り出す手品師よりも鮮やかな手並みで袖にトランプのエースを隠すことができたんだ。いつだったか、何かのお話をしている時に、話の流れとまったく関係のない人物を登場させ、その後その人物に触れずに知らん顔をして話を進めた。そして、いよいよ大詰めというところまできて、突然またあの人物を登場させたんだが、今度は言ってみれば中心人物として登場しているんだ。みんなは呆気にとられていたよ。その話を聞いてわたしは、普通なら人が一生かけて学ぶはずの技巧を母はいったいどこで身につけたんだろうと不思議でならなかった。—略—ある日わたしは自分が本当に好きなのはストーリーを語ることだと気がついたんだ。—略—わたしは何かを物語りたいという幸せな奇病《マニア》にかかっているんだ。」
語る、という原初的な力を持った衝動を、まるで遺伝的な病のように受け継いでいく——そういうことがあるのだろう。土地と人間が、ほとんど不可分なほどにエロス的関係性を紡いでいる場所でのみ醸成しうる、そういう類の語り部としての才能。

一九九九年刊の『百年の孤独』改訳版に付して、訳者の鼓直氏は「読者に紹介しておくべき作者の言葉がある」、として、以下のような言葉を引いている（これはスペインの批評家ミゲル・フェルナンデス＝ブラソが『G・G・M——無限の会話』（アスル社、一九六九年刊）の中でガルシア＝マルケスの謂いとして引いている言葉らしい）。

「ぼくが驚くのは—略—この本を出版したあと、ぼく自身が見つけた四十二の矛盾のどれひとつについても、また、イタリア語の翻訳者から教示されたが、誠実ではないだろうと思うので再版でも翻訳でも訂正しなかった、六つの重大な誤りについても、誰ひとり指摘する者がいなかったということだ。」

しかしこの稀代の語り（騙り）師の言をまともに受けてはならない。語りの勢いの中でのみ発生する「場の真実」がある。彼はそのことをよく知っているはずだ。とぼけたように「おかしいところがある」などと言ったのは（それを言うならそもそもの最初からこの物語の存在全体が常軌を逸している）、この小文の冒頭で植物の例を取って記した、地勢学的な「北の傾向」というものをからかっていた可能性もある。

ガルシア＝マルケスの小説を読むといつも熱帯の気配の充溢を感じる。時間と空間を猛スピードでアクロバティックに移動するジェット・コースターにのり、次々にやってくる膨大な情報量の波に打たれ、呑み込まれ、くぐり抜ける恐怖と快感。こういう圧倒的な語りを前に、一体どういう「解説」が可能なのだろう。全く途方に暮れてしまう。

一族の、「家」の話であることは間違いがない。私事になるが、昔から「家」という容れものに興味があった。血族とかいうニュアンスではなく、あくまでも一つの「家」・「屋敷」という建築物にだが、もちろんその言葉の響きから、背後に遠く一族とか血とかいうイメージが想起されるのは仕方がないことだ。「家」という建物は面白い。国とか地方、村、或いは民族、という括りがそこに属する人々の特性をおおざっぱに語るなら、およそ個人が生存に必要なためのあらゆることが結びついている家という構造物は、国とか民族とかいう括りよりももしかしたら遥かに雄弁にそこに棲む人々を物語っているかもしれない。それが小説に出てくるなら、内側からその小説を。そしてこの本はマコンドという村の、百年をかけた生滅の物語。だから私は、かつてマコンドと共に生まれ、そしてマコンドの消滅と共に消えた、二軒の家屋敷の話を、小説の内側に入り込んで始めようと思う。その家と共に生きた女達の話を。

ウルスラの系列

ホセ・アルカディオ・ブエンディアとウルスラ・イグアランが生まれた村を出たのはそもそも何代にも亘って姻戚関係を結んだ二人の間に「豚のしっぽ」を持った子が生まれるのを（ウルスラとその母が）怖れたことに端を発している（結局その子は百年かかったがこの世に生を受け、一族の幕引き役になることを思えば、この「怖れ」は直観的に正しかったのだろう）。

彼らは新しい土地を拓きマコンドと名付け、新しい家を建てる。「採光のよい広々とした客間、明るい色の花で飾られたテラスふうの食堂、二つの寝室、栗《くり》の大木がそびえる中庭、手入れのよい野菜畑、山羊や豚や鶏が仲よく暮らしている裏庭などがそこにはそろっていた」。そこに君臨する主婦、ウルスラは「小柄だが働き者で、まじめ一点ばり、生きているうち歌など一度も口にしたことのないこの気丈な女は―略―明け方から夜更けまで、かたときも休まず動きまわった。彼女がいるおかげで、土を突き固めただけの床や、石灰の塗られていない土塀や、手づくりの木製の家具などはいつも清潔だ」った。夫が金にもならない錬金術や予言や不死の研究に没頭しているときも、飴細工の動物造りの仕事に専念し、「（…）ウルスラは、長年の激しい労働で貯めたお金を引き出して―略―増築に取りかかった。客用のきちんとした広間、ふだん使うための気楽で涼しい別の広間、お客と家族の全員がすわる十二人用のテーブルがおける食堂、中庭に面して窓のある九つの寝室、それに、羊歯やベゴニアの鉢植えが並べられる手すりがあって、薔薇の植込みで日盛りのまぶしい光線がさえぎられる長い回廊などを建て増しすることにきめた。台所をひろげて二つのかまどを築き――略――中庭の栗の木のかげに、それぞれ女用と男用の浴室をもうけ、さらにその奥に大きな馬屋、金網ばりの鶏舎、牛小屋、迷った小鳥たちが自由に出入りできるように四方のあいた鳥籠などを作らせることにした。何十人もの左官や大工を引きつれて、夫のめまぐるしいほど熱心な仕事ぶりにかぶれでもしたように、明かりの位置や暖房の配管について注文を出し、限度のあることなど少しも考えずにスペースを振りあてていった。―略―町いちばんの大きな家であるばかりか、低地のどこにもない、住みごこちがよく涼しげな家が、ほとんど誰も気づかないうちに出来あがっていった。てんやわんやの騒ぎの最中も神の姿を捉えることに熱中していたホセ・アルカディオ・ブエンディアは、まったくそれを知らなかった」。しかし、少しでも気を抜けば虫たちはすぐに侵食してくる。延期に延期を強いられたレベーカの婚礼のための衣装は虫に食われてぼろぼろになるし、気づけば赤蟻は家の土台を崩そうとしている。虫や植物に姿を借りて、密林の混沌はすさまじい力でウルスラの秩序を呑み込もうとする。勤勉で働き者の小さなウルスラは、それを出来うる限り排除し、屋敷の中に秩序をもたらそうと生涯かけて奮戦する。三十二回も反乱を起こし（そのつど敗北）、十四回の暗殺と七十三回の伏兵攻撃、一回の銃殺刑の難をまぬがれた次男アウレリャノ・ブエンディア大佐の戦闘よりも、遥かに長いその闘いの歴史はほとんどそのままこの家の歴史と重なる（ウルスラがひたすら心血を注いだのは動物の飴細工だったが、アウレリャノ・ブエンディア大佐が魚の金細工に没頭するのもこの血なのだろう）。近隣にバナナ会社ができたり兵隊たちが駐屯したり生活そのものがほとんど戦場そのものの宿舎と化したときも鬼神のような働きでそれを乗り切り、百歳をとうに越す年齢まで生きた。マコンドに三年以上雨が降り続いたときはついに正気を失い、立ち居もままならず、玄孫《やしゃご》たちに慰みもののように扱われ、さすがにそのまま死んでいくかと思われたが、雨が上がると、クリアーに正気を取り戻し、奇跡のように復活した。すっかり失明していたにも拘わらず「使われていない寝室を手探りで見て回っていた彼女は、すさまじい音を立てて休まず材木に穴をあけている白蟻、衣裳だんすのなかで鋏を使っている紙魚《しみ》、長雨の最中にどんどんふえて屋敷の土台を掘り崩しつつある大きな赤蟻に気づいた。—略—「こんなだらしないことで、どうするの」と彼女は言った。「しまいには、わたしたちまで虫に食われちゃうよ」。そのときから彼女は一瞬も休まなかった。—略—どんなに奥まった、役に立たない屋敷の片隅も虫の好きにはさせないというウルスラの決意は固く、行く手をはばむ障害をすべて乗り越えずにはいなかった」。その「闘う姿勢」は一族のどの男達よりも決然として神懸かり的だ。

ウルスラに連なる彼女の分身として、この家屋敷の維持と管理に生活の全てを捧げた女性に、サンタ・ソフィア・デ・ラ・ピエダと、またある意味ではフェルナンダがいる。二人とも嫁として外からこの家に入ってきた人物である。だがその性格はまるで反対で、ウルスラの秩序を求める部分がフェルナンダに、家族に献身的に尽くす部分がサンタ・ソフィア・デ・ラ・ピエダに、とくっきりと分化されてまたその特徴を更に強烈に語られる。

圧倒する美しさと気品でカーニバルの女王として鳴り物入りで登場したフェルナンダは、「高貴」で「偏狭」な生まれ育ちのため、生真面目さ、という点ではウルスラに通じるものがあるのだが、フェルナンダの生真面目は家中の窓を閉め切るなど、実家仕込みの世捨て人の生活を家族に強いるような類のもので、奔放と堅実が奇妙なバランスを保っていたこの屋敷の何かの均衡を崩した。サンタ・ソフィア・デ・ラ・ピエダは、この一族のアンカー、豚のしっぽの坊やに繋がるいわば本流の流れをつくった（誰からも忘れられているが）にもかかわらず影が薄く、表舞台にはほとんど登場してこない。実際、ウルスラにとっては孫の嫁、フェルナンダにとっては姑に当たるのだが、フェルナンダは屋敷に来たときから彼女が「夫の母親であることを何度か聞かされたが、とても信じられない話なので、聞いたとたんに忘れてしまった。本人のサンタ・ソフィア・デ・ラ・ピエダはこの下積みの境遇をいっこうに気にする様子がなかった。それどころか、不平ひとつこぼさないで絶えず体を動かし、娘のころから住んでいる屋敷―略―をきれいに掃除したり整頓したりすることに喜びさえ感じているふしがあった。しかしウルスラの死と同時に、サンタ・ソフィア・デ・ラ・ピエダの人間わざとは思えない勤勉さや驚くべき仕事の能力も衰えを見せはじめた。―略―屋敷そのものが一夜のうちに老化の危機に落ちいったのだ。柔らかい苔が壁をおおった。―略―雑草は廊下のセメントの床を下から突き破り、ガラスのようにひび入らせた」。この自然の猛威を食い止める時間も手立てもないはずなのにサンタ・ソフィア・デ・ラ・ピエダは一人で勝ち目のない闘いを続ける。しかし、ついにある日完全な敗北を悟り、ひっそりと、ほとんど何も持たずに屋敷をあとにする。老兵は死なず、ただ消え去るのみ、という言葉そのままに。

ピラル・テルネラの系列

ピラル・テルネラは、マコンドを拓くことになる最初の旅に同行した家族の一人であった。最初はトランプ占いをよくし家事手伝いに歩く商売女で、ウルスラの長男ホセ・アルカディオはアンモニア臭漂う（その中で彼女の体臭だけを頼りに）家族と雑居の部屋の中で寝ている彼女を狂おしい思いで訪ねる。それが彼女とブエンディア家との百年をかけた長い長い付き合いの初めだった。彼女はウルスラの二人の息子と情を通じ、それぞれの子供を産んでいる。つまりウルスラにその嫡流となる孫を与えており、この物語の中ではウルスラに比肩するほど長生きをしている、二柱の女神の一人である。早々に現世という戦場から去ってせいぜい亡霊となってうろつくぐらいの男たちと較べると、その存在感は突出している。大体男たちは二種類、乱暴に言えばアルカディオとアウレリャノの繰り返しで（あるいはほとんど同一人物と言っても良いかも知れない。例えばとっくに死んだジプシーの錬金術師メルキアデスの亡霊が現れたときも、会ったこともないはずのアウレリャノ・セグンドは、「彼だということがすぐにわかった。あの世襲財産的な思い出は代々ひき継がれて、祖父の脳裏から伝わっていたのだ」から）、その代々の男達それぞれに――つまり自分の血を分けた男達であるのだが――優しい眼差しを注ぎ、物心共に支える、懐も愛情も深い女だ。男たちもまた、危機的な状況になると、血縁とも知らず占い師でもあるピラル・テルネラのもとへ足を運ぶ。男たちだけではなく、曾孫にあたるメメも、厳格な母、フェルナンダの統治する屋敷から逃げるように、百歳を越えた彼女の元に恋の病で訪れる。ピラル・テルネラは、彼女に天蓋付きのベッド――そのベッドでピラル・テルネラはメメの祖父達を身ごもった――で恋人と愛し合う場を与える。ウルスラはしっかりした気性の包容力ある女であったが、奔放な豊饒さという点ではピラル・テルネラの足元にも及ばない。彼女にはウルスラのように囲い込んだ家に対する執着はなく、ただ心のままに生きていて、晩年になったとき――彼女の場合、何歳からをそう呼ぶのか確信はないが

——その周囲は「動物園そっくりの淫売屋」になっていた。そこは「だだっぴろい野天のサロンがあるきりで、二百羽をくだらない石千鳥が自由に飛び回っていて、耳を聾《ろう》するような声で時を告げ」、「ダンスホールを取り巻くかたちの金網の裏庭では、アマゾン原産のカメリアの大木のあいだに、色とりどりの鷺《さぎ》、豚のように餌《え》づけされた鰐《わに》、ガラガラを十二個も持った蛇、小さな人工の池にもぐって泳ぐ金色の甲羅の亀などが見られた。―略―空気は出来たてのように濃く、しかも澄んでいた。―略―美しい混血の娘たちは、人間が地上の楽園におき忘れてきた恋の手管を心得ていた」。ウルスラの館がまさに崩壊寸前になったとき、ピラル・テルネラの「家」は、まるでガルシア＝マルケスの理想の楽園のような形で現れる。そして彼女の玄孫に当たるアウレリャノ——後に豚のしっぽ坊やの父になる——が初めてそこを訪れたとき彼を見て、「あら、アウレリャノだわ！」と呟く。ブエンディア家に続く「アウレリャノ」を見たのだった。「この世の初めから未来永劫《えいごう》にわたる孤独」を。そして、アウレリャノは高祖母の（彼はそのことを知らない）愛情とその励ましを得て、結局は豚のしっぽの坊やを生み出すことになる恋を成就する力を与えられる。

　ピラル・テルネラも、最初から商売として娼館を始めたわけではない。情に厚くて面倒見が良くて、そこそこ計算高いがそれも身ぐるみ剝がれるほど馬鹿ではない、という程度。その彼女の分身として連なるその筆頭は、何と言っても情婦ペトラ・コテスだろう。氷の女王のようなフェルナンダを妻にしたアウレリャノ・セグンドが必要とした豊饒の女神である。彼の家畜の異常な繁殖は、彼に絶大な富をもたらしたが、彼はそれを情婦ペトラ・コテスのおかげであり、彼女は「自然を刺激するほどの力をその色事に秘めている」と信じていた。「ペトラ・コテスを飼育場まで連れだして、そこらを馬でひと回りさせれば、もうそれだけで、彼の焼印の押されたすべての動物が、手のほどこしようのない疫病にかかったように繁殖していくのだった」。もちろんフェルナンダはペトラ・コテスを妾ふぜいと軽蔑し、共有した夫・アウレリャノ・セグンドの葬式の際にはひどい仕打ちをするのだが、ペトラ・コテスは収入の道の途絶えたフェルナンダが飢え死にしないように（自分の食事を減らしても）食物を届けてやるし、年老いて誰からも忘れられているサンタ・ソフィア・デ・ラ・ピエダのことにも気を配っている。そういうことを聖女然として行うのではなく、彼女の性分としてその人並み外れた「情」から、何となくそうしているのである。家畜も殖えるはずだ。

　物語にあふれ出んばかりに描かれているのは、この一人一人の「人並み外れ」方の度合い、「過剰」さであり（この物語も例外ではないがガルシア＝マルケスの小説には繰り返し、辟易するほど巨大な睾丸、貪欲な下腹という描写が出てくる。このピラル・テルネラやペトラ・コテスのようなとてつもない熱帯の「豊饒」に見合う男性性をもってくるにはこの表現しかないのだろう。あるいはその巨大な孤独のうろを埋めるには。彼はこのフレーズがことのほか好きで、『わが悲しき娼婦たちの思い出』（木村榮一訳）で年老いた元娼婦カシルダ・アルメンタのことばとして「あなたは臆病で、外見もぱっとしないけど、その代わり悪魔が馬も顔負けするような一物《いちもつ》をくれたんだから、その子を起こして、それで全身を貫いてやりなさい。まじめな話、魂の問題は横へ置いて、生きているうちに愛を込めて愛し合うという奇跡を味わわないといけないわ。」「（…）私ほどあなたが床上手なことや、魅力的なことを知っている人間はほかにいない、と考えるの。正直言って、攻め立ててくるあなたを受けて立てるのは私しかいなかったはずよ。」を読んだときは、国生みのダイナミズムさえ感じさせる迫力にあっけにとられた。登場人物の際立ちようがほとんど神話的なのだ）、そのブレの集合が結局のところすさまじい震動を物語全体に起こして、読み手をまるで回転する万華鏡の筒の中に放り込まれたように感じさせる。ウルスラがいみじくも「時は少しも流れず、ただ堂々めぐりをしているだけ」と述懐したように。

ウルスラの屋敷は植物に侵略され赤蟻に侵され解体され、忍び寄る密林に呑み込まれてゆく。どんどん目に見えない何かに侵略され、崩壊に向かう。女たちはその「何か」と必死で戦い続けたが、ピラル・テルネラの家、「楽園」に闘いは必要ない。そも動物園と庭園をその内側に存在させていた、密林と共に大きくはびこってゆくタイプの家だった。

しかし結局その両者の異なるベクトルをもった家も、その密林すら、百年という時の中に一括りに跡形もなく吹き飛ばされ、ただの土埃と化してゆく。人の生活の営為の圧倒的な空しさが、巨大な孤独のうろとして、百年の嵩を嘯《うそぶ》く。

豚のしっぽと愛の成就

ピラル・テルネラの死が、全ての崩壊の合図のように物語に現れるとき、ついにその一族の最後となるべく運命づけられた豚のしっぽの坊やが誕生する。

その豚のしっぽ坊やの誕生の際、「この百年、愛によって生を授かった者はこれが初めて」という言葉が奇異に響く。ではウルスラとホセ・アルカディオ・ブエンディアの間には愛はなかったのか。メメとマウリシオの間には？　アルカディオは慎ましく内気なサンタ・ソフィア・デ・ラ・ピエダを愛していたのではなかったのか。それらを全て無視して、ガルシア＝マルケスはアマランタ・ウルスラとその甥アウレリャノとの間だけに愛があったという。

アマランタの名を持つ叔母がアウレリャノの名を持つ甥と睦み合うというパターンは数世代前に成就しかけて果たせなかったものだ。あるいはそのときそれが成就していたら、豚のしっぽをもった子は百年を待たずに生まれたのかも知れない。成就のために足りなかったのは「過剰」か。それとも「愛」だったのだろうか。ガルシア＝マルケスにとって「愛」とは一体何なのだろう。この骨太の物語の最後にこの言葉が奇妙な余韻を残す。

この本は一九六七年に発表された。「愛」はこの物語の一番最後にこのように疑問符のような印象を残して唐突に登場する。

マコンドは完全に消失してしまったが、不思議に虚無を感じないのは、その跡にここから展開される怒濤の大河のうねりのようなガルシア＝マルケスの「愛についての考察」の物語の予感が、鬱蒼とした密林の気配そのままに漂っているせいなのかもしれない。

ユートピアは存在する

――ガルシア＝マルケス『ぼくはスピーチをするために来たのではありません』

表題の「ぼくはスピーチをするために来たのではありません」は、若きガブリエル・ガルシア＝マルケスが高等学校の卒業式で述べた送辞の一節である。どこか常軌を逸した「熱情の疾走感」といったものの片鱗が、すでにこの十七歳のスピーチに垣間見える。小さな芽生えの本葉が精巧にカエデの形をしているのを見るように。

本書はそれから彼が八十歳を迎えるまでの六十三年間、折々に行った講演の原稿から成っている。なかでも一九八二年に授与されたノーベル文学賞授賞式でのスピーチ「ラテンアメリカの孤独」は、ヨーロッパ的な洗練、知性、趣味の良さ等とは全く異次元の、ラテンアメリカの抱える桁外れの実情が、祖国と作家との蕩けるような一体感のなかで語られており、圧巻である。その三年後、ハバナで開催された「ラテンアメリカ諸国の主権のための第二回知識人会議」では、世界は二十一世紀を迎え着々と前へ進んでいくのに、ラテンアメリカとカリブだけは、「二十世紀をすっ飛ばして生きてきたのではないか」、前進のための、何か踏むべき手順のようなものを永遠に見つけられないのではないかという、酔いしれるような絶望が縷々《るる》述べられ、彼の語りの魔力を思い知らされる。スピーチは苦手、と、若い頃こそ不承不承のようすだが、編者、クリストバル・ペラによれば、彼はこの講演集のテキストを読み返すなかで、「自分が作家としてどのように変化し、進化していったかを再発見した」と述懐したという。

　三十八歳のとき、ガブリエル・ガルシア＝マルケスはタイプライターで次の一文を書いた。「長い歳月が流れて銃殺隊の前に立つはめになったとき、恐らくアウレリャノ・ブエンディア大佐は、父親のお供をして初めて氷というものを見た、あの遠い日の午後を思いだしたにちがいない。」周知のようにこれは『百年の孤独』の冒頭に当たる、いうなれば長大な大河の、最初の一滴である。だがこれを書いたとき「この一文が何を意味し、どこから生まれてきたのか、さらにどこへ私を導こうとしているのか見当も」つかなかった、と（講演では）いうのだ。もちろん頭から事実ととってはならない。確かに彼のなかには先行きの「見当もつかなさ」に目を見開いている自分もいたろうが、なんとなく「見当はついている」静かな彼もまたいたはずである。作家自身にも次の瞬間何が現れるかわからない、臨場感あふれる創作の現場では、書きたいというエネルギーの充溢と同時に読みたいという狂熱が彼を煽っていたに違いない。となれば、語りたい、という衝動とともに聞きたい、という渇望もあっただろう。「われわれとは異なる世界における性質の違い」と題された講演のなかでは、A・ブエンディア大佐が生涯行った戦闘の数を、（原作では三十二回となっているところ）三十三回と述べ、しばらくすると、勢いに乗って三十六回と言い換えている。更に同講演で「（…）謙虚な思いを込めて申し上げますが、『迷宮の将軍』は我慢できずに詩的な装飾を施したところがあるにしても、歴史的な証言だと自分では信じています（傍点・筆者）」という箇所を読むと、うれしくてたまらなくなる。

　自作の書き手であると同時に読み手、語り手であると同時に、客席でわくわくしながら次のことばが生まれでる瞬間を待っている、聴衆のひとりなのだ、彼は。

前述した「ラテンアメリカの孤独」では、最後に物語作家が創造するユートピアの可能性に言及している。彼の地の現実とは裏腹に、確実な愛と幸福の可能性に満ち、無数のエピソードが細胞として息づいているユートピア。一九九五年の講演のタイトルは「ラテンアメリカは存在する」であった。「悲惨な状況の中で分裂し」、未完成ではあるが、「それでも間違いなく存在してい」るラテンアメリカ。そのしたたかなエネルギーがある限り、圧倒的な想像力を備えた生命のユートピアもまた、逞しく存在する。

ハンセン病と自由について――特集「自由」って何？

歴史上人間が公的に自由を奪われる最たるものの一つに、強制収容がある。ソビエト連邦時代のラーゲリ、第二次世界大戦中、アメリカの、敵性外国人である日系人たちに対する強制収容所、ナチス・ドイツがユダヤ人を収容したゲットーもその類のものだ。けれど日本にはさらに長期間行われていた強制収容があった。ハンセン病者に行われた絶対隔離である。

数百年続いた鎖国から、日本が国際社会に「国としてデビュー」したのは今から約百五十年前のことだ。私が小学生の頃、明治百年を祝った行事があったのを覚えている。さらにそこから五十年がたったというわけで、そう思えば百五十年というのは個人が感覚で手繰れる長さということになる。現代とは関係のない、遥か昔のことと切り捨てられない。

開国まもない頃の明治政府は、西欧列国に「文明国」として認めてもらうため、様々な、涙ぐましいばかりの努力を払った。鹿鳴館で西洋の社交界さながらの舞踏会を演出し、街路の風景を先進国らしい見映えにするよう欧米諸国から建築家を招くなど、あらゆる文化学問芸術において西洋に範を求め、また西洋からの「目」を意識した。この「外部からの視線を過度に意識する」というところに、今に続く我々の政府の特質があるように思う。一九〇七年、法律第十一号として「癩《らい》予防ニ関スル件」が制定されたのはその「外部からの目を意識する」ことの延長線上に位置づけられる。衆議院での審議では、「日本は一等国になった以上、路上でらい病患者が物乞いをするのは国の恥である」、とこの法案の「意義」が強調された。らいはハンセン病、あるいはハンセン氏病の旧名で、「癩」菌により末梢神経が侵される感染症であり、よく知られているように外見の変容が特徴的なため、古代から忌むべき病とされてきた。家族のケアを受けられない病者は家を離れ放浪、神社仏閣の縁の下などで余生を送ることもままあった。そういう路上生活を送る人びとを、外国からやってきた客人の目に触れさせたくないという本音で、全国に五つの公立療養所をたて、浮浪する病者を収容した。現代の公園や駅構内からホームレスを強制排除しようとする公権力の動機とまったく同じで、本来国が守るべき国民を切り捨てる政策だといえるだろう。審議の場で出た言葉、「国の恥」という概念を仮に是としたとしても、自国民の福祉より他国からの視線を気にするその体質にこそ「恥」はある。

この法律は一九一六年に改正、療養所長には、規則に違反したとみなした患者を監禁、処罰できるような懲戒検束権が与えられた。つまり「らい事情」はますます密室化していく方向性を定めた。

一九三〇年に行われた国際らい会議で、この病は伝染率が極めて低く、無闇な強制隔離の必要はなしとされたにも拘わらず、日本では世界の潮流とは逆行して、その翌年の一九三一年、らい病患者は在宅療養者も含め、全て強制隔離という極端な「癩予防法（旧法）」が制定された。

この法律の制定には、「救らいの父」と呼ばれた医師、光田《みつだ》健輔《けんすけ》が大きく関わっている。彼は患者は全て家族と社会から遠ざけ、療養所で治療すべきであり、治癒した後も再発の危険性を考え、療養所内での隔離を続けるべきであるという、「らい撲滅」、「終生絶対隔離政策」の提唱者であった。彼は国立療養所長島愛生園の初代園長となるが、患者の気晴らしや慰めのため、収容中は、「適当なる作業」「重症者の看護」「院内の福利を増進するための作業」などを奨励するとしていた。

彼のいう「適当なる作業」とは、入所者たちの証言によると次のようなものであった（患者たちによる当時の記録は、宇佐美治／大崎昭一著『野道の草』等、多数）。最初の収容患者たちは、まず自分たちで山を削り、道をつくり、住む家を建てるという重労働を強要された。よほど寝たきりの重症患者でない限り、動くところのあるものは皆、労働に駆り出された。末梢神経が侵され、痛みを感じなくなる病なので、鍬やスコップなどの器具を使い、もっこで運ぶなどしているうち、怪我をしても気づかず、そこから膿んでゆき、手足の指のみならず、手足自体が欠損していくこともままあった。冬場は凍傷にかかっても気づかず、労働のため山道を行き来しているうち、「長靴の中がジャボジャボいうなあと思っていたら、帰って長靴を脱ぐと血でいっぱいになっていた」という証言もある。適切な治療が施されることはほとんどなく、戦後特効薬のプロミンが処方されるものと思い自発的に収容所に来たものにも長く治療は施されなかった。療養所に来たことで、かえって重症化した患者が多かったのである。職員も圧倒的に少なく、またいても患者の世話はしたがらないので、自分たちで仲間の看護をし、亡くなれば自分たちで遺体を焼いた。日々の食糧は、自分たちの育てた野菜で賄った。不自由な手足で調理もしなければならなかった。自殺者は数えきれない。園長に異を唱える患者は園内に作られた監房に入れられた。新しく療養所に来た患者たちは、医師たちが見つめる中で、まず全ての衣服を剥がされて真っ裸にされ、クレゾール液の消毒風呂に入れられる。十代や二十代の女性たちも、他の男性患者たちといっしょの場で、それを強要される。病気の進行具合を確認するためとはいえ、その様子を椅子に座った医師たちが見ている図は、それまで普通の市民生活を送ってきたものにとっては人間としての尊厳が粉々になるような通過儀礼であっただろう。この最初の体験から一貫して、個としての尊厳は望むべくもなく、結婚は許されたが断種が条件で、しかも宿舎は雑居房だったので、十二畳ほどの広さの部屋に四組八人の夫婦が、カーテンも仕切りもなしに寝かされていた。

　放浪せざるを得ないものだけを収容するというならまだしも、実家に余裕があり、手厚く介護されているものまで執拗に「あぶり出し」収容するという民族浄化を旗印とした光田派のいわば国家を挙げての「強行」に、反対を唱えた医師もいた。

　京都大学の小笠原《おがさわら》登《のぼる》医師である。彼は、らいは不治ではない、遺伝病でもなく特殊な体質のものだけが感染する疾患であると主張した。が、光田派の激しい反駁に遭い、彼の説は学会でも糾弾、執拗に否定され、不遇に追いやられたが、生涯自説を曲げなかった。

　らい菌は菌の種類としては結核とよく似ていたが、感染力は結核よりも微弱であった。ただし結核菌が温かいところを好み、表面からは見えないところを侵していく病なら、らい菌は比較的温度の低いところを好み、表面の皮膚などを侵し、結果的に外観に決定的な影響を与え、忌避される原因を作った。滅多なことでは感染しないらい菌よりも結核菌の方が伝染力が高い。その高い伝染力を持った結核患者ですら、伝染病ということは知れ渡っていたものの、自宅療養が許され、決してらい病患者のように人間の尊厳すら脅かされるということはなかったのだ。

小笠原医師は、らいは簡単に伝染する病ではないとして、光田派が使うような防護服は着ず、素手で患者を診察し続けた。

光田健輔は外向きには非常に慈悲深く、困難な人生を歩むらい患者に手を差し伸べた救世主であるかのように喧伝され、自身も憐れな境遇のらい患者たちを救いたいとことあるごとに主張し、またそう振る舞っていたので、光田に憧れる若い医者は後をたたなかった。小川正子や神谷美恵子も熱心な光田信望者であった。

『小島の春』は、若い女医である小川正子が書いた、四国の山奥の村や小さな島々を分け入るようにして患者たちを見つけ出し、療養所へ行くように説得する、いわばノンフィクションなのだが、情趣深い文体で風俗や景色が描かれており、紀行文としても読み応えがある。患者宅を探し当てるまでの村々の人びととのやり取りや、その患者の家族の日常の様子やちょっとした仕草、感情の機微が細やかに展開していくので、患者の周辺の事情も、著者の文学的な文体の効果で、身に迫って感じられる。しかもその文体で、著者の尊敬する光田医師の提唱する「民族浄化の使命」のために、この家族を切り離さなければならない不条理が切々と謳いあげられるので、著者の身を切るような切なさ辛さがまるで大衆演劇か何かを見ているように伝わってくる。そして実際、この本は映画にもなったのだった。これを読むと、本当に小川正子は、患者が療養所に行きさえすれば、幸せな生活が待っていると信じているように思われる。ある素封家の家では、まだ十二歳の子どもである患者のために別棟を作り、子どもの病を嘆きながらも最先端の治療ができるように何不自由なく「療養」させていた。もしもこの子どもが親元を離れて療養所に行かされれば、他のもっと重い患者たちといっしょに雑魚寝、しかもろくろくタンパク質も摂れないような、虫の湧いているような糧食を、それすら満足に行き渡らず、食べられず、いつも空腹でいなければならない栄養事情でありながら、年寄りの多い療養所では若いというだけで過酷な肉体労働も課せられることになる。治療はもとより、包帯すら満足に与えられず、自分たちの衣服を裂いて作らなければならない。ほとんどの患者の「包帯」は膿で黄色く染まっている――どう考えても、家で大切にされている方が衛生的であり、幸せに決まっている。小川正子は自分の見たいものだけを見ていたのだろうか。本当に自分の頭でものを考えていたのだろうか。民族浄化という大義の恐ろしさは、可憐で純粋、一途な若い女医を、本人の意思とは全く別の働きをさせてしまうところからも垣間見える。

　十二歳の患者を持つ家族の話に戻ろう。父親はそういう療養所の実態を直感的に察していたのだろう、なんとかして家で治療を続けさせたいと努力を重ねていた。その父親の様子を小川は、

「『この児はここで十分に消毒をして手当をしています。療養所で出来る位のことは私の家でもできます』という。―略―父親は全く療養所に強制的に連行されるものと思い込んで必死の顔色言葉であった。焼野の雉子が翼の下に雛を庇うというのもこのようであろうかと憐れ深い」(『小島の春』)

　と記している。同情しながらも隠しきれない、今でいう「上から目線」に、新興宗教の古参の、洗脳されきった信者の体質を感じる。作品中、この父子と同じような田舎の名家の出身で、高い教育も受け、女教師として働きながら発症、実家の大きな屋敷の中の座敷でひっそりと暮らしていた女性をも、小川はまた無理に引きずり出して(しかし文中では家族と別れる哀れさ

に涙しながら）、療養所に向かわせている。この女性もまたクレゾール風呂の洗礼を受けねばならぬのか、という考えは、おそらく小川の胸には去来しなかったであろう。

情緒的な文章の合間合間に、らいは伝染病であるから隔離しなければならない、という主張が繰り返された。『小島の春』は当時他の本を圧倒するベストセラーになったが、この本がこれほど売れるにあたっては、文学者たちの絶賛もあったのだった。

当時のカリスマ的な批評家、小林秀雄は、「近頃読んだ本のうちで、最も感銘の深いものであった」と言い、「僕は救癩運動なぞには凡そ無関係な人間だが、この種の本が、もっと沢山出て、もっと世間に読まれる事を切望する者だ。この種の本とは、人間が其処で嘘を一つも書かぬ本、というより寧ろ書く必要のない本という意味なのである」「嘘ばかり読まされて喜んでいる世の幾百万の小説読者のうち若干名が、この種の本を少し努力して読み、嘘より本当の方が、どれほど面白いものかを知って欲しい」「この人の精神が健康な聡明さに輝やいて見え、僕は感服せざるを得なかったのである」「著者のやっている事は、真の意味での教育事業で、いわゆる『教育座談会』に出席する一流教育者達も一読して驚くところがある筈である」（「小川正子『小島の春』」小林秀雄）

無責任なことである。批評の神様と呼ばれるほどの自分の影響力について考えてみたことがあっただろうか。『小島の春』では見事な文章を駆使しながら文学的野心のない、清らかな、しかも医者であるからには知能も高いとみなされる女性、その女性が光田への忠誠心に心身を擲《なげう》って民族浄化という信念を貫いている——皇国の女性として絶賛の価値があったということなのだろうか。小川正子は明らかに強制隔離を是とする世論を強固なものにしたし、小林秀雄のこの文章は、その小川正子に「本物」というお墨付きを与え、確実に世論を後押しした。

　もちろん時代の空気というものもある。その数年後、ラジオで日本が開戦したことを知った小林は、「帝国陸海軍は―略―アメリカ・イギリス軍と戦闘状態に入れり」という放送の「強い感じ」に感銘を受け、これは「一種の名文」と称賛する。さらに「何時にない清々しい気持で上京、文藝春秋社で、宣戦の御詔勅奉読の放送を拝聴した。僕等は皆頭を垂れ、直立していた。眼頭は熱し、心は静かであった。畏多い事ながら、僕は拝聴していて、比類のない美しさを感じた。やはり僕等には、日本国民であるという自信が一番大きく強いのだ。それは、日常得たり失ったりする様々な種類の自信とは全く性質の異ったものである。得たり失ったりするにはあまり大きく当り前な自信であり、又その為に平常特に気に掛けぬ様な自信である。僕は、爽やかな気持で、そんな事を考え乍ら街を歩いた」のだった。そして真珠湾爆撃の報を受け、「名人の至芸に驚嘆」する。（括弧内、「三つの放送」小林秀雄）

　小林秀雄だけを責められない。阿部知二や川端康成、岸田國士等も、小川正子が「如何に気高く『日本的』であり、健全に『女性的』であることか！」（岸田國士「一対の美果」）等、言葉を尽くして絶賛した。女性に対する取り上げ方も含め、このあたりが当時のインテリ日本人男性の限界であったのだろう。あくまでも国家権力の枠内でしか表現できなかった知性――それはそれで当時の空気のなかでは仕方がないと諦観を持って受け入れる向きもあるが、当時、開戦に際してまったく理性的に（つまり、悲観的な予測を持って）それを受け止めた市井の人びともまたいたのである。軍部を称賛してさらに煽るような心性は、後になんと言い繕おうと、現代の異様な皇国心酔者のそれと根の部分では大差ないように思われる。日本人全体が抱える問題なのだろう。私たちには確かに、一時的に激した感情に思考まで影響を受け、飲み込まれやすい傾向がある。自身で考えることを放棄するところから始まり、極端に奔《はし》れば自分の「激情」に後付けで論理の匂いのするものを与えていく——これは恐るべき「短絡」であり、知性の「機能停止」状態ともいえる。この短絡は学歴や教養の多寡には関係ない。知性の代名詞のような人間にも、気をつけていなければ起こりうる。個を放棄して、一つに纏まりたい欲求を、他の民族より強く持っているのかもしれない。それが結局、自分たちの「自由」の首を締めていくような結果になるということを、深く考えなければいけないときが来たのだと思う。

　ほんとうに人間全体のため、そして個々の人間にとってそれが正しいことなのか、冷静に考え抜くこと——評論家ではない、学者でも文学者でもない、私たちそれぞれが、いままさにそれをしなければならない時代に生きているのだ。

パトリック・バーカム『アナグマ国へ』解説

アナグマ国へ——解説の前説

二〇一六年六月、ダブリン空港に駐機したヒースロー行きの飛行機の中で、着席したまま出発まで五時間を待たされた。乗り込むまでは誰もがすぐに出発するものと思っていたので、機長のアナウンスが響くとみな天を仰いだ。英国ブレグジット騒動の只中で行われた国民投票の混乱で、ヒースロー空港周辺の交通がパニック状態になっていた余波だった。しばらく半信半疑で呆然としていたが、やがて覚悟も定まり、長丁場に備えバッグから本を取り出した。ダブリンの書店で平積みになっているのを見つけ、まだ目を通していなかったアナグマの本だ。白黒のジャングルのような木立ちのなかで、これも白黒のアナグマが、可愛げのない目つきでこちらをじっと見つめている表紙である。その強烈な「読め」という視線に思わず買ってしまったのだった。そうそう、これがあった、と軽い気持ちで取り出したのだが……。

五時間があっという間だった。ものすごい本と出会ってしまったとため息をついた。帰国すると、自分と同じように自然や動植物、それと人間との関わりに興味を持つ友人知人に、この本の魅力を説明していた。今回日本版翻訳出版に当たり、解説させていただけることになり、改めて再読、ますますのめり込んでしまった。自分で暖房設備をしつらえ、仲間の死を弔う——神秘的かつ魅力的なアナグマの生態や複雑な歴史を通して、これからの人類の在り方そのものまで深く考えさせる内容なのだ。

「アナグマ国」とは何か

近年、本書ほど深く没頭して読み込んだ本はなかった。

本書の著者パトリック・バーカムは、英国ガーディアン紙の記者である。イラク戦争から地球温暖化、（この本にも出てくるように）ウィリアム王子の結婚式当日の町の模様のレポートまで、自然環境のことだけでなく幅広く社会に関わる記事を書いてきた。デビュー作の *The Butterfly Isles*（蝶々列島）では、ブリテン島で見ることが可能な蝶を追う旅のなかで、ヴィクトリア朝時代を彷彿とさせる、いかにも英国らしいマニアックな蝶の蒐集家たちも絡み、自然描写だけでなく深く人間をも描いてきた。丹念に取材を積み、レポートを重ねる姿勢が、この彼の二冊目の本、『アナグマ国へ』にも存分に生かされている。

ジャンル分けというものは窮屈で、ときにそれによって作品を偏見で見たり、矮小化することもあると常々思っているが、何か一つの旗印のようなものとして重宝することもある。自然観察とともに内省的に文章を綴っていくようなネイチャーライティングというジャンルの概念は、ソローの『森の生活』前後からアメリカで展開した（野田研一氏らの環境文学に関係する一連の書籍に詳しい）ものらしい。それ以前、文学的な素養を踏まえて自然観察を行うという形式の嚆矢とされるものは、十八世紀半ばに書かれた書簡を基にしてフランス革命の年に英国で出版された、ギルバート・ホワイトの『セルボーンの博物誌』だろう。いわゆる博物学と目されるようになったこの形式を使って生み出された文章は、ある種の英国人の琴線に触れたことは間違いがない。博物学は知識階級（勤勉な労働者階級を含む）の心を摑み、当時のあらゆる文献に、キノコの、鳥の、魚の、昆虫の、植物のマニアックな蒐集家の文章や「生態」が散見される。この流れでダーウィンの『種の起源』が執筆されたともいわれているし、日本に関係のあるところでいえば、そのダーウィンとも書簡のやり取りがあった、市井の博物学者、トーマス・W・ブラキストンが『蝦夷地の中の日本』を記した。ブラキストンは家の事情で軍人とならざるを得ず、後に商人となり、開国直後の日本、北海道に二十年ほど滞在した。『蝦夷地の中の日本』は、開拓以前の、クマザサと蔓植物に覆われた北海道の原野と動植物を克明に記録した、実に貴重な資料である。ブラキストン自身は人間としてかなりの「変わりもの」だったらしいが、それは博物学にのめり込む立派な素地を有していたということでもあると思う。その観察があって、のちにブラキストン・ラインと呼ばれる画期的な説にたどり着いたのだ。

　あくまでも管見によれば、であるが、英国においても『セルボーンの博物誌』以来、一箇所定住型という観察者のあり方が通例であった。ケント州の、サリー州の、エセックス州の、○○村の、△△森の、というように、特定の場所と風景と観察と考察、というものがセットになった、深々として素朴な「自然観察者の手記」の類いが――特定の階級というだけでなく、日本の一連の「マタギもの」のように、先祖代々の家業を通じて受け継がれた自然に対する豊富な知識を持っている密猟者や、森番への聞き書きがブームになったこともあった。ともかくジャンルがなんであれ——楽しまれてきたのだった。しかしここ数年、少し様子が違ってきているように思う。自然観察に軸足が置かれ、現代文明を見据えている、単なるノンフィクションともいい難い、いよいよジャンル分けの困難な作品が増えてきたのだ。

新しいネイチャーライティングの潮流

本書、『アナグマ国へ』の著者、パトリック・バーカムは、デイブ・グールソンやロバート・マクファーレンらと共に、近年の英国の新しいネイチャーライティングの潮流を生んだ一人と見なされている。ロバート・マクファーレンは、世界各国、様々な土地の地下空間（核廃棄物の巨大な墓場やダークマター観測所、グリーンランドの氷穴等々）とそこに関わる人間群像を記した『アンダーランド』や、人びとが山へ抱く思いと挑戦の記録を描いた *Mountains of the Mind* の著者であり、デイブ・グールソンは、生物学者でマルハナバチの保護活動も行っているが、昆虫の大量絶滅について警鐘を鳴らしていることでも有名である。グローバリズム時代の、といういい方はしたくないが、明らかに「村を歩いて、森を見つめて、思ったこと」から、射程が広がっ（てしまっ）たのである。パトリック・バーカムを含め、彼らの作品では自然を見つめながら人間と、人間の到達した現代文明への懐疑が述べられているというパターンは共通しているが、このバーカムの『アナグマ国へ』で特筆すべきは、デビュー作 *The Butterfly Isles* にすでに萌芽のあった、その独特の「書きぶり」を、彼がいよいよ完全に確立したという点であろう。いかにも記者らしいルポルタージュの手法や、かと思えばそこから地続きで、詩情にあふれたうつくしい自然描写のなかに個人的なアナグマへの思い入れを滲ませ、読むものを引き込まずにはおかない、紀行文学的な味わいもある。単にアナグマの生態や歴史、人間との関わりを述べるに留まらず、「アナグマ論争」が政治に利用されてきた社会的な経緯を政治記者のような筆致で克明に記し、アナグマ駆除騒動に中立であろうと足繁く賛成派の農家に通い、また反対運動の只中に身を投じて現場の声を集めた。中立、という点を意識したあまりか、アナグマを愛し、餌をやる人びとや牧畜を営む家族たちと親しく付き合い、それぞれの個人史にアナグマが入り込んできた抜き差しならぬ事情まで活写し、果てはアナグマの死骸を食する人物の部屋にまで入り込んで共にそれを味わう——英国の哺乳動物でもっとも謎めいた（仲間の死を悼み、埋葬までするといわれている）存在をあらゆる角度から照射することで、一つひとつはややもすると新聞のコラム的に見えながら、通奏低音のように流れる「アナグマ国の住人たち」への共感と哀感がひしひしと感じられる。人間そのものの底知れない闇の深さが、アナグマというキーワードで渦をなすように結びついていく。

　彼のいう「アナグマ国」とは何か。

アナグマと人間の歴史

本書で明らかにされる、アナグマたちの背負って来た被虐の歴史の悲惨さには言葉もない。アナグマ掘りや、闘狢《とうがく》（これは本書の訳者による造語らしいが）は、一体いつ頃から始まったのか。ヨーロッパでは、ヒトはいつからアナグマに複雑な思いを抱くようになってしまったのか。著者バーカムは、ノルマン人がアナグマ掘り用の犬種をブリテン島にもたらしたというから、少なくとも十一世紀頃にはそれはあったのだろう。闘狢は、闘鶏や闘牛におけるニワトリやウシと同じように、アナグマを闘わせ、見世物にするのだが、（少なくとも日本の）闘牛や闘鶏が、基本的には互いにフェアな条件で闘わせて勝ち負けを競い、人間の娯楽とするのとは、事情が少し違うようだ。「小さくとも勇敢で忠誠心の篤い犬たちが、頑丈で獰猛で恐ろしいアナグマを追い詰め、完膚なきまでに（文字通りの意味で！）噛み裂き、征服する」、という「胸のすくストーリー」が、最初から決まっているのだ。

　小型犬が狩猟用に「開発」されてきたことは聞き及んでいたが、アースドッグと呼ばれるテリアなどのほとんどが、具体的に対アナグマ用に作り上げられてきたということを本書で初めて知った。「アナグマ掘り」に、そしてアナグマを掘り出した後に待っている「闘狢」に、そこまでの熱狂と執拗さを伴うほどの「需要」があったということだろう。自らの欲求のために、他の生物の体軀を作り替えるという、この創造主まがいの蛮行が疑問もなく続き、その「疑問のなさ」がやがて乳量の増産だけを目的に、ホルスタインの体軀を改造することにもつながっていったのだろう（それが結果的に乳牛たちの、簡単に感染する脆弱な体質を作り、ウシ型結核の感染拡大を招いた大きな要因となっている、と著者は見ている）。

　アナグマ掘りと闘狢は、連続して行われることもあるが、厳密にいうと違いがあり、アナグマ掘りは上流階級も熱狂するが、彼らには別にキツネ狩りという娯楽もある。これは庶民には許されない。キツネは王侯貴族の狩りの対象なので大切に保護され、無残な扱いは罰せられる。しかし、アナグマはその対象とはならず、いくら残酷に殺されても、罪には問われなかった。アナグマは地下世界を行き来する得体の知れない不気味な生物と思われ、農作物に害を及ぼすというので、見つけ次第殺されるか、いくらでもサディスティックな扱いができる対象となった。そこに英国の階級制度を見る向きもある。闘狢は貴族や地主階級から徹底的に搾取された労働者階級の鬱憤ばらしであり、領主階級は、農奴の不満が暴力として爆発しないように、闘狢を黙認した、という。

やがてこの「見世物」にスポーツマンシップはない、と（そんなことは一目瞭然なのだが、「フェア」ということに重きを置く「層」が厳然として存在する国なのだ）アナグマ擁護に回る人びとも出てくる。

一八三五年に成立した野生動物愛護法により、闘牛及び闘狢は違法とされるが、規制は緩やかなものだったため、ほとんど効力はなかった。が、一九〇八年にケネス・グレアムの『たのしい川べ』が出版されてから、アナグマに対する人びとの印象に変化が現れる。作中に、好ましいキャラクターとしてのアナグマが登場したためだ。一九七三年に、ジェーン・ラトクリフらの長年の尽力により成立したアナグマ掘り禁止法では、英国史上初めて、特定の陸上生物が法で指定され、保護されることになった。しかしそのほぼ二年前、アナグマの死骸からウシ型結核菌が検出されたことにより、事態は大きく変わってしまっていた。アナグマは、政府プロジェクトの駆除の対象となり、反対派と駆除推進派の抗争といってもいいような果てしもない対立がスタートしていたのだ。

表徴としてのアナグマ

「なぜアナグマは共感され、崇拝され、徹底的に憎まれるのか」

アナグマは、まるで度重なる他国からの迫害や蹂躙を生き延びた、忍耐強い非支配民族を思わせる。実際のところ、世界中の各地に、理不尽な、謂れのない暴力を受けても、抗議すら許されなかった民族がいるのだ。自身も最後には虐殺された革命家、ローザ・ルクセンブルクの手紙の一節を思い出す。ローザはある日町中で、監督人の逆鱗に触れ、分厚い皮が裂けて血が迸るまで鞭打たれている野牛を見た。

> (…)獣(野牛)たちはそれから荷おろしのあいだじゅう、つかれきった様子でじっと立っていました。そして血の出た一頭はじっとまえのほうをみつめ、黒いかおと柔和な黒い眼に泣きはらしたこどものような表情をうかべていました。それは、ひどい折檻をうけたけれども、それが何のためなのか、なぜなのかがわからない、またどうしたらこの苦痛とこの野蛮な暴行からのがれることができるのかがわからない、そういうこどもそっくりの表情でした……わたしはそのまえに立ち、その獣(野牛)はわたしをながめ、わたしの眼からはなみだがながれおちました――それはその獣の涙だったのです。―略―……ああ、わたしのかわいそうな野牛、わたしのかわいそうな愛する兄弟、わたしたちはふたりともここにこんなにも無力にぼんやりと立っている、そしてどちらもただかなしみにとざされ、なんの力もなく、ねがいだけははげしく心にみちて。
>
> ――『ローザ・ルクセンブルクの手紙』北郷隆五訳

野牛は民衆であり、ローザ自身だったのだろう。ひとはそのように溢れる思いを対象に投影する。このローザの野牛に対する思い入れは、アナグマ擁護派の心底に響き合うものだ。そして虐げられたアナグマもまたそのように、それを見つめるひと自身となるのだろう。虐げられたものが、自分の心の底に蹲っている虐げられたものと呼応して、まさに鏡になっているのだ。

著者は、「アナグマがイギリスの階級制度に基づいた狩りのシステムの被害者であるという説は興味深いが、我々の残虐性を説明する言葉は他にもありそうだ。それは、『無知』である」と記し、さらりと「残虐性」という言葉を出しているが、この言葉もまた、こういってしまえば何かわかったような気になる、取り扱い注意の「記号」として記憶しておこう。

驚くほど近くにアナグマが棲んでいることに、気づかない人びとも多い（日本でもそうであるらしい）。夜行性ということもあるだろう。何百年、何代もの間、地所を一つところにしながら、存在に気づかないこともありえた。まるでそこに次元の違う別世界が広がっているかのようである。そもそも、「その土地を所有する」という人間同士だけの取り決めなど、先祖代々その土地に棲んできた動物たちに如何なる意味を持つのか。

一九〇八年、ケネス・グレアム『たのしい川べ』に出てきたアナグマ像は、歴史上類を見ないほどそれまでのアナグマのイメージを一変させた。地下の屋敷にいかにも英国のコテージにありそうな暖かい台所を持つ、のっそりとした素朴なアナグマは、父性溢れ、頼りがいのある好ましいキャラクターとしてのモデルを定着させ、人びと、特に都会に住む人びとの心に、アナグマに対する論理を超えた愛着を芽生えさせた。アナグマは野生動物保護の象徴となった。

しかしそれとは正反対の概念をアナグマに持つ人びともいる。自分の意識の光が照らし出すことのできない地下世界が、制御不能、支配不可の場所だということに生理的に我慢ならず、地下に出入りするものを引きずり出して叩き殺さなければ気が済まない激しい衝動。

どちらも存在の奥底から突き上げるものに動かされるようにして、駆除に対し、反対を叫び、賛成を叫んでいる（もちろん、純粋にアナグマがウシ型結核の伝染にどれほど関わっているのか、科学的に解明しようとする立場の人びとや、アナグマの害に困り果て、致し方なく駆除するしかないという農家も多いが、ここでは理屈を超えた「表徴」としてのアナグマを語っている）。

アナグマに愛情を込めた晩餐を作り続けてきた老婦人、ジュディーとの会話のなかで、バーカムは「ウシ型結核がなかったとしても、アナグマはなんらかの方法で殺され続けていたのではないか」と考える。このジュディーを始めとした「アナグマに餌をやり続ける人びと」や研究者たちは、それぞれどこか「傷ついた心」を抱え持ち、一見偏屈で味わい深い風情があり、なんともいえず魅力的だ。

パトリック・バーカム個人のアナグマ

もともとバーカム個人にとって、アナグマは「特別な動物」だった。アナグマ掘り禁止法成立に奔走したジェーン・ラトクリフは彼の母方の祖母にあたる。ジェーンもまた、かなり偏屈な女性だったようだ。彼女の娘である、バーカムの母親は、自分たち子供のことなどほったらかしで、いつも傷ついた動物たちの世話に夢中になっていた母親について、複雑な思いを抱いていたらしいし、バーカム自身も、幼い頃に祖父母の家で見た、動物たち（当時は主に傷ついたフクロウだったらしいが）に食べさせる、フリーザーにぎっしり詰まったヒヨコの冷凍死骸に強烈な思い出を持っている。祖母ジェーンは、愛情があるのかないのかわからない（アナグマへのそれは疑いようもなかったが、母、つまり彼女の子供に対しても孫である自分たちに対しても）、非社交的でミステリアスな存在だった。ジェーンは七〇年代、彼女が間違いなく心から愛したアナグマ、ボジャーへの愛を綴った*Through the Badger Gate*（アナグマドアを抜けて）という哀切極まりない本を出版した。祖母の著作の出版記念パーティにも出た幼いバーカムにとって、祖母はアナグマと同義で謎に満ちていた。この作品（本書）は、バーカムの不可解だった祖母へのレクイエムでもあるのかもしれない。本書におけるアナグマ探索の旅は、自然とその謎を紐解いていく行程ともなり、すぐれて自伝的で、また自伝的であるということは、否応のない特殊な個人的熱狂に読者を巻き込んでいくことにもなる。登場人物それぞれが、現代の辺境に棲むアナグマたちなのだということがわかってくる。

　しかし幼い頃からそのように、アナグマに特別な感慨を抱いていたにしても、いよいよ彼を、真剣にアナグマについて書かねばならないという気にさせたのは、二〇一三年に本格的に始動した政府主導のアナグマ駆除にまつわる、都市文化対田舎文化の全面戦争といった感のある、アナグマ論争であろう。繰り返してきたように、アナグマは、ウシ型結核感染拡大の鍵を握っているとされていた。その真偽も含め、著者はできるだけ公平に両方の言い分を聞こうと取材を続けたが、そのなかで、「土地に深く根ざして生きる」人びとやアナグマと、ほとんど根無し草のようにして都会に生きる自分との対比に考え込む記述が散見される。そもそも出だしから、自分の今の都市型生活スタイルに疑問を持ち、幼い頃から好きだった自然になじんだ暮らしへの慕わしさが語られていた。アナグマとアナグマに関係する人びとを追うなかで、「自分の居場所」を見出していく。そして仕事を優先するあまり、疎遠になったりしていたガールフレンドが妊娠したのを契機に、最後には、生まれ故郷に家を持つ。そしてそこに待っていたのは……これは最終章である。これ以上は書かないが、この本は、バーカム自身の、「帰還」の物語でもあるのだった。

アナグマ国へ

私が今住んでいる場所の最寄りの駅近くにも、アナグマ（ニホンアナグマ）が出没するらしい。現実と事実だけを追っていながら、いつのまにか時間も空間も超えて深い地下世界に誘われている。

本書は、人間側の利益だけを追ってきたこの経済システムが抜本的に変わる必要があること、地球は人間だけのものではないということを、切々と訴えている。アナグマ国へ向かう小径を、著者はあらゆる角度からつけた。「アナグマ国へ」向かうとはどういうことか。個々人の心の奥底に棲まうアナグマと、まずはどう付き合うか。引っ張り出して亡きものにするのか。餌をやって可愛がるのか、それとも。

どう考えても、めんどうなことになりそうだ。直接には関わらない、けれどそこにいることは知っている、それも熱烈に知っている。いないふりはできない。

どうすればいいのか、途方に暮れる、ふと目を上げる。そこに、アナグマ国への入り口はある。

バオバブのある風景　記憶を紐解く——映画「バオバブの記憶」

この映画の舞台、セネガルではなかったが、以前アフリカへ行ったとき、現地の子どもたちに、どういう「遊び」が好きか、聞いたことがある。最初に「サッカー」という言葉が出て、それから学校の予習復習みたいなことを言う子どもがちらほらといて、紋切り型であったり優等生すぎたり、私は彼らの本音が聞けていないような気がしてしようがなかった。日本の「かくれんぼ」や「缶けり」のような、その土地独特の子ども文化を、私は無意識に期待していたのである。

今にして思えば、私こそ紋切り型の発想しかしていなかった。幼い頃から小さいなりに労働力として数えられ、独自の「遊びの文化」を十分に熟成できないままの文化もあるのである。または度重なる人災天災で、その伝承が寸断されてしまったか。

映画「バオバブの記憶」は、私の持っていたそういう俯瞰的な視点でなく、文字通り大地に根を生やしたバオバブの視点で展開される。医療や信仰や日々の糧、つまり繰り返される日常が、村のバオバブに寄り添いながら編まれていく。「学校へ行くこと」は贅沢なことなのだ。「遊び」を次々に発明できる日常が贅沢なものであるように。御者付きの馬車で通勤する学校の先生は、村で敬意を払われる知的な存在であるが、その権威をもってしても、太刀打ちできない現実がある。兄弟姉妹もけっして平等ではない。さまざまな理不尽と矛盾を、子どもはその身に引き受けて日々を生きる。

資本主義と民主主義を標榜する国の子どもたちは、最初に覚える言葉の一つが、It's not fairであるらしいけれど、世界はそもそも公平にできてはいない。公平であろうと努力することは大事だが、そのことを恨んだり、根に持つこととは別に、そこから育まれる漸進力や情緒を積極的に大切にしていく道もまたある。バオバブに象徴される大地や自然は、そのやるせなさも悔しさも、黙って受け入れる。その支えがあるからこそ、村人たちも、朝が来たら丁寧に道を掃き清め、家畜の世話をし、それぞれがそれぞれの持ち場を守り、毎日を生きていけるのだということが、画面を通じて伝わってくる。

それだけに、この聖なる木々がどんどん伐採されていく現実が、淡々と描写される場面はつらい。それは人類が自らを大地から切り離していく行為でもある。資本主義とはなんと暴力的で、破壊的なのか。いかに多くの生命と「共存し得ない」ものなのか。本来豊かさを求めているものでありながら、本質的な豊かさとはまるで反対の方向へ、加速をつけて世界を引っ張っていく。それを必要悪と認める人々もいれば、何か方策はないものかと模索を続ける人もいるだろう。いずれにしろ、この現実は世界の「どこか遠いところ」で起こっていることではなく、「自分を取り巻く」世界で起こっていることなのである。自分の存在もまた、その破壊に加担する側と無縁ではいられない。

体験したことのない異文化の村の生活でありながら、画面で見るバオバブのある風景に、気づけばいつのまにか懐かしさを感じているのが不思議だ。

まとめ上げ、醸し、解体する——加藤幸子『家のロマンス』

少々都心から離れているとはいえ、五百坪余りの庭がある。四季折々に花が咲き、果樹もあり、西洋風の芝生もあれば、奥には築山や竹林まで控えている。大正建築の建物は蔦の絡まる二階建ての西洋館、板張りの洋間と畳敷きの和室が半々の和洋折衷、何かが「棲み着く」のにこれ以上の「容れもの」があるだろうか。が、こう書いたからといってホラーではなく、もちろんその「何か」は表だって出てきて暴れたりなどしない……いや、暴れたのだろうか、もしかして。

一族がこの屋敷に住むようになったのは、婿養子として祖母ミヤと結婚した大学教授の祖父が、戦前九州博多の大学から帝大へ移ったときであった。死の床で自らに向かって述懐するように、ミヤは社交的な性格とは言えない。使用人や家族の状態を把握しそれぞれの生活の助けとなるよう気を配る、いわばゼネラルマネージャーの主婦役はミヤの母が受け持っていた。ミヤは箱入り娘のそのままに、屋敷の中で読書三昧に明け暮れ、好きな散歩も家の敷地内で事足りた。祖母ミヤが自分にとっての「カナンの地」と呼ぶこの家屋敷は、すっかりミヤをその胎内に取り込んでしまったのである。

〝家〟に浸食されずに〝家〟の物語を語れる後継者として、ミヤは長男の長女、孫娘ヨシノに自分に似た資質を認めている。ミヤがそのかさかさとしたユーモアの発露の最初として（彼女は死後、実にユーモラスに姿を変えつつ孫娘の前に現れるようになる）、病院で噴水のように血汐を噴いて臨終を迎えるときも、ヨシノは「飼育していた二十日ねずみの死に際を、何時間も見ていたときと同じ眼」で祖母を見つめる。ミヤも薄らぼんやりした視力で負けずに見つめ返す。何とも骨太のこの場面の迫力と、無機的な熱のなさ。冷静でフェアな観察者たる資質の継承の儀式のようである。

加藤幸子の筆致もまた、ちょうど対象の全体を冷静に観察できるポジションの取り方をして、諧謔と何物にも必要以上に肩入れしない（淫しない、という方が本当はぴったりなのかもしれない）対象との距離を保っている。しかしこの本は、理屈を超えた衝動の「ロマンス」の物語なのだ。

二人の観察者、「祖母ミヤ」と「孫娘ヨシノ」が共通して心を込めて観察するのがその偏屈さ故に他の兄弟たちからも浮いている「次男久男」である。ミヤと同じように「〝家〟に浸食される」までに〝家〟に固執していたのは、最後まで〝家〟を売り払うことに反対していた次男久男だったのだろうし、彼のことを感情に振り回されず誰よりも冷静に観察したのはヨシノだっただろう。祖母ミヤがヨシノを「継承者」として見込んだのは彼女のこの、「浸食されずに距離を保つ」という特質にあった。〝家〟とは一体何なのか。

戦後、子ども達それぞれが家族を持ち、不自由な雑居生活を強いられながらも、外へ出て行こうとしなかったその理由を、ミヤは死の床でいよいよ明晰になる意識で思う。それは、「この〝家〟があったからなのだ。二十代で引越してきてからずっと、私はここを世界の中心と定めてきた。—略—私と〝家〟は同化し、溶けあっていた。〝家〟を殺せば私も死んでしまう」「……私は家族の絆は血ではない、と確信するようになった。それは〝家〟なのである。私と同じくらいに古くなったこの洋館風の家と庭が、水と油のようになじみにくい者たちをまとめて、私の家族と称させる。ここになじんだ者、この屋根の下で息を引きとった者たちの全てに通ずる。人間ではない生き物だって例外ではない。」

　混沌に回帰して一つになることを希《こいねが》う衝動の物語をまたロマンスと呼ぶなら、これは「家」の醸成するロマンスの話なのだ。斯くも求心的なロマンスに深く捕らわれ、その裡に一生を終えたミヤは、ほとんど外出もせず、外の世界を積極的に「体験」することもなかった。そもそも外へ向かう何らの必要もなかったのだから。

　家が取り壊されてその実体が消えてもなお、「ロマンス」はかつてそこに棲んでいた人々の体内の奥深くに息づいて、そして新たな「ロマンス」を醸し始める。ヨシノは本当に〝家〟に浸食されないですんでいたのか。

　深まる終末のロマンスには、家も人も、いよいよ解体されることへ向かう、甘美な官能の匂いが漂う。

生命《いのち》をかたちづくる皮膚——傳田光洋『皮膚感覚と人間のこころ』

以前パソコンで「ケラチノサイト」と打ったび、「毛拉致のサイト」と変換されていたことがある。苦笑しつつも、傳田氏の著作を読んでいたので、あながち意味のない変換でもない、と、我がパソコンながらその都度少し尊敬したものだ（今は心得てちゃんと変換するようになり、助かるがあまり面白くない）。ケラチノサイトとは、表皮を構成する細胞の名称である。サルからヒトになる過程で、皮膚は毛を失くした。この喪失によってヒトが獲得したものは測り知れない、と傳田氏はいう。

「脳だけがこころをつくるのではない」

既に世に出た『皮膚は考える』『第三の脳』『賢い皮膚』を通し、氏は一貫してそのことを言い続けてきた。皮膚というものがただ単に内臓を格納しておく皮袋に留まらず、自己と環境との境界にあって、いかに闘い、感じ、考え、さまざまな情報伝達物質を放出してヒトの「気分」を決定するものであるかを。慎重な文脈のなかに、突如として現れる（一見）奇想天外な仮説が魅力であった。

この『皮膚感覚と人間のこころ』では、そういう「驚きの仮説」への検証が、膨大な文献の数々や研究報告を積み重ね、三島由紀夫や安部公房、ヴァレリーやリルケ等の文章も引きながら、丹念になされていく。論旨は力強く、有無をいわさぬ説得力がある。

科学技術に頼りっぱなしの現代、個々の意識を左右する情報は視覚や聴覚からのものが圧倒的に優勢に思えるが、「しかし、皮膚感覚は、私たちを強く揺さぶります。—略—性的な接触は強烈な快感をもたらし、逆に皮膚の痛みや痒みは、堪え難い不快をもたらします。—略—システムの中で生きる人間を、皮膚感覚は突然、個人に戻してしまうのです。……」そして皮膚感覚こそが自己と他者を区別し、さらにいえば「自己を生み出す」のだという、独自の見解に至る流れは圧巻である（皮膚感覚は個人を強く意識させるのに、自他の融合を目指しているはずの性的な接触——生命の誕生に直結している——に、その皮膚感覚が不可欠であるのは感慨深いことである）。

本書は、「高校時代の期末試験で、未だに忘れられない問題があります」と始まっている。どんな問題かは本書で確認していただくことにして、読み進めると、ときに個人的内面史とも思える記述に、著者が真っ向からこの著作と取り組んでいることが伝わってくる。皮膚科学最前線の情報にあふれた、すぐれて科学的な書でありながら、ラストの記述に再び現れる「高校時代の期末試験」に、著者の半生すべてが収斂されていくような感動は、かつて文学作品でしか得られなかった類のものであった。皮膚を論じて意識の在処、生命そのものが語られていたのだ。

詩が伝わる歓び――井坂洋子『詩はあなたの隣にいる』

実は、と書き起こすのも恐縮だが、初めて自費出版で出した本（というよりも冊子）は詩集で、それは高校生の頃であった。私のアイデンティティは、口幅ったいが、今でも内奥深く降りると「詩人」であるはずだ。そんな人間ですら、近年、以前と較べると日常的に「詩」を読む、ということからずいぶん離れていたように思う。個人の問題のみでもなさそうだ。

本書の著者、井坂洋子氏は、

「半世紀ほど前にはひとクラスに二、三人はいた詩の好きな人が、いまは一学年に一人もいないという詩にとって危機的な状況に陥っている。」と憂い、本書執筆に当たって、「詩を通じてひとりの人、あるいは一人ずつの人と共振したい」と願った。このことばを読んだ瞬間（それはこの本を読み終わった瞬間でもあったのだが）、この感覚がまっすぐに自分の中心に向かって飛び込んできた。まるで自分のなかから湧いてきたもののように。読んでいる間中、私は確かに「共振」していたのである。それを言い当てられたかのようだった。

本誌（「ちくま」）で「原詩生活」という題で連載されていた頃から、本作を毎回楽しみにしていた。文章が論理性を伴いながら神経細胞のように伸び、隅々に行けば行くほどそこでふくらみを持つ。馥郁《ふくいく》と豊かなのだ。そのことは不思議なことに読む前に一見してわかるほど（なぜだろう。漢字とひらがなと、なにかのバランスなのだろうか）で、掲載ページの質感さえそこでは違って感じられた。ほとんどが他の詩人の詩の解説なのだが、一語一語を丁寧にたぐり寄せ、その周囲に近づいたり遠目で見たりしながら賞翫していく、その手つきの厳かさ、確かさ、また謙虚さが、なんともいえず、読者と「詩」との距離を縮めていく。そうなのだ。ひとは本来もっと詩と近しいはずなのだ、と高校生の私が強く頷く。ひとは、「……詩なるものを呼吸して生きている」存在なのだ。そうでないと生きている気がしない。

　そして猫と孫について書くようになったらおしまい、と自戒のように巷の言説を引きながら、御自身の孫についてのエピソードが一つ。よちよち歩きのお孫さんが、今では小さくなった最初の靴を見つけ、それを履かせろと、身振りで著者に迫る。それは無理、と著者は大きめの別の靴を履かせようとする。彼は体で拒む。それを見ていた著者の母上がつぶやく。「こんな子どもでも小さな過去ができるのね」。

　まさしく、「詩はあなたの隣にいる」瞬間だ。こういう瞬間を日常に埋もれさせず、すかさず感応し、掬い上げる瞬発力こそこの本全体の大きな魅力の一つである。「小さな過去という言い方が面白い。なるほど彼の上にも時は流れたのだ。夥しい過去を背負っている母の、ふと洩らした感慨――。」著者は手放しでほめることはしないし、ここでその言及は終わっているが、さらにいうと、過去が「ある」ではなく、「できる」という言い方も見ごとである。降り積もった過去の小さいなりの重みが感じられる。ここにもまた「詩への入口」があるのだろう。詩は生活や暮らしのなかに在るのではなく、その向こうに確かに在って、生活や暮らしにも滲出してくるものなのだ。

今、私の目の前には、この文章を書くため送ってもらった本書のゲラがある。何も纏わない、清潔なほど平たく置かれた紙の、その上に、まるで海から獲ったばかりの牡蠣のように、著者のことばがあざやかにくっきりと、在る。この至福。会ったことのない井坂さんと、ひとりとひとりとして、対峙している。私は彼女の何も知らないけれど、彼女の核心がそこにあることを痛いほど感じている。ことばの力が、皮膚から毛細血管に浸み渡り、存在ぜんたいを芳しく充溢させていく。これは、まぎれもない、詩が伝わる歓び。生きることの秘密に、身の裡深く、またその奥深く、この上もないほど、近づいている。

真昼の星々への旅――水越武『真昼の星への旅』

穂高を始めとする日本アルプス、ヒマラヤの氷河、アラスカ、パタゴニアの山々、水の変化の織りなす造形、そして原生林……。本書は写真家・水越武五十年の集大成である。

標題にある「真昼の星」とは、写真家が若い頃伝え聞いた神秘的な山岳のエピソードに由来する。嶮しい岩肌のひそみ、陽の光の届かぬ或る場所に、見上げれば昼間でも星の見える空があるというのだ。以来、写真家は穂高で岩壁を前にするたび「夢とも幻ともつかない星」を探し「首が痛くなるまで無窮の空を見上げ」た。確かに星は、昼間でも空に存在しているはずなのである。「見えていない」だけなのだ。色彩あふれる明るさの向こうに真実は隠される。

白と黒、その間の階調だけからなるモノクロームの写真群には、この惑星自体が持つ、生命の律動のようなもの、水越氏が絶えず惹かれ、追い求めていたもの、自然の背後に、あるいは奥深くあって、山を山たらしめ、樹を樹たらしめていたものの気配の正体が、色彩に逃げ込むことなくこちら側に析出してきているのがはっきりと見てとれる。それを引き受けるため、見る者は同等の深度を持った「場」を自分のなかに即座に――一枚の写真と相対した瞬間に――見いださなければならない。そうでなければとうてい対峙できない。そして不思議なことにそれが（自分のなかに）在ることがわかるのだ。自分自身の個人的な歴史や経験値のさらに向ここう、もうひとつの時間の支配する領域に、このひたすらに濃密な一枚を自分のものとする作業のための「場」があるのだった。例えば滝谷を。例えばカラコルムを。

それは写真から導かれる、喜びに満ちた発見だ。

日常を表層的に過ぎ行く時間の流れを超えたところに、もうひとつの時間の層がある。世界を押し進める時間軸は実はそのように構成され、人間存在はそのふたつの時間の間でバランスを取って実存している。が、普段そのことに気づく機会は少ない。内部に緊張を孕んで凄まじい張力を感じるような写真に遭遇したとき、ひとは自分がその時間の割れ目に佇んでいることを意識する。

以前、氏の前で「人間もまた自然の一部であり、だから人工物（プラスチックゴミなども含め）もこの時代の生態系の一部であるように思う」と呟いたことがあった。筆者自身の随筆に記したこともある心情である。その賢しらも柔らかく受けとめてくださった上で、ご自分としては「自然そのものに満ちている本来のリズムを大切にしたい」という主旨のことを、氏特有の、謙虚でありながら毅然とした、揺るぎのない口調で述べられた。それが氏の写真に向き合う作法なのだ。写真を見る方にはもちろんなんの「作法」も強いられてはいないが、それでも自分が必然的にある種の「モード」、「場」に入り込んでいくのがわかる。

「吹き抜ける風　穂高岳　１９７０」、「季節風が吹き抜ける　常念岳　１９７１」など、ひとつの天体が独り語りしているのを聞くようだ。一九九八年、パタゴニアで撮られたフィッツ・ロイの姿。山頂には、天と地がまだひとつだった頃の気配が残っているのではないかと思わせる。頂とは、引き剥がされた天空の痕跡であったのだと思う。「午後の大雪渓　白馬岳　１９

７０」は一九七〇年のある日の午後の白馬の姿でありながら、すでに一九七〇年の白馬であることをやめ、太古の記憶の方角を指し示す記号のようである……。

そういう自然本然を感得し受け容れる「場」を、我々人間が我々自身の存在の深みのどこかに備えているということ、これはとりもなおさず人間が「自然の一部」であるからこそ可能な営みなのだと改めて思い至り、感慨を深めている。自然そのものの核心に迫りたいという水越氏の写真作法は、（私が生意気にも言及した）人間の営みも自然の一部であるということと、この深みに降り立てば、なんら矛盾していなかったのだった。

頁を繰る手が空中で長い間止まり、途中で膝の上に下り、気づかぬうちに姿勢まで正し見入っている。

真昼の星々はここにある。

そこへ旅するのは私たちである。

書苑周遊　新刊この一冊

●『ヴェネツィアのチャイナローズ』（アンドレア・ディ・ロビラント著　堤けいこ訳）

人生で縁あって出会った「もの」の、来歴（来し方）を想像することがある。器でも絵でも、ひとでも。なんに対してもそういう気持ちになるわけではない。その対象の存在感が輪郭に収まり切らず、こちらの奥へ深く響いてくるのかもしれないし、向こうも故あって「自分」を語りたがっている、その信号をキャッチしているのかもしれない。

著者、アンドレア・ディ・ロビラントは、祖先の地、アルヴィゾポリを訪れ、そこでローザ・モチェニーガと呼ばれる薔薇と出会う。アルヴィゾポリは彼の六代前の祖、アルヴィゼ・モチェニーゴがもともと一家の所領であった広大な土地を開墾し、理想的なコミュニティとしての村落を造り上げた場所だ（土地の名は彼の名にちなんだもの）。著者がそのことを密かに誇りにしているのが微笑ましく伝わってくるが、訪ねてみれば件の土地は寂れてみる影もなく、彼は落胆する。が、管理人から小さな薔薇の苗を渡される。地元民からローザ・モチェニーガと呼ばれているが、誰もその薔薇の本当の名を知らず、またその土地でしか咲いているのを見たことのない、非常に珍しい薔薇であった。だがそれだけなら、著者がこの長い探索の旅に乗り出したかどうか疑問である。彼はあるとき、アルヴィゼの妻、ルチアの日記に出会うのだ。この日記が手稿であったこと、つまり手書きであったところに深い意味がある。約二百年の時を超え、ルチアの生き生きとした生活の息遣いに彼はすっかり捉えられてしまう。
パリで過ごした日々、皇妃ジョゼフィーヌとの友情、薔薇熱に浮かされ、「珍種の薔薇を手に入れるために、ありとあらゆる手を尽くした」貴婦人たちや育種家たちの攻防、そしてルチアはパリを去り、夫の死後、アルヴィゾポリを薔薇の咲き乱れる美しい公園に造り上げる……。リアリティ溢れる生活の細部が描き出され、まるでその時代をルチアとともに生きているような思いが、彼を「薔薇のルーツ探索」に駆り出したのだろう。往時の名残、ローザ・モチェニーガは今の彼とルチアを繋ぐ、唯一の生き証人といってもいい存在になったのだ。謎の薔薇を追い、一つ一つの事実を確認していく作業は、そのまま先祖から連綿と繋がる彼自身の「生」の確認作業でもあったに違いない。

その探索の過程で、生活のすべてを薔薇に捧げ尽くしたようなエレオノーラに出会い、親しく付き合ううち、著者は彼女たち夫婦の庭の薔薇事情にも精通してくる。極寒のロシアから雪原を歩き、苦労の果てに故郷にたどり着いた女性にちなんだ名前など、咲き誇る薔薇の話をしながら、それは堂々と艶やかに人生を生き切った女性たちの物語なのだった。

ふとしたことから肝心のローザ・モチェニーガの故郷を聞き知ることになる結末は、まるでユーラシア大陸を縦横無尽に駆け巡るミステリーのようでもある。ルチアの形見、ローザ・モチェニーガは、著者の庭での厳冬――ヴェネタ潟から凍るような北風《ボラ》が吹きつける――をも戦い抜いて今を咲き誇っている。小さな謎の薔薇は、著者自身の生の、経糸と緯糸の交点になった。

薔薇に限らず、〇〇熱のウィルスを身の裡に潜ませているひとなら深く共感する本に違いない。薔薇に恋するエレオノーラに献身する夫がいじらしい。

●『アルカイダから古文書を守った図書館員』（ジョシュア・ハマー著　梶山あゆみ訳）

　タイトルが全てを物語っている。
「アルカイダから古文書を守った図書館員」の名は、アブデル・カデル・ハイダラ。舞台は西アフリカ・マリ共和国の、ニジェール川に通じる運河沿いにある町、トンブクトゥ。彼はその町の、何千冊もの古文書を保管する家に生まれ育った。本書はトンブクトゥの歴史や、ハイダラ個人の献身的な古文書収集体験、図書館設立に至る過程を克明に追いつつ、ハイダラが対峙することになる「イスラム・マグレブ諸国のアルカイダ（ＡＱＩＭ）」の三人の指導者たち――モフタール・ベルモフタール、アブデルハミド・アブ・ゼイド、イヤド・アグ・ガリー――の個人史についても、綿密に記していく。

　十四世紀後半には学問の都として西洋にまで名を轟かせていたトンブクトゥは、交易と文化の中心地でもあり、あらゆる書物がもたらされ、写本作りも盛んであった。数学者や科学者、哲学者たちが集い、詩人は自由に恋愛を謳った。今に残る古文書は、寛大なイスラームの歴史そのものだ。しかしトンブクトゥの折々の支配者たちの中には、こういう文化を世俗的として弾圧するものも多かった。寛容で多様性を認めるイスラームと、頑《かたく》なで暴力的なイスラームのせめぎ合いは、実に五百年も前から始まっていたのだった。

　二〇一二年、ついにトンブクトゥはＡＱＩＭの支配下におかれた。市内各所に存在する膨大な古文書は、風前の灯だ。古文書には手をつけない、と確約したＡＱＩＭの言葉をハイダラは信じなかった。世俗文化の象徴のような古文書の存在を、彼らの言う「純粋なイスラム社会」が許せるわけがなかったからだ。ハイダラの周到な古文書退避作戦はまさに命がけ、スリリングで手に汗を握る。無論、ハイダラ一人でできる仕事ではない。同じように命の危険を冒した人びとがあってこそだ。

　しかし、彼らをして、そこまで守り抜かねばならないと思わせる古文書の魅力とは、一体何なのか。

　例えば、と著者は、十六世紀に写された、ある一冊の古文書を取り上げる。濃い茶色の山羊革の表紙で綴じられた分厚いそれは、十三世紀半ばに書かれた、いわば中世版『ブリタニカ百科事典』の写本。本文は黒だが、項目が変わるごとにインクの色も変わる。この本の醍醐味は、その後何世紀にも亘って、ページの余白に多くの学者たちによる克明な注釈が加えられたところだ。どの注釈にも日付と記入者の氏名が記され、学者たちの知の対話が延々と続く。まるで「インターネットが存在しない時代のチャットルームのようなもの」で、ただ「会話が数百年も続いたところが違うだけ」。

　哲学者のデイヴィッド・ヒュームやイマヌエル・カントらは、黒人の世界には芸術や学問はないと言い切って憚《はばか》らなかったし、ヘーゲルにおいては、「『歴史哲学講義』のなかで、アフリカには歴史に関する記憶も、国民文学も、文化も確認できないと論じている」。

　しかし、ハイダラたちが守り抜いたこの膨大な古文書――三七万七〇〇〇冊――の存在は、その思い込みが全くの誤りであることを証明している。

ハイダラはそんな古文書のページにそっと指を滑らせ、インクや筆跡の手触りの違いを、愛おしそうに著者に語り続ける。人間の知識の地平を広げようと努めた学者たちの営みを愛し、命に代えて守り抜こうとした、もう一つの「闘い」の源がここにあった。

自らを映し出す暗渠

――本田創、髙山英男、吉村生、三土たつお『はじめての暗渠散歩――水のない水辺をあるく』

十年ほど前、本郷の真砂町に住んでいたことがあった。そのときすでにこの由緒ある町名はなく、ただの何丁目何番地、という住所表記に変わっていたけれど。

本郷三丁目の駅を少し北に行った辺りから、北西方向へと斜めに走る菊坂には、影のように一段低い通りが従《つ》いている。古い家々の並びが、なんというか羊羹《ようかん》をスパンと切ったような、まるで背水の陣をとったという格好（裏が川という家によくある）を見るような、うら寂しい気配から暗渠《あんきょ》という言葉がすぐに思い浮かび、古地図を見ると、大溝、と記してあって、いかにも明治の小説に出てきそうな呼び名だと興趣深く思った。菊坂下通りと呼ばれていたその通りには、界隈に似つかわしく樋口一葉の旧居跡があり、宮沢賢治が印刷所のアルバイトに通いながら童話を書いていた下宿があった。

今回この『はじめての暗渠散歩』を読んでいて、幾たびもこのあたりのことを思い出した。この菊坂下通りを鐙坂《あぶみざか》へと左に曲がれば、銭湯があった、確か。そのときは迂闊にも何も考えなかったが、この本によると、それは重大な「暗渠サイン」であったらしい。銭湯やクリーニング屋というのは水を大量に排出するので、川に沿って存在する確率が高いというのだった（そういえば、菊坂沿いには、江戸時代から続くという金魚屋もあった）。菊坂は、本郷台地に斜めに切れ込んで入っている谷戸のような地形になっており、丘と丘の間の低地を走る川があって当然だった。カヤックで川を下るとき、川がまた風の通り道になっていることを実感することがある。川の流れと空気の流れが映り合うのだ。川が塞がれた後の、流れの案内人を失った空気の戸惑いこそが、暗渠に立ったときの独特の違和感だったのではないか、と読みながら考えた。

そして、「痛ましさ」である。暗渠に立つときに感じる痛ましさについて、ああそういうことだったのかと思い至ったのは、著者の一人、本田創さんが書いている世田谷区北烏山の、烏山川源流部のくだりを読んだときだ。暗渠になる前の一九九〇年代初頭の光景として「（…）かつて世田谷の水田を潤した烏山川の源流のひとつであったその水路に流れていたのはしかし、白く濁った排水であり、その姿はもはや川と呼べるような状態ではなかった。数年後、川は埋め立てられ、下水管が敷設された暗渠となっていた。……」

胸が痛い。私は今までいろんな川の源流部を見てきたが、ほとんどが湧き出たり浸み出したりしてくる本来清らかな真水だった。この本でも著者たちは、川やその支流を生体の動脈や静脈、毛細血管になぞらえているが、全くその通りで、川の流れというのはそもそもその地形になくてはならぬものとして自然発生してきた健やかな水の移動であったはずなのだ。それが下水管を埋められ、排水が流され、あるいは川などなかったかのごとく埋め立てられ、その存在が隠されている。都市化という現象は、川については概ね蹂躙、場合によっては拷問や虐殺と同義であった。

こう書いてきたが、この本は決して何かを糾弾したりするようなものではない。無性に好きでたまらない、惹かれてしようがない、という止めようのない暗渠への愛情が充満しており、そして四人の著者たちは、ご自分たちを暗渠マニアなどと開き直りながら、その愛を伝道するための、一種の使命感のようなものすら持っている様子なのが楽しい。

読みながら、「ああ、そうであったか」と膝を打つ箇所に出会うことも度々あった。なかでも、新宿御苑の東側（四谷側）の遊歩道を歩くときに出会う、御苑と外部の間の細い谷のような空間（シュロなどの木々が鬱蒼として、いつもこれはただごとではないぞ、と思うのだが）、なんとやはりあそこも暗渠であったのだった。あの空間を不思議に思っていた読者もきっと多いに違いないと思う。書き手によって章の空気が違うように、読み手によっても連想は異なる。風と川が映り合うように、ひとは暗渠を前に自らを語り始めるのだろう。

存在の深みへ向かう旅——鷲尾和彦写真集『To the Sea』

三年前、『春を恨んだりはしない』で、鷲尾和彦氏の写す被災地の海の求心力にくぎ付けになったことを鮮明に覚えている。今回の写真集『To the Sea』にもそれは収められているが、同じ被災地の海が、このなかでは固有の土地の名まえをどこかに置いて、その向こうの、もっと始原的な「海そのもの」として顕現しているように感じられた。『To the Sea』とはなんという確信犯的なタイトルだろう。

最初の方に無心に海と遊ぶ子供のシルエットがある。神々しくて海の精のようであり、普遍性を秘めているところは私たちの記憶から出てきたようでもある。或る一対の写真は太古からの空間と時間ごと２枚が融け合う如き迫力で、よく見ると連続性がないのだが、その非連続がかえって悠久の世界に迷い込むような効果を与えている。それは見開きを工夫して４ページのスペースをつくり、４枚の写真を繋いだ場所でも同じである。

この神話的な気配は、表層だけのやり取りでぺしゃんこになりがちな現代の私たちの「人間存在」そのものに、ふいごのように作用して、「ふくらみ」を取り戻す役割をしてくれる。ひとは、「ふくらみ」がないと、潰れてしまう。

「ふくらみ」はまた、遠近の感覚からも醸成される。ほとんどの写真の持つ、海を取り込んだ空間的な遠近が、私たちの内部に相似の遠近をつくり、それに沿って心の奥深くへ辿り、自分が懐かしい海を抱えもっていることを発見する。海が私たちの一部なのか、私たちが海の一部なのか。恐らくその両方なのだろう。それが証拠にこの写真集を見れば人びとが皆、海そのものに属していることは明白だ。

「人はだれでも、どこにいても、海の子供なのである」と、この本の序文でル・クレジオが書いていることにはまったく同感する。けれど矛盾した謂いではあるが、私たちは海と分かち難く結びついていると同時に、海と同等に対峙しうる存在である不思議もまた、この本で思い知らされたことの一つである。存在の深みに向けて悠久の旅ができる、そういう写真集だ。

私の好きなクレスト・ブックス——グレアム・スウィフト『ウォーターランド』

昔、この小説の舞台となる「フェンズ」に通っていたことがある。観光地になりえない、辺境の気配を湛えたイングランド東部の干拓地。なぜ自分があんなに惹かれたのか、ずっと分からなかった——この本を読むまで。固まらない土地、常に堆積と浸食を同時進行で繰り返し、発展も衰退もしない、最も「無に近い」風景は、しかし痛切に、太初への郷愁をかきたてたのだ。

『ウォーターランド』グレアム・スウィフト著　真野泰訳

III

今読む名作・話題作

●ジェイン・オースティン『分別と多感』（中野康司訳　ちくま文庫）

『分別と多感』は、十九世紀初めに書かれたジェイン・オースティンの長編作品で、英国サフォーク州のジェントリ（地主）階級だったダッシュウッド家の当主が亡くなったところから始まる。遺産相続人は先妻の息子夫婦。途方に暮れる後妻と三人の娘（エリナー、マリアン、マーガレット）は、親戚の厚意でデヴォン州の小さなコテージに落ち着く。

このコテージ周辺の社交と人間関係が、物語の「ほとんどすべて」であるのだが、さらにその「ほとんどすべて」が恋愛と結婚にまつわるもので、昔読んだときはすっかりうんざりしたものだった。他に話題はないのか、と。

しかし彼らにも言い分があったのだった。この時代の上流階級は基本的に働かずして優雅な生活を送れたが、爵位や屋敷、土地は長男しか相続できず、男子がいなければ、何人姉妹がいようとも、遠縁から血縁男子を探し出してくるしかなかった。

女子は裕福な相手との結婚が最も確実な生活の手段で、次男以下も女子と同様、親戚の遺産が転がり込むのを待つか、いい条件の養子縁組先探しが、文字通り、「まなじりを決して」取り組まねばならない最重要課題であったのだ。ゆえに彼ら（周囲の世話好きのおじさんおばさん含む）は、たとえ自分自身に関係がなくとも、知人や親戚の一生を救うかもしれない「突如現れた格好のお相手」には非常な興味を持つのである。

オースティンという作家は、人びとがこの「最重要課題」に奔走する様を、とうとうと河が流れるように描写できる作家で、しかも流れる河のコースからはみ出すことなく、限られた話題でいわば細やかに流れをコントロールすることができた。個々の人物造形も、丹念に穿たれている。

例えば知的で分別のある長女・エリナーに比べ、多感で感情のままに行動する次女・マリアンは、若くてハンサムなウィロビーに夢中になり、自分に恋するブランドン大佐を陰で「高齢でよぼよぼ、リューマチを患っている」と貶《けな》す（が、大佐は当時、三十五歳なのだ！）。しかしやがて、ウィロビーは女性を手玉にとるひどい男で、大佐こそが誠実な愛情の持ち主であると判明する――というステレオタイプのストーリーに傾きつつも、なぜ自分がそう振る舞わなくてはならなかったか、という長い告白をウィロビーにさせることにより、安直な筋立てを免れている。

ヴァージニア・ウルフはオースティンを高く評価し、彼女の（当時の女性としての）狭い行動範囲や人生経験にもかかわらず、「自分の持っていないものを欲しがらない」のがオースティンの長所であり、その「天賦の才と環境は、お互いが完全に融和して」いるとは語っている（『自分だけの部屋』より）。

確かに主人公たちは当時の世襲制度に酷い目に遭っているのにもかかわらず、文脈には運命に対する嘆きはおろか、社会に対する疑問も怒りも微塵も滲まない。ウルフの言うように、その点が数十年ほど後に活躍したシャーロット・ブロンテと違うところである。

『ジェーン・エア』は、孤児として育った容姿端麗でもない家庭教師が主人公で、基調に憤怒が織り込まれている印象がある。ウルフはその憤怒を「引きつり」と呼び、怒りに駆られて書いてしまうと、作品が歪められると懸念している。しかし、怒りを起爆剤として作品が書き上げられることもあるだろうし、何もすべての作品がオースティンのそれのように、悠揚迫らざる手で緻密に織り上げられたゴブラン織でなければならないこともないだろう。

　ブロンテを擁護するわけではないが、むしろ、作品中の破れのような怒りや疑問が、どんな形ででも読者との間で共有されるなかで、研ぎ澄まされていく社会感覚やセンスもあったのではないか。もちろん、ゴブラン織の見事さを、心ゆくまで楽しみたいときもあるだろうけれど。オースティンが夏目漱石には大絶賛され、マーク・トウェインには親の仇《かたき》のように嫌われていたのも、わかるような気がする。

●Ｅ・ネズビット『若草の祈り』（岡本浜江訳　角川文庫）

　原題はレイルウェイ・チルドレン、「鉄道の子どもたち」だ。姉弟の話だからということで、似たような姉妹の話である先行の『若草物語』にあやかっての邦題だろうか。『若草の祈り』では、冒険の物語でもある原作の魅力が伝わってこないのが惜しい。

　著者は『砂の妖精』などの著書のあるＥ・ネズビット。現代英国児童文学の黎明《れいめい》期を作ったといっていい作品だと思う。ロンドンの郊外で何不自由なく暮らしていた三人の姉弟が、突然田舎の駅近くの古い家へ母親と共に引っ越しを余儀なくされる。子どもたちには当初知らされていなかったが、父親は無実の罪で投獄されたのだ。この引っ越し先の「田舎」は、設定ではヨークシャーということになっているが（そうでないと筋書きがおかしくなる）、描写される植生からしてヒースの多い湿った北方のそれとは明らかに違う。実は舞台はネズビットのよく知っていたケント州南東部の辺りらしく、そう思って読めば、光あふれる丘のイメージがそのままで、アラセイトウ、ベンケイソウなどがふんだんに生えていた当時の記録にもなっている。子どもたちが熱中する鉄道の描写も丁寧で、昔の駅の内部や、汽車の機関室の仕組みなどもよくわかる。原題通りだ。駅長やポーター（荷物運び）とも友情を育む、まさに鉄道の子どもたち。

　書かれたのは今から百十五年ほど前。それ以前の家庭文学、例えば前述の『若草物語』などでは、キリスト教的な隣人愛からなる施し、慈善活動は絶対的な善として描かれ、それはもう、揺るぎようもなく作品を貫く思想的な柱となっていた。読者はその「正しさ」に安心感を覚える（だが、ほんの少し、何か、その「正しすぎる感じ」に、一抹の不安もよぎる）。主婦は「家庭の天使」となって、まるで聖母マリアのように慈悲深く聡明であふれんばかりの愛情に満ちていなければならない。それが当時のあるべき既婚女性の姿とされた。本書もまた、基本的にはそうなのだが決定的に違うものがある。

　ポーターのパークスが小さいときから自分の誕生日を祝われたことがないと知った子どもたちは、村人たちにも声をかけ、誕生日当日に沢山のプレゼントをパークスの貧しい家へ届ける。本人は感涙に咽《むせ》ぶと思いきや、施しはまっぴらと、凄まじい怒りを爆発させる（当然予想されることではあるが）。労働者階級に生きる人びとのプライドや「施される」立場の複雑な心情について、初めて児童文学がまともに向き合った場面ではなかったか。だがそれから村人たちの善意を知り、パークスの人生は明らかにより精神的に満ち足りたものになったし、子どもたちもより深く人を「思いやる」ことを学んだ。

子どもたちの母親は思慮深く、突然不如意になった家計を助けるため、朝から晩まで机に向かって仕事をしているが、村人からも尊敬される「レディ」でもあり、愛情にあふれているのはいうまでもない。それまでの「啓蒙《けいもう》的な」家庭小説から大きく逸脱しているわけではないが、明らかにディテールが細やかに、深みも増している。

あるとき彼らは線路のカーブの先で土砂崩れが発生していることを発見、やってくる汽車に知らせなければならない、どうやって？

女の子たちは赤いフランネルのペチコートを脱ぎ、勇ましく振りかざし、乗客乗員の命を救い、大手柄を立てる。怪我をした生徒をトンネルの暗闇の中で見つけたときも、ペチコートを脱ぎ、畳んで看護に役立てる。そしてしみじみ、「フランネルのペチコートを発明した人に銅像を立ててあげたい」と呟く。日本ならネルの腰巻だ。四角形の、大きな風呂敷のような形の肌触りの良いネルの腰巻。ほとんど使ったことがないのに私のタンスの引き出しの奥にも入っていて、この厚手の一枚布に触るたび、何にでも使えそうだと思うのだ。しかし豊かな時代には何でも間に合っていて、活用した試しがない。少ない資源を使い回し役立てて喜ぶ幸せ——この本の子どもたちが味わっているような——こそ、本物の生活のような気がする。死ぬまでに味わいたいものだが、これからそういう「不如意の世」を、願っていいのかどうか。遠い時代を、手元に引き寄せて味わえる物語である。

●吉野せい『洟をたらした神』（中公文庫）

若い時分、文筆への志を持っていたのにもかかわらず、開拓農民の妻となった日からきっぱりとその道を諦めていた、すでに老いた吉野せい（一八九九〜一九七七）は、詩人の草野心平に「あんたは書かねばならない」とまっすぐ心の芯《しん》に届くように説得された。その熱さを受けて、吉野は夫（農民詩人・三野混沌）の詩のそれとも違う、力強い散文の、迸るような勢いの言葉を書き連ねた。作品を受け取った串田孫一は「張手を喰ったよう」に「圧倒され」、「体が実際にがくがくし」一人でも多くの人に読ませたいと願った。自身が主宰していた雑誌「アルプ」で紹介、その掲載誌を持ち歩いてはわかってくれると思うところで紹介した。のみならず、一冊の本になるよう動いた。

吉野の文章に畏怖した彼らのこの方面への業績は、殊更言及されることはほとんどないが（草野心平はまた、無名だった頃の宮澤賢治の才能を見抜き、損得抜きで彼の作品を世に広めた人でもある）、なまじ出てくる才能を潰そうとする先達も少なくはない世の中で、実は本当に尊いものだと思う。私自身生前一度も会ったことのない人物（草野氏、串田氏）に、確信に近い信頼を持っている、というのも不思議な話だが、本書を読むと、彼らの眼力の正しかったことを否《いや》が応でも思い知らされる。

『洟《はな》をたらした神』は十六篇の短編から成っている。いずれも戦前から戦中を経て生活のほとんどすべてを土に捧げた生活が土台になっている。

「春」では、菊竹山での貧しい開墾生活の中で、貴重なたんぱく源として卵を採るために飼っていた雌鶏が、一羽行方不明になる。イタチにでもやられたかと痛ましく思っているところへ、ある朝突然、ふわふわに膨らんだ十一羽の雛を連れて庭に現れる。母鶏は飲まず食わずの二十一日で痩せ衰え、羽もぼろぼろに抜け、地肌も見えている。しかし何ともいえない晴れがましさが文章から伝わってくる。そして著者のこの雌鳥への敬意も。吉野は貴重な米を一摑み、母鶏の前に差し出す。彼女はあっという間に食べ尽くした……。

「梨花」は、まだ乳飲み子だった著者の次女、梨花が、年の瀬も押し迫った頃、急激に具合を悪くし、著者らの看護の甲斐もなく命を落とす様子を綴った作品。幼い我が子に先立たれる経験を書いたものは夏目漱石にも志賀直哉にもあるが、このなりふり構わぬ迫力は他の追随を許さない。ああしたのが悪かったのかこうした方が良かったのか、しかし他にどんなことができたのか、悔恨にきりきりと己を責めながら消えゆく命にぴったりと添い、読むものの心を鷲摑みにして隙間風吹くあばら家に横たわる幼児の枕元へ否が応でも連れていく。状況に巻き込まれていく主体として高らかに上げる声の必死さ、冷厳な観察者としての視線の確かさ、その二つの「確固たる」足場を持って、彫り上げていく文章のみごとさ。

タイトルにもなった「洟をたらした神」は六歳の男の子、ノボルの話だ。貧しくて何のおもちゃも買ってやれない家庭の子であったから、ノボルは幼いながら自分の腕一つでコマも作り、工夫して遊ぶ術を会得していた。だがある日、思い詰めたようにヨーヨーを買ってくれという。友人たちの間で流行《はや》っているのだ。親も買ってやりたいが、その二銭が出せない。ノボルはどうしたか。慄《おのの》くほどあっぱれな結末。

草野心平は一作も書かないまま老境にあった吉野に「いいか、私たちは間もなく死ぬ。私もあんたもあと一年、二年、間もなく死ぬ。だからこそ仕事をしなければならないんだ」といって聞かせた。自分のもの、あんたにしか書けないものを書け、と。吉野は「老いかれた身内に熱いものが流れるように覚えて、その直截《ちょくせつ》な真情に何か知らず涙がこぼれそうになるのをぐっとこらえた」。

その後七十六歳で本書『洟をたらした神』をデビュー作として出版、文字通り世を驚愕せしめ、二年後に亡くなっている。何の打算もない草野の純真が、十分すぎるほど熟しきっていた吉野の創作の沃野《よくや》を稼働させたのだ。火花のような文筆活動であった。

●ジョー・シンプソン『死のクレバス』（中村輝子訳　岩波現代文庫）

旅好きなので、紀行文学をよく読む。その延長線上として辻村伊助の『スウィス日記』や『ハイランド』、武田久吉や田部重治等の懐かしい日本の山旅ものから、最近の登山関係のノンフィクションなどまで手に取るようになった。原石のような言葉が臨場感に研ぎ澄まされていくところが魅力的だ。だがどうかすると安易なナルシシズムが気になるものもあり、それでもそこがいいものもあり、この分野について語ることは難しい。しかし本書については触れておきたい。

舞台は南米アンデス地方のシウラ・グランデ峰、標高六三五六メートル（本書による）。一九八五年に著者のジョー・シンプソンが、サイモン・イェーツをパートナーとしてこの山の登頂を目指した、これは実話である。写真で見ると神々しいばかりに屹立した山岳で、素人目にもただならぬほど急峻であることがわかる。登山の経験がそれほどない私には、こういうものを見てすぐさま登りたいと思うひとの気持ちは正直にいってわからない。素晴らしい景色として愛でているだけでいいではないかと思うが、それを主張するのは体格の良い人に自分の矮小なサイズの服を着ろというようなものだろう。しかし、本書を読んでいるとそういう自分でも否応なくともに登ってしまうのだ。それほど描写がリアルで、引き込まれる。いつ滑落するかわからない、上にも下にも進めないような氷壁に取り付き、アイス・アックス（柄の短いピッケル）を打ち込み、あるときは迂回し、少しずつ這い上がっていく。麓のキャンプから二昼夜かけてなんとか登頂に成功するが、下山途中、著者はあろうことか滑落し、右足を複雑に骨折する。この長々と描写される凄まじい痛みの表現は恐ろしいほどだ。肉の内部が裂け、捻じれ、砕けた。膝関節に至っては動かすたびにバリバリ砕ける音が感じられる（読者にも）ほどだ。「どす黒い恐怖心がわいてきて、パニックに変わった。『足を折ってしまったんだ。おしまいだ。おれは死ぬんだ』」。二人で助かろうとすると二人とも死ぬ。どちらか一人助かる方法を選んだ方が合理的で、それはとりも直さず自分が置き去りにされることだ。そこへサイモンが、どうしたのかと絶壁の上の方から声をかける。足を折ってしまった、と冷静に応えると、サイモンの表情が変わる。著者・ジョーはその反応をすべて見逃すまいとじっと見つめる。世の中にこんなシビアな「見つめ合い」があっただろうか。この瞬間のことを、サイモンもまた回想している（本書では他にも決定的な瞬間の都度サイモンの視線も――つまりサイモンの手になる文章も――収録している）。「彼はとても落ち着いた口調で足を折ったと言った。―略―何てことだ、お前！　死んでしまうんだぞ……間違いなくな！　彼にもそれは分かっていた。表情を見れば分かる。—略—ジョーは死ぬと思った。私も死ぬかも知れないとは思わなかった。もちろん一人でも下山できる」。

しかしサイモンは彼を見捨てず、九〇〇メートル下の氷河まで彼をザイルで少しずつ下ろしていく方法を取る。二者間で起きた最も切迫した場面は、この「見つめ合い」と、その後著者が宙吊り状態になり、ぎりぎりまで頑張ったサイモンがいよいよ自らに迫った危険を感じ、著者と繋がっていたザイルを切ったところだろう。そして深いクレバスへと落下するものの、かろうじて生きていた著者が、ザイルを引っ張り、その端に現れた、明らかに友によってナイフで切られた箇所を静かに見つめる場面。自分でもそうしたと納得もする。底知れぬほど深く怖ろしい絶望の一夜が過ぎて、彼を生へと引き戻したのは「こんな死に方は望まない」という強靭な精神だった。そして奇跡的生還を果たす。

圧倒的な孤独と猜疑心、（軽く）相手の死を願う心、生へ向かう勇気、そして信頼。サイモンは彼が死んだと信じていたが、麓のキャンプから撤退することをなぜか三日も先延ばしにしていた。無意識に待っていたのだ。そして再会のときの、気も狂わんばかりの喜びと涙。どちらの気持ちの負の面からも複雑さからも逃げずに、それでも人間は信じるに足るものだ、ということを教えてくれる本だ。

●和田稔『わだつみのこえ消えることなく』（角川文庫）

『わだつみのこえ消えることなく』は、学徒出陣で回天特攻隊員となり、訓練中の不慮の事故により亡くなった和田稔の日記・手記である。十代の頃に読んで、戦争の引き起こす悲劇の痛ましさに衝撃を受けた。けれど、どこか腑に落ちないものが残った。それはずっと残り続け、長い間きちんと向き合うこともないまま年月が過ぎた。

いわゆる名作という古典的なカテゴリーから外れるかもしれないが、今回話題作としてこの本を取り上げたいと思ったのは、昨年立て続けに出版された岩井忠正・忠熊の『特攻と日本軍兵士』『特攻　最後の証言』を読んだからである。そこに、同時代の若者としての和田稔が出てきたのだ。岩井忠正氏の述懐で、自分の「腑に落ちないもの」が見えてきた気がした。今の時代にこそ、そのことについて考えることが必要な気がしてならないので、回を跨いで少し長くなるが、ご容赦願いたい。

本書は著者の和田稔が、第一高等学校在学中の昭和十五年十二月十二日から、東京帝国大学法学部在学中の昭和十八年十二月二日までの日記と、昭和十八年十二月九日からの大竹海兵団に始まる海軍での日々をつづった手記とに分かれている。

文庫版巻末では弟の和田旦《あきら》氏が、一高入学祝いに医師の父親が楽器店に三丁の外国製ヴァイオリンを持ってこさせ、応接間でその中の一丁を迷いなく選ぶ、喜びに高揚した兄の様子をつづっておられる。彼が豊かな家庭の団欒のなかでのびのびと育ったことを彷彿とさせる場面である。手記のなかにも家族からの手紙を熱望し、両親を敬愛し、弟妹たちを慈しむ記述が多々見られる。出征が決まってまず書いたものは、長兄として弟妹たちへ残していく長いノートだった。彼のそれまでの人生で得たものを余すところなく伝えておきたいという、深い愛情が感じられる文章だ。飛び抜けた秀才で一見クールな印象を人に与えるが、後に述べるように周囲に愛情深い質《たち》だったのだろう。

　昭和十五年十二月には出身校の沼津中学（静岡県）での講演があったようで、「（…）近頃、あちこちの学校で武道場が出来た、体育館が出来た、図書室をつぶして学級をふやしたなどと言う話を聞くが、かつて図書館が出来たの、考古室、郷土研究室が出来たのという話は聞かない」とし、当時「体育ばかりが非常に盛ん」になり学問に歪みが出来た風潮を憂いている。

　また大学に進んだ昭和十八年七月の日記には「（…）なぜ士官学校や工場では神様を祭り、奉安殿を毎日おがまねばならないのか。高等学校は、そのおがむ神様を自己の中に作り出すところだ。高等学校の無信仰性こそ真の信仰への第一歩なのだということ、―略―彼等がそうして立派に戦死でもすれば、人は、彼は真に人間らしく死んだととなえもするであろう。けれども終局において、それらは卑怯な逃げ道にすぎないのであり、真の人間性への侮蔑にほかならないのではないか。神様は外にまつるべきではない。それを教えるのが高等学校の任務でなければならない」と記しているが、そのわずか三ヶ月後には「私は今、私の青春の真昼前を私の国に捧げる」。更に五ヶ月後には「玉の緒をつなぎとめえて今日の日を醜《しこ》の御盾と生くる嬉しさ」と目を疑うほど「愛国的」な歌まで詠んでいる。だがこの年の一月には「民族のために、あらゆるものを犠牲に供するということ。一体、民族というものが、どれだけの資格をもっているのだ」と書き放っていた、同じ人間が、である。変節したのではない。その跡を追っていきたい。

昭和十二年、世の中がファシズムに向かって大きく舵を切った時期、危機感を持った吉野源三郎は若い人たちに向けて『君たちはどう生きるか』を出版した。文化の香り高い環境で育った主人公のコペルくんが、本来の和田稔と重なる。私は以前、同書に関連して「このコペルくん世代がやがて戦争へと駆り出される」と書いたことがあったが、私にとっては和田稔こそが、まさにコペルくん世代の代表のように感じられていた。

*

いわゆる特攻隊員の「生き残り」である岩井忠正・忠熊ご兄弟は、前に述べたように昨年続けざまに二冊の回想録を上梓された。昨今の世相から止むに止まれぬお気持ちであったのだろう。お二方とも和田稔と同じく学徒出陣で海軍に配属され、彼と面識があった。弟の忠熊氏は特攻隊を志願した後、急行列車で和田と同席、彼が「これから俺たちが行くところはグリーンピース（震洋）？　それとも人間魚雷？　それだけは勘弁してくれよ」と呟いたのを聞いている。だがその三ヶ月前には和田は手記に、（噂になっていた）人間魚雷について「現在ではこのような兵器によるほかに打開の道はありえないのではないか」と所感を述べている。そして「それに搭乗するのは私達をおいて他にないであろう」とも。「勘弁してくれよ」という醒めた言葉も、「ほかに打開の道はありえない」という愛国的な言葉も、嘘偽りのない彼自身の言葉なのだ。

岩井忠正氏はそもそも和田稔よりももっと明確な意志を持ってこの戦争自体に懐疑的、反対であった。氏は回天隊の基地の食堂で、他の心許せる同僚たちに、大和魂などの精神主義で、物理力の勝負である戦争に勝てるわけがない、という意味のことを放言する。上官の耳に入れば鉄拳制裁などでは済まされない。その場に居合わせた和田はたしなめるような言動をとるが、その後忠正氏に「実は俺もそう思っているんだ」と打ち明けた。彼の手記には出てこない言葉である（ここからもわかるように彼の手記は「肉声」ではない。後述するがそれは彼が残しうる最後の「作品」だった）。

当時上層部はもう戦果すら合理的に考えられる状況になかった。若者の命などまるでいくらでも使える消耗品のように見なしていたとしか思えない。岩井兄弟の証言によれば、震洋はベニヤ板を貼り付けたペラペラのボートで、回天は不気味な鉄の塊、内部からは開けられない仕組みになっており（つまり脱出口はない）、上官は「これはお前らの棺桶だ」といったという。こんな絶望的な兵器があろうか。

和田は入隊を目前にした在学中の日記に「勿論私は、国家のためにはあらゆることをなげうつ。しかし、もし私の現在していること（学問）が、今求められてなしうる国家への貢献よりも、将来においてははるかに大きなことの芽なのだとしたら、私は少しは淋しい。しかし、国家の現在にとっては、私が現在なしうるかすかな力が将来なしうる大きな功よりもはるかに大きいのだ。あらゆる時間的な計算も、ただこの一瞬のみに世界が存在することならば、それはすべて消えさってしまわねばならない」。

彼は内省を繰り返しながらも、根底にある自分の優秀な資質への自負は揺らがなかったはずだ。そしてそれを個人の枠を超えた崇高なもののために使いたいという、熱烈な欲求があった。この戦いに命を捧げることより、社会に対してもっと大きな貢献が自分にはできるのではないかというのは当然の疑問である。彼は自分自身を納得させねばならなかった。手記は、その精神の軌跡である。

与えられた厳しい条件（家族のため、またこの「作品」の存在まで消し去られないためにあからさまな国家批判は避ける、等）をクリアしながら、いかに彼がいうところの「透明な美しい大華」を開花させうるか。清澄な精神が不合理な死の受容へと帰結するところの道筋を見つける――反知性の大きな流れに逆らえない繊細な知性が最後に残した「作品」、それが『わだつみのこえ消えることなく』なのである。

それにしても「ただ一瞬のみに世界が存在する」――そんなところに諦めを持っていくまで、若者を追い詰めてはならない、決して。

この原稿が紙面に載るときにはどうなっているかわからないが、今現在、オリンピック関係者には検査やワクチン接種など手厚いケアが予定されているものの、動員される約八万人のボランティアに対しては（選手らと頻繁に接触しなければならなくなる人々を除いて）検査一つ考えられていない。和田稔を、多くの未来ある若者たちを死に追いやったものの正体について考えずにはおられない。

和田稔さんのこと――群れにいると見えないこと

1

先日『わだつみのこえ消えることなく』について書く機会があり、書き終わった後も暫く、その周辺から心が立ち去りかねているところへ、読まれた編集者のKさんが、昔ご自分の手掛けた芹沢光治良作品集に関連箇所がある、とその一冊を送って下さった。

『わだつみのこえ消えることなく』は、学徒出陣で海軍へ入隊、三千数百人の予備学生の首席として学生長を任命され、人間魚雷と呼ばれた回天に搭乗、出撃を前に不慮の事故で亡くなった和田稔の日記や手記などを中心に組まれた遺稿集である。和田は沼津中、一高、帝大と順調に進学するが、一高時代から郷里の先輩である芹沢光治良氏の家へ友人たちと集うのを毎月の慣例としていた。学業半ばで徴兵され、最後に一人で氏の家を訪れたときの様子を、芹沢氏は和田に語りかけるような親しみのこもった口調で回顧する。（以下『芹沢光治良文学館　短篇集　死者との対話』より）

「君は戦争に懐疑的であるばかりでなくて、まだ死の覚悟ができていないからと、神経質な目ばたきの癖でいった。君は死の覚悟をもつために哲学書、特に西田博士のものを一生懸命に読んだが、なにも得るところがなくて、却っていらだつばかりだったと、苦笑していた」ことに対して芹沢氏は、死を急いではならないというようなことしか話せなかった、という。すると

和田は、

「死を前に純粋な心で、これほど切実にもとめるのに、何もこたえてくれない哲学というものは、人生にとって、どんな価値があるでしょうか。それは、日本の哲学者はほんとうに人生の不幸に悩んだことがないので、人間の苦悶から哲学をしなかったからでしょうか。それとも、哲学というのは、生や死の問題には関係のない学問で、学者の独善的な観念の体操のようなものでしょうか」。何という切羽詰まった叫びのような問いだろう。芹沢氏は答えに窮し、フランス留学時代の話をしたという。

それは芹沢氏が哲学者ベルグソンの屋敷で、彼と面会中の出来事だった。突然部屋に入ってきた唖者の令嬢に、父であるベルグソンは令嬢の持ってきたデッサンを一枚一枚丁寧に見、彼女が彼の唇を読めるようにゆっくりと話し、励まし続けた。そしてそれがおわって令嬢が出て行くと、ベルグソンは芹沢氏らに非礼を詫び、また何事もなかったかのように話題に戻ったという。若い芹沢氏はベルグソンのその態度に感銘を受けた。そこから、翻って日本人の学者は、大衆を「言葉のわからない群」のように見なし、ベルグソンがその娘に話しかけていたような努力を怠った、これは日本人の不幸である、というようなことをいった。

芹沢氏は和田稔の問いを、「言葉を解しない大衆の一人」の嘆きであると同時に、「見すてた学者」に対する憤りとして受けとり、そして「君や僕が」言葉を解さない大衆の一人であるという立場で話したという。「その時、君はあの癖のまばたきをして眼鏡のうらに涙の粒をごまかした。僕は君の涙の意味がよく分らなかった。今も分らない」。

それはわかる気がする。芹沢氏の誠実さや優しさは文章だけでも伝わってくるが、和田稔に関しての解釈は少し違うように思う。

2

たとえ西田哲学がどんな難解な言葉で語られたとしても、その奥に和田（稔）の求める類の普遍の真実があれば、和田はそれを感知しただろう。彼にそれが感知できなかったということは、最初からそれはそこには「なかった」のだ。それは今和田のいる、非常時の緊張感で張り詰めた世界に耐え得る言葉ではなかったのだ。そのことの絶望をいっているのに、これもまた和田の世界から遠い場所にいる芹沢氏は、氏の持ち得る精一杯の誠実でもって、まるで伝えようとする努力さえすれば、その哲学の真髄が我々にもわかるものを、といっているかのようである。だが和田稔はまったく違う次元のことをいっているのである。ことばのもつ力の、可能性の、限界の話をしているのだ。彼の涙は、自分が今いる世界が、ついこの間まで自分も属していた、芹沢氏のいる穏やかな知の世界と完全に異なってしまったことの涙であったのだという気がしてならない。そしてそのときのベルグソンのように優しく自分の娘に語りかけるような未来は自分にはもうないのだ、このように留学して外国の文化に触れる機会は自分の人生にはないのだという絶望、それに気づかぬ芹沢氏の世界との懸隔。

手記は、あるときはこの上もなく愛国的に、そしてあるときは少年のようにまた老賢人のように家族を思う。凄まじい密度で生が凝縮されていく、この尋常でない緊張感が、彼と、彼の立場にない一般人の生きている世界を、徹底的に次元の違うものにしている。芹沢邸を辞して

一年程後、

「芹沢光治良先生よりも葉書あり。先生のように真面目に自分の生活の高揚に没頭されているのは、いつもながら敬服されるけれども、何となくこの時代にとってものたりないというような気がしてくるのはどういうわけであろうか」。そしてそれからほぼ半年後、昭和二十年、二月一日。激烈な訓練の日々のなかで、初めて鋼鉄の棺桶のような回天に搭乗する日がきた。その日の日記は長い。回天については技術的なことが書いてあるだけだが、やはりその非情な冷たさが、彼の心の深く柔らかい部分にダメージを与えたのだろう、自分がもといた世界、いわば芹沢氏のいる世界への圧倒的な思慕が感じられ、読むたびに胸が痛む。

「（…）漱石の『こころ』を読み、尾崎士郎の『人生劇場』を読む。—略— 文学とか詩とかいうものが、夫々各個のものとしてではなく、一般なる文学、詩、そのものとして、私に訴えてくるようになった。勿論それは、途方もなく杜撰なものであることは当り前すぎることなのだが、しかしそれにしても、どうしてそれが、このように私に涙ぐましく響くのであろう。私にはもう何も要らない。慰めとか、励ましとか、—略— 何という下らない安っぽさの群であることか、それは。私に今ほしいのは、私の平和な時代に私を泣かせたと同じ涙なのだ。私が何の色眼鏡もなしに私を見つめていた頃の私の心は、いつか失われてしまっているのではないだろうか。私がこの春のうちに私の生を祖国に差上げるであろうということはほぼ確かなことである。しかし、そんなことはもう私の知ったことではない（…）」

3

和田稔の乗った回天が事故で海底に突っ込んだのは終戦の年の七月二十五日。捜索作業はついに甲斐なく、それからわずか数週間で終戦を迎え、九月に入って襲来した台風によって海底も揺り動かされたのだろう、和田の眠る回天は近くの小島に流れ着いた。漁民の知らせを受けた元海軍兵たちの手で荼毘に付され、遺骨は家族の待つ故郷、沼津へ帰った。

わからないことがいくつかある。彼（和田稔）は事故に遭う日の朝、日記や写真等身の回りの私物を借り物のトランクに入れ、回天の操縦席に持ち込んでいる。今となっては誰に確かめることもできないが、これを訓練のたび、彼のとっていた行動と考えることも可能だ。しかしこのとき、荷物をまとめるため上官のトランクを借りていたことがわかっている。毎回借りるくらいだったら、トランクの一つくらい親元に頼んで送ってもらっていただろうから（彼を愛してやまなかった両親は万難を排してでもそうしたことだろう）、この朝、何かの理由があって特別にとった行動のように思われる。まるで二度と帰ってこないことがわかっている者のようだ。自殺企図がどこかにあった？　いや、彼の手記には、自分の死を国家の危難に捧げ尽くすことだけを念じていたと察せられる文面が頻繁に現れるのだから、それを額面通りとれば、無駄な自殺ということはほぼ考えられない。

そしてさらに不思議な——というより、そのことに思いを馳せずにいられなくなることには、事故に遭って死ぬまでの約十時間、彼が一言も一行も書き残していないことである。同じような回天訓練中の事故では遺書を残した先例もあった。だが和田はそれをしなかった。死と対峙する心情や思索を、忙しい時間を割いて頻繁に手記に記録してきたそれまでの彼の「在り方」からすれば奇異なことに思える。その十時間の間に、三日分の食糧をすべて食べ尽くし、発見されたときは穏やかな死に顔であぐらをかいていたというから、一行たりとも書ける状況になかったとは思えない。日々訓練に明け暮れ、一人になる時間を宝石のように貴重に思っていた彼は、最後の孤独のときを、どんな思いで過ごしたことだろう。親ならばその時間を想像し、苦しかっただろう、寂しかっただろうと気が狂いそうなほど嘆くだろう。医者であった彼の父の悲しみは、弟の和田旦氏によれば「その（戦死の）通知が終戦直後の八月二十六日にもたらされたものであっただけに筆舌につくしがたいものがあった。それは、人間の根元的な苦悩をむきだしにした姿であった」という。その後、息子・稔の日記をノートに写しとって読み返すことを日課にされていたらしいが、そういう日々のなかで、おそらく、医者であった彼は、数え切れないほど息子の死を（科学的にも）想像し、数え切れないほどともに死んだのだろう。
　その苦しみ、悲しみを思いつつ、なお、和田稔がこの間一行も書き残さなかったことを考える。

　彼は初めてあらゆる「群れ」の圧力から自由になれた。もしかしたらもうこのまま誰にも発見されないかもしれない。けれどももちろん発見されるかもしれない。書くのなら家族のため、そのとき読まれていいものを書き記さなければ。私が彼の立場になったなら、もうそんなものは書きたくないと、初めて自分の思いに気づいたかもしれない。元々優れた個人であったが、初めて群れから完全に離れた個人となり、そして亡くなっていったのかもしれない。

和田稔、享年二十三。幼い頃からヴァイオリンをよくし、一高オーケストラではコンサートマスターとして活躍した。

それから七十六年後、日本ではコロナ禍でのオリンピックが開催されようとしている。ボランティア辞退が相次いだことに対して、まるで替えはいくらでもいると言わんばかりに「お辞めになりたいなら新たに募集する」、ＧｏＴｏトラベル再開に関して、勇気を出して突っ込めと号令をかけるかのように「恐れていては何も出来ない」等々、昔の亡霊のような言葉を耳にするようになった。ＩＯＣ会長に「日本人は逆境に耐え抜く、ユニークな粘り強さを持っている」などと言われると、犠牲になることを厭わない国民性を思い出し発奮せよと命令、いや揶揄されているようだ。

一致団結、我慢較べ、隣組制度気質……。戦争の犠牲に報いるだけの省察がなされる機が、皮肉にもようやく熟したのだろうか。

「その矢じるしの先っぽは、きみたちの国だよ」

——佐藤さとる『だれも知らない小さな国』文庫解説

幼い頃からの愛読書がある、というのは幸福なことだと思う。

それは開発や取り壊しの心配のない、昔なじみの「場所」でもある。そういう懐かしい「場所」を訪れると大抵そうであるように、自分の内面の経年変化に応じて、そこも行くたびに「思っていたのとは違う」、まちがいなくそこであるのに初めて見る風景であるような、小さな混乱が自分の中で起きる。

今回久しぶりで本書を読んで感じたのは、これはなんと、純度の高いラヴストーリーそのものではないか、という驚きだった。なぜそう感じたのかは、この小文を書き進めるうちに明らかになっていくだろうと思う。

数日前、この『だれも知らない小さな国』を携え、水のきれいなことで有名な甲州のある山里へ向かった。電車の中で本書の世界に浸りつつ、目的地近くで一泊したのち、朝まだ暗いうちに起き、若い女の子が一人、オーガニック農業を営んでいるある畑を目指した。一人、といっても彼女の畑では常時ボランティアを募集しており、そのときは「友だちの女の子」が手伝っていた。つまり、女の子二人で農作業をしていたのである。雑草も野菜も皆のんびりと楽しそうで、小さな「あまがえる」が小松菜や大根の葉の間で飛び回るのを、都会からきた「友だちの女の子」は仕事の手を休め、愛おしそうに相手をしていた。

「(…)いきなり目の前の本の上に、ポトンと音をたてて、青いものが落ちてきた。宝石のような小さいあまがえるだった。」

というのは、コロボックルたちから「セイタカサン」と呼ばれるようになる「ぼく」が、彼らとの夢のような再会から一年以上を経て、ほとんど次の出会いをあきらめていたときのことである。「宝石のような小さいあまがえる」、という描写に、視線のデリカシーを感じる。実際、元気いっぱい飛び跳ねるこの小さな生きものの四肢の先には、これもまた精緻な指がついていて、こんな精巧な、完璧な造形はないのではないかと見とれるほどだ。

忙しい生活をしているときは、こういう「小さく愛しいものたち」に目がいかない。目がいかなければ当然気づくこともない。気づかなければ、その世界は当人にとって存在しないも同然だ。それは大人も子どもも同じである。

子ども時代の「セイタカサン」、即ち「ぼく」は、そもそも、もちの木を探してその「場所」に辿りついたのだった。車も自転車も通れない、人も滅多に通ることのない、秘密めいた小道を辿り、自分だけの場所、と思える小さな「場所」を見つけた。しかもそこには「いずみ」があり、きれいな清水がこんこんと湧き出ている。小山もある。登り勝手のよい、肘掛椅子の役割もするツバキの木もある。高い崖と小山の斜面、背の高い杉林に囲まれたそこには、他人が簡単に入ってこられるような道もない。内部で独立した一つの生態系の保全が可能な、ビオトープ的空間なのだ。
「ぼく」は、自分の力で発見したその「場所」を、春夏秋冬問わず訪れ、この世で出会った何よりも貴い奇跡のようにいつくしむ。「こんないいところは、きっとどこにもないと思った」「ぼく」は、大人になったらそこに自分の家を建てることを夢想する。身も心もそこに属しているものでありたいと思ったのだろう。

さて、私が訪れた甲州のその畑のそばには、農婦ならぬ農女子の彼女達が作業場として使っている、木立に囲まれた小屋があった。小屋の脇には、清流の小川が流れている。木立の中を少し降りてその流れで野菜の泥を落とす。蕪がみるみる白くなる。カケスの声が林の奥から聞こえる。小さな段差を駆け抜ける小川の水のせせらぎが、常に辺りに満ちている。それが外界とのシールドのような役割をするのか、小さいものへ向ける視線は、自然と細やかになり、そのことは私自身の存在を充実させ、幸せにした。作業台の上を、背中に人の顔そっくりの模様を載せた、五ミリほどの小さなカメムシの仲間が横切って行った。

小川と小山といずみのあるその場所で、「ぼく」はいずみからあふれる小さな滝の音や風の声に耳を傾け、草をむしり、いずみの周りに石を積んだり一人思索にふけったりした。自然に小さなものを見つめる目を持つようになる。その「場所」は、「ぼく」が「ぼく」自身であることそのものになっていった。

一九五九年、佐藤さとるがこの『だれも知らない小さな国』を発表したのと同じ年に、いぬいとみこの『木かげの家の小人たち』も世に出た。メアリー・ノートンの『床下の小人たち』が英国で出版されたのが一九五二年（日本では一九五六年、岩波少年文庫から林容吉訳で出版）だから、一九五〇年代、小人の話に人々の気持ちが寄せられていくというのは、終戦の混乱が曲がりなりにも収束し、ようやく「内内《うちうち》のこと」に目がいくようになったということかもしれない。ちなみにこの三作いずれも、戦争について言及されている。

『木かげの家の小人たち』は『床下の小人たち』と同じように、英国出身の借りぐらしをする小人たちであった。人間の世界からものを「借りて」くるのを日々の仕事とする彼らの生活は、当然のことながら人間世界に密着しており、その合わせ鏡のような性質を帯びている。それにはそれの、機微や哀歓、象徴性もあるのだが、『だれも知らない小さな国』の小人たちの生活が、それらと際立って違うところは、前述したとおり、そこだけで完結するビオトープ的空間で営まれている、というところである。人間の世話にもならず、独立し、かといって過剰な自負心もなく、ごく自然体で存在している。

　強欲な人間にひどい目にあわされた過去を持つため、人目につかない工夫をしながら（あまがえるのコートなど）暮らしてきたが、いざ自分たちの国の存続が危ういとなったら、人間の側に自分たちの理解者を持たなければならない、という思いもある。そしてそのいざというときが近づき、彼らは以前から好ましいと思っていた「ぼく」（彼らは一度だけ、後述する女の子の靴の中に入って自分たちの姿を見せたことがある――思慮深い彼らの、計算の上での行動である）が、「セイタカサン」として再び現れたとき、その計画を実行に移し始める。

　このことは（特にノートンの）借りぐらしの小人たちが、あれだけ人間と密接した生活をしていながら、徹頭徹尾人間との接触を避けた（基本的に）のと、好対照をなしている。コロボックルたちは、人間に頼らず自立した生活を営む力を持ち、かつ人間の助けがいるときは、それを得るため人前に姿を晒すことも辞さないという精神的柔軟性も持つ。つまり、常に理性的で今一番にすべきことを考えられるという、もしかしたら「セイタカサン」の内的世界そのもののような行動パターンを持っているのである。

「セイタカサン」が「ぼく」の時代から、自分自身の内奥にあるアイデンティティーそのもののようなこの「場所」に、しかし時々現れる女の子がいた。どうも、自分と同じような仕方で、この「場所」をいつくしんでいるようなふしがある。それはつまり、「セイタカサン」の内的世界に入り込み、その「かけがえのなさ」を共有できるということにほかならない。

コロボックルたちの小さな国が危機に瀕したとき、「セイタカサン」と彼らは協議の上、その女の子の協力を求める。女の子は強力な同志となって、「場所」の存続のため、「セイタカサン」やコロボックルたちとともに戦う。その才気と知恵をあますところなく使い、「セイタカサンの聖域」を守り抜くことに成功し、そこが名実ともに「セイタカサン」の所有となるように手を尽くし、導く。

この物語は、「ぼくだけの場所」だったところが、「ぼくとおちびさん（女の子のあだ名）の場所」になっていく物語でもあったのだ。

私はすっかりその農女子たちの作業場が好きになり、もし、同じような、小川の流れるところを見つけたらぜひ教えて、と頼んでその日そこを去ったのだが、やはり私の一番欲しいその

「場所」、私自身の「小さな人たちの国」は、「ぼく」のように、たった一人で冒険に出る覚悟で、暗い切り通しの道や、転げ落ちそうな崖に肝を冷やしながら「発見」するべきところなのだろう、と実は分かっている。それがひどく現実的に難しいことだということも。

『だれも知らない小さな国』という物語は、そういう私たちのためにあるとも言えよう。物語を読むとき、私たちはいつでも、懐かしいあの「場所」を、「ぼく」といっしょに再発見することができるのだから。

　幼い頃から連綿と続く、自分自身に戻れる国を。

気づかぬままで——佐藤さとる展に寄せて

いろいろなところで言いもし、書いてもきたことだけれど、私は佐藤さとるさんの『てのひら島はどこにある』に心を揺さぶられた小学生だった。夏休みの朝に木苺を探しに行く、というシーンは、幼いながらそれまでに経験した早朝の清々しさや郊外の記憶とともに疑似体験され、木苺そのものに憧れを抱くようになった。だが長じて植物のことに少し詳しくなると、夏休みの頃に実をつける木苺の種類が特定できない。三浦半島でポピュラーな木苺ならカジイチゴか、モミジイチゴと見当はついたが、しかしそれらも含め、温暖な地域ならたいていの木苺や野苺は、四月初旬前後に開花し、五月のゴールデンウィーク前後に果実が実る。戦前のこととしても、夏休みが始まるのは七月の下旬だろう。

　佐藤さんにお会いできたときにこのことをお訊きしたが、そう、あれは夏休み、とお答えになっていたので、柿ノ谷戸（『わんぱく天国』の舞台であり、佐藤さんが小学五年生の一学期までお住まいだった土地）にはその地域特有の気象的な事情があるのかもしれない、とそのときは思った。続いてカジイチゴの写真をお見せすると、「そう、これこれ」ということ、にわかに焦点がクリアーになり、私にとって幼い頃からの憧れの地、柿ノ谷戸へ行って憧れの木苺を摘んでみたい、という願望が今までになく高まった。首尾よくたくさん摘めた暁には、ご高齢になられた佐藤さんに木苺の実をお届けすることもできよう（このことはお伝えしていない。心中ひそかな野望であった）と、そのときご一緒していただいていた理論社の岸井さんと予定を立て、五年前のある暑い日、柿ノ谷戸を指して出かけた。

逸見《へみ》駅に降りると、海側に開け山を背にした地形特有の居心地の良さに――こぢんまりと心落ち着き、なお且つ開放感が感じられるという――思わず深呼吸する。佐藤さんに描いていただいた地図を片手に、高架下をくぐり、どんどん坂道を登っていく。だいぶ高台まできたところで、果たしてこのまま歩き続けていいものかと、ちょうど道に出てこられた年配の男性に訊くと、「柿ノ谷戸？　確かに昔はこの辺り、谷戸と呼ばれていたようだったけれど……」と心許ない。とにかくこの先まで人家はあると聞き、歩き続けた。けれど歩きながら、確証はないけれどこの道だろうという安心感があった。何というか、不思議に「馴染んだ感じ」があったのだ。緑に囲まれた傾斜地で、車もほとんど通らない。やがて道はいよいよ細くなり、登りの石段が始まる。

「ぼくの生まれた横須賀の家はとうになくなってしまったが、地形はあまり変わっていない。狭い谷戸のどんづまりで、道はこのあたりから、急斜面に刻まれた石段を登ることになる。地形を変えたくても変えられないようなところではある。」（『オウリィと呼ばれたころ』より）

少し登ったところで、また地元の方に出会った。中年の男性の方だ。目が合ったので軽く会釈して、今度ははっきりと「佐藤さとるさんのお小さい頃のお宅というのはどの辺りか、ご存知でしょうか」とお訊きしてみた。もうピンポイントでそう訊いていい場所にいると思った。そして、ご存知ないわけがない、とも。「あ、佐藤さとるさんの！　その先です」深く頷くようにして、その方は左手の奥の一軒を指さされた。「そして、この家が鈴木義一さんのお宅。これがその井戸」まさに『わんぱく天国』に書かれた通りの浅い池のような井戸が、目の前にあった。「鈴木の義っちゃんの庭の井戸」だ。感動である。同志に会ったような打ち解けた空気が流れた。ひとしきり会話を交わし、礼をいってその場を去った後、私たちはわんぱく小僧たちが庭のように遊びまわったという迷路のような細道を登ったり下りたりしながら木苺を探した。あるところでは急に視界が開けた草原のようになり、清々しい思いがした。谷戸はそういう地形なのだった（佐藤さんの作品もまた、ファンタジー場面になると何だか急に、神社の境内に出たような、清らかにも張り詰めた気配で満ちる。あれは本当にすごいと思う。小さな神様が現れるのだ。実際に物語上現れることも多々、ある）。そこから按針塚にかけて、ホタルブクロがあちこちに咲いていた。けれど木苺はとうとう、最後まで見つからなかった。もう一度、時期をずらして来てみよう、と岸井さんと頷き合ったが、それから一年も経たないうちに佐藤さんは亡くなられた。

　このエッセイを書くにあたって、私はもう一度『てのひら島はどこにある』を読み直した。「つめたいつゆにぬれた木イチゴは、すばらしいごちそうです。でも、そのごちそうを、町じゅうのこどもたちがねらっているのです（…）」（『てのひら島はどこにある』より）。そして読み進め、思わず、あ、と叫んだ。「（…）とうとう太郎は、ひとつぶも木イチゴがたべられませんでした。どこへいっても、みつからなかったのです」（同）。夏休みの朝早く、木苺を探しに出かけた太郎少年は、木苺を見つけていなかった。あれだけ読んで、わかっていたはずなのに……。目から鱗だった。この歳になって発見することがあろうとは。太郎が食べた「イチゴミルコ」は、途中で出会ったおじいさんが栽培している苺だった。

もしかしたら、五月頃に友人たちに先を越されて悔しい思いをした太郎少年は、木苺の季節が過ぎることに気づかず、夏休みになったら、と捲土重来を誓っていたのではないか。そしてその思いを強く持ったまま、小学五年生の一学期にその土地を去った佐藤少年もまた、木苺の季節は夏休みには終わっているという事実にずっと気づかず、歳を重ねておられたのではあるまいか。

最後の最後まで、少年のような方だった。

「静《しづ》の成熟」と「明治の精神」――『定本　漱石全集　第九巻「心」』月報

明治という時代は特別だ。二六五年続いた江戸幕府から新政府へ、国家体制ががらりと変わった大変な変換期である。社会の混乱はそれだけでも想像を絶するが、怒濤のごとくなだれ込んだ西洋の近代文明を受け入れる側の、精神もまた、どれほどの揺らぎを経験したのか見当もつかない。時代は明治天皇の死で終わる。その終焉の号砲のような乃《の》木《ぎ》希典《まれすけ》の殉死は、明治以前のメンタリティの象徴のようでもあり、近代的な個人のあり方を追求していた夏目漱石ら知識人たちに暴力的なまでの衝撃を与えた。

人は何を精神のよすがにして生きていくのか。

『心』は、「明治の精神に殉死する」と、（口にしたそのときは笑談《じょうだん》にすぎなかったとしても）自死を遂げる男の話である。その男は語り手の「私」から先生と呼ばれ、最後までそれ以外の呼称を（作者から）与えられることはなかった。他の主な登場人物も、「K」、先生とKの下宿先の「奥さん」、少し遠景になって、父、兄、と、名前はない。一人語りでこそ可能で、まるで心という舞台のなかで割り振られたpartsのようである。だが、全篇を通して登場する人物のなかで、名を持つ者が一人だけ存在する。先生とKの両方に思慕される「お嬢さん」、長じては「先生の奥さん」となる静《しず》である。これだけのキーパーソンながら、他の重要人物なみに扱われていない点に、この小説の焦点の一つ、漱石が当初の予定――数種の短篇を合わせて「心」と標題をつけるつもりだった――を大幅に変更して、「先生」の物語をメインにした理由、「予想通り早く片が付かな」かった理由の、一つの焦点があるような気がしてならない。

　静が徹頭徹尾、対等の人間存在として認められていないのは歴然としている。そもそも若い先生がお嬢さんに結婚を申し込む際の様子からして現代を生きる我々には違和感がある。彼は、わざわざKと当のお嬢さんが不在で、母親である奥さんが家に一人でいるときを狙い、「御嬢さんを私に下さい」と申し込む。奥さんが承知し、親戚に知らせねばという趣旨のことを言うと、とってつけたように「当人にはあらかじめ話して承諾を得るのが順序らしい」と奥さんに注意をする。「順序らしい」という婉曲の言いようは、先生の受けた教育、身に付けた教養に由来する発言だ。人間存在の深奥から発した、止むに止まれぬ意見ではない。奥さんはそんな必要はないという。これも現代から見れば十分異様だが、娘の結婚を親が仕切るのは、封建社会の常と言われればそうかとも思う。が、「自由と独立と己れとに充ちた現代に生れた我々」と時代の近代性を意識しているはずの先生が、当の結婚相手の意向をまったく無視して、まるで人間ではなく物のやり取りのように話を進めるのはどういう了見か。そう、先生の「内面」にとって、お嬢さんは対等の人間ではない。このとき先生の「心」を占めていたのは、Kの「次の行動」のみであった。Kに出し抜かれる前に早く手を打ちたい、その一心で、お嬢さんの気持ちなどまるで忖度《そんたく》していない。お嬢さん、すなわち静は責任も負わせられない子どもとして登場し、そして最後までそう扱われている。

Kからお嬢さんへの恋慕を告白されて以来、先生の「心」は、お嬢さんよりもむしろ、Kのことが気になって仕方がなかった。瞬間瞬間のKの顔つきの変化、発する言葉、機嫌、寝ているか否かまで、まるで心の半分をKが占めていると言っても過言ではないほどに。

Kとは、先生の「心」にとって何であったのか。

先生は、信頼していた叔父一家に家財産を乗っ取られたという苦い経験から人間不信に陥っていた。自分と同じく郷里と絶縁状態になりつつも、徹底した禁欲主義を貫いて理想の生き方を追求しようというKの生活態度に、先生は自分の精神の理想を見出していたのだろう。それ故、Kの告白を聞いたとき、先生の「心」は二重の危機に陥った。自分たちより遥かに下等なもののはずの女（こういうニュアンスの言葉は頻繁に出てくる）に、あれほど強靭だったはずのKの精神が持っていかれたという、自分の「心」の半分がもろくも瓦解したような挫折感——むしろ屈辱感、そして自分が密かに好意を抱いていた女性にライバルの同性が現れたという焦燥感。この二つは切り離すことができぬ関係故に、相乗効果で先生自身を覆い尽くさんばかりの暗雲となって、存在そのものを脅かした。先生は、その暗雲に嫉妬と名付けた。表面的に見ればそう名付けるのが順当だろう。しかしそれは、そんな単純なものだっただろうか。

Kにしてみれば、義理のある郷里、つまり前近代に、後ろ足で砂をかけるようなことをしてまでも貫こうと思っていた自分の宗教的理想が、こうも容易《たやす》く本能にねじ伏せられ、そのことを打ち明けた唯一の親友には辛辣に批判された、しかもその直後、当の親友が自分の恋した女性を奪ったことを知った。親友（先生）もつまり、想う女性を我がものにしようと画策したのだった。親友は、財産を前に変心した叔父を軽蔑していたが、結局彼も、その叔父のように、欲する女性を手に入れるために変心した。あれほど自分たちが渇望していた理想の生き方とは一体なんであったのか。Kは孤独と絶望の裡《うち》に死んだ。

Kが死んだときに、先生の半身も死んだ。まるで『影をなくした男』のシュレミールのように、先生は何をする気にもなれない。死のう死のうと思いつつ「私」（次の世代）と出会った。そして後年、殉死した乃木希典が、同じように死のう死のうと思いながら数十年を生きていたことを知り、感慨に打たれる。

「明治の精神」とは新旧入り乱れた様々な価値観が人の真実を翻弄しながら、それでも絶望的なトライアルを試みる精神だったのだろう（Kも先生も、やはりそれに殉じたのだった）。

結婚したお嬢さん、静は、自分に不満があるのなら言ってくれと迫るが、先生は、こんな弱々しいものに、重い荷は負わせられないとKの自殺の真相についてはついに話さない。先生の遺書の最後の文章は、妻には知らせてくれるな、彼女の記憶を純白のままにしておきたいから、という趣旨の遺言で終わっている。本人は騎士道精神の類のつもりなのだろうか。自分たちは相思相愛で、「最も幸福に生れた人間の一対《いっつい》であるべき筈」というが、それもまた輸入された概念で、一対というのなら対等であったKの存在こそふさわしい。静に対してはほとんどペットに対するが如くで、それが終生変わることはなかった。そして「私」も、何の悪気もなく「奥さんの理解力に感心」する等と、世話になっている身でありながら上からの目線で静を批評する。しかし、少なくとも静にその程度の（「私」が言うところの）「理解力」があったなら、Kの突然の自殺の真相には、自分（静）の存在もあったのでは、と疑わない方が、むしろおかしいのではないか。ある種の無邪気な誘惑者としてKに対した自分の振る舞いを省み、人知れず苦悩したこともあっただろう。本当の成り行きに薄々気づいていたとしたら、彼女の孤独の闇もまた深いはずだ。夫と一緒に重い荷を負いたい、真実、人生を共に歩む伴侶になりたいと言いたかったに違いない。しかしその道は頑なに閉ざされていた。静も静の「明治の精神」を生きている。

　漱石に限って言えば、近代的個人の成熟とは、（藤尾や美禰子たちの登場を経て）実に『心』における静の成熟にかかっていたのではないか、とさえ思うのだ。

親密な関心の寄せ方――夏目漱石「文鳥」

作家の日常に文鳥の観察を配して、透き通るような抒情性を穿った小品である。

冒頭「(…) 三重吉が来て、鳥を御飼ひなさいと云ふ」から始まる、鳥を飼うにあたっての心得を三重吉が細かに講釈する場面は、その大真面目を作家がひどく面白がっているのが伝わってきて、飄味がある。いよいよ文鳥が来てからは、記述される鳥の生態が驚くほど詳しく観察される。今風の言葉で言うと画素数が高いのだ。

「(…) 瞼の周囲《まはり》に細い淡紅色《ときいろ》の絹糸を縫ひ付けた様な筋が入つてゐる。眼をぱちつかせる度に絹糸が急に寄つて一本になる。と思ふと又丸くなる。……細長い薄紅《うすくれなゐ》の端に真珠を削つた様な爪が着いて、手頃な留り木を甘《うま》く抱へ込んでゐる。……」

そして背景となる作家の生活、誰も入ってこない座敷で机に向かい、自分で立てるペンの音だけが寂しく響く、そういう日日の孤独が端的に記されるが、もちろん作家の意識は今向かっている作品でいっぱいのはずだが、(ペンの音が止んだり激しくなったりすることでその好不調は察せられるものの) 仕事に関しては一切触れられないため、閑散とした世界に自分以外ただ一個存在する生物に対しての、並々ならぬ関心と愛情だけが伝わってくる。そっと籠に指を差し入れ、大騒ぎするのを見ては反省し、「小《ちさ》い羽根が一本抜けても、自分は文鳥に済まないと思つた」。この上なく詩情豊かに綴られる鳥の動作表情に陶然とする。例えば何か聞き慣れない音がした、そのときの音の描写。「縁側でさら〳〵、さら〳〵云ふ。女が長い衣の裾を捌《さば》いてゐる様にも受取られるが、只の女のそれとしては、余りに仰山である。雛段をあるく、内裏雛の袴の襞の擦れる」ような音だというのである。これほど慈しみのこもった音の描写があるだろうか。果たしてその音の正体は、「文鳥が行水を使つて居た」。あるいは文鳥が、「いきなり眼をしばたゝいて、心持首をすくめ」たようにした、その仕草で昔知っていた「紫の帯上《おびあげ》でいたづらをした女」を思い出す。

　文鳥が漠然と「女」というものと重ねられていることは、最初の方、「三重吉の小説によると、文鳥は千代々々と鳴くさうである」と書き進み、三重吉は「或は千代と云ふ女に惚れて居た事があるのかも知れない」と気を回していることからも、ほのめかし程度には察せられる。「紫の帯上でいたづらをした女」については、しばらくして嫁に行った、としか書かれておらず、その後の消息はわからない。作品の後半、作家は三重吉が持ち込んだ「例の件」で忙しくなる。「例の件」とは、どうやら三重吉の関係の少女の縁談話のようで、作家はそれについて不賛成らしい。「一旦行けば無暗《むやみ》に出られるものぢやない。世の中には満足しながら不幸に陥つて行く者が沢山ある」という述懐が、それとなく「紫の帯上でいたづらをした女」のその後を暗示しているようだ。

　この件の忙しさも手伝い、文鳥の世話を忘れがちになっていた作家は、とうとう餌をやり忘れ、死なせてしまう。文鳥の死骸を発見したときの描写は圧巻である。

「(…)例の縁側へ出て見ると、鳥籠が箱の上に出してあつた。けれども文鳥は籠の底に反《そ》つ繰り返つて居た。二本の足を硬く揃へて、胴と直線に伸ばしてゐた。自分は籠の傍《わき》に立つて、じつと文鳥を見守つた。黒い眼を眠《ねぶ》つてゐる。瞼の色は薄蒼く変つた。

餌《ゑ》壺《つぼ》には粟の殻ばかり溜まつてゐる。啄《ついば》むべきは一粒もない。水入は底の光る程涸れてゐる。西へ廻つた日が硝子戸を洩れて斜めに籠に落ちかゝる。台に塗つた漆は、三重吉の云つた如く、いつの間にか黒味が脱けて、朱の色が出て来た。

自分は冬の日に色づいた朱の台を眺めた。空になつた餌壺を眺めた。空しく橋を渡してゐる二本の留り木を眺めた。さうして其の下に横《よこた》はる硬い文鳥を眺めた。」

作家の悲しみは、憤りと不可分だ。自分にも非があるのに餌を遣らなかったといって下女を激しく叱責する。そしてその勢いで三重吉に端書を書く。「（…）たのみもせぬものを籠へ入れて、しかも餌を遣る義務さへ尽さないのは残酷の至りだ」。文鳥と「女たち」が、籠の鳥というイメージでここにひとつになる。

文鳥の生態を淡々と正確無比に書き続けるその向こうに、個人ではどうにもならない時代の非合理や悲しみが浮き上がってくる。登場人物の制限された作品中でそれが詩情さえ伴って終始するように感じられるのは、文鳥や女たちに対する、この作家独自の「親密な関心の寄せ方」にもよるのだろう。ある意味ではどこまでも家父長制的な枠組みから逃れられない家長そのもの、その悲しみ——それを彼の、対象を愛する作法と呼んで結論づけてしまえば、何かわかったふうで片付けて終わる気がして、できかねている。

『サリー・ジョーンズの伝説』——どんな絵本を読んできた？

絵本はこれほど自由で力強いものにもなりうるということを、改めて認識させてくれた一冊である。全体の三分の二ほどは甘さのかけらもないシビアな場面が延々と続く、いうなれば、密猟された赤ん坊ゴリラの、過酷な半生なのだが、翻訳の筆致に独特のリズム感があり、それだけでも引き込まれる上、ほんの少しその存在を印象付けるだけで、惜しげもなく端折《はしょ》られる物語性豊かな細部がまた魅力的なのだ。

故郷と母親を突然奪われた子ゴリラは、関税を払いたくないという飼い主側の理由から人間の赤ん坊の格好をさせられ、サリー・ジョーンズという名の偽造パスポートを与えられる。この辺りから、サリー・ジョーンズは、ゴリラであり人間でも在りうるという強烈な存在感を持って読者の心に侵入してくる。純粋で一途、教えられればどんな仕事だってこなしてしまう、スーパーキャリアウーマンのようなサリー・ジョーンズ。ゴリラは群れの動物である。その能力のすべてを使って愛する者たちに尽くしてきたのに、ことごとく手酷い裏切りに遭う。人を利用するのに何の躊躇《ためら》いもない人びとがいるのだ。のみならず、次から次へと雪だるま式に大きくなる不幸で、身も心もボロボロだ。だがどん底の場面で、過去にただ一人、嵐の夜に沈没しかけた船で、彼女を対等に仲間として扱ってくれた人物と再会する……。二人は共に新しい仕事を始めるが、以前の残酷な裏切りや虐待のトラウマで、サリーはしばしば床についたまま起き上がれない。そんな時にこの相棒の放つ一言。

「さあ、起きて働け！　―略―心に傷を負っているのは、おまえさんだけじゃないんだ」

何とも琴線に触れるではないか。

新しい船を得た二人は（この成り行きもまた素晴らしく面白い）貨物の仕事で世界の海を旅し、とうとうサリーの故郷へも立ち寄るが……。

この絵本は、「仲間と故郷」を渇望していた生命が、ついに魂の故郷へたどり着く物語だ。凄まじい不幸の連続に暗澹《あんたん》とするが、ラストを信じて読んでみていただきたい。


『サリー・ジョーンズの伝説』ヤコブ・ヴェゲリウス作　オスターグレン晴子訳　福音館書店

北志向について——場所の力　言葉の種

　もともと生まれ落ちた場所がずいぶん南の方だったから、北志向が強いというのは、私のみならず、同じ条件で生を受けた多くの人々にありがちな傾向なのかもしれない。内なる羅針盤では、南へ向かうということは混沌、カオスの豊饒さと力強さを示し、北へ向かうのは、意識の清澄さとそれを支えることばへの渇望を象徴していた。考えることにとりとめがなく、頭の中はいつもカオス的状況だったので、少しでもましになりたいという欲求が常に働いて、北を志向させていたということもあるだろう。

　ことばはどんな場所でも生まれる。そう言われればそうなのだが、冷涼な気候、というのは、何か抽象的な思いが言語という思考の枠の中に入ってくる、その速度とテンポを決める条件の一つのようにも思える（私の場合）。それから、「深さ」というものがある。穿っていく深さ。

　若い頃、異国を旅していて、南の方から北へ進むに従って、だんだん無駄なものが落ちていく感覚があった。具体的な実感としては、確かに旅の日々のハードスケジュールで若干脂肪が落ちて痩せてきていたのかもしれないし、周囲の人々の印象も、明るい陽光の下でフレンドリーに振りまかれる笑顔、というものから、陰鬱な空の下の表情に乏しいそれになっていっていたからなのかもしれない。が、明らかに心が内側に収斂していって、今まで出なかった類いのことばが引き出されたりする。

けれど、そういう傾向は一人私のみではない。

『雪に生きる』の著者、猪谷《いがや》六合雄《くにお》とその祖父もまたそんな人々だったのではないかと思う。猪谷は一八九〇年（明治二十三年）赤城山の山頂で当時旅館業を営んでいた家に生まれた。レルヒ少佐が日本で最初にスキーをして間もない頃、新し物好きのどこかの学生が早速それを手に入れ、赤城山の外輪山のなかの平地を歩いてみせた。猪谷はその様を見、見よう見まね、独学でスキー板をつくった。以後、日本スキー界の草創期、普及に貢献した一人になる。自由闊達に生きた人で、なんとなく千島列島まで行ってそこで自分で小屋を建て、今で言うペンション経営のようなことを始めたり、七十を過ぎてから運転免許を取り、車で寝起きしながら日本中を回ったり、と、型にはまらない、実に魅力的な生き方をした人物であった。祖父は四国伊予の出身である。若い頃、つまり御維新前、江戸時代の末のことになるが、岐阜県出身の女性といっしょになり（その女性が猪谷六合雄の祖母になる）、これもなんとなく二人で北へ北へと歩き出した。途中、いくつかの「お関所」を越え、ただただ北へ向かって歩いた。俳諧師ということで、北へ行くに従って、どんどんことばが出てきたらしい。それが爽快だったのだろう。長い月日を費やし、秋田まで来たとき、夫婦のどちらからともなく、もうこの辺で戻ろうか、ということになった。上州の前橋まで戻ったところで路銀が尽き、小さな塾を開く。俳諧師であった祖父は、また漢学者でもあった。祖母も漢学の素養があった。やがて、前橋藩の殿様に仕えるようになり、明治初年の頃、赤城神社の神主になったという。当初冬場は麓に下り、夏だけ山の神社に登る生活だったが、神社が神領を失ったがため冬場も山へとどまるという生活になった。標高二千メートルに近い山上で過ごす、最初の年のすさまじさを、地理学者の田中阿歌麿《あかまろ》がその著書『湖沼めぐり』で書いている（田中阿歌麿は、湖沼学の調査のため赤城山にもしばしば登り、猪谷六合雄の父の代で猪谷家が始めた猪谷旅館に泊まっている。これはその折に伝聞したことだろう。六合雄少年と思われる旅館の子息に、湖での調査の協力を依頼もしている）。

「……初めて一軒家で冬籠りをした時は、四邊《あたり》は物凄い景色で、当時便所内に累々としている不浄物をば、毎夜狼が来て喰うという有様であったとは、主婦の述懐談である」（『湖沼めぐり』田中阿歌麿）

明治の初めの頃までは、赤城山にもごく普通に狼がいた、という記述に驚かされる。

猪谷六合雄は、祖父母の「なんとなく北へ行った」、という「新婚旅行（?・）」を、「汽車も何もないその頃の旅は、色々と不便もあったに違いないが、また嘸《さぞ》楽しかったことだろうと、私はいつもそのことを想う度に羨ましい気がした」（『雪に生きる』猪谷六合雄）と感慨深く語る。その猪谷六合雄もまた、祖父母のそれを踏襲するかのように、彼自身の結婚直後、赤城山を出て立山に登り、それから日本海側を汽車で北上しつつ、秋田を目指していたら「何時の間にか秋田も過ぎて青森へ出てしまった」。途中何度か赤城山へ帰ることを思うがその気になれない。そこから北海道へ渡り、大沼の駒ヶ岳に登ってその十日後大噴火することになる火口を覗いている。その後、小樽、定山渓、札幌、と移動し、「この頃はもう、赤城山へ帰る話は余り出なくなっていた」。狩勝峠を通って帯広、釧路、屈斜路湖、斜里、網走……最後には千島列島へ渡りそこへ六年近く住み着くことになる。赤城山の猪谷旅館に泊まった田中阿歌磨も、同時期千島へ渡っているはずだが、そして、千島の宿泊施設といえばまず猪谷のペンションになると思うのだが、両人ともそのことには全く触れていない。猪谷は、千島のペンションに泊まった客として数人を上げているが、その中に田中阿歌磨は入っていない。このことは、私の長年の疑問である。

それはともかく、彼もまた北へ向かいながら俳諧を捻り出していたその祖父に似て、北上するに従ってその描写力の具体性が増していくようなのだ。

北に在ることそのものが、ことばを生み出すのではなく（そうであればもの書きは皆、北国に住んでいるはず）、北へ、と心身が傾き、移動の勢いがつくことが、体のどこかで眠っていたことばたちを起こし、賦活化させるのだろう。

自分が今必要とし、自分のなかに在るとわかっていることばが、なかなか探し当てられずに、胃のなかに鉛を抱えているような日々を送ることがある。それが何かのきっかけで、ふっと出てきたときの、闇夜でようやく光を見いだしたような喜びは他に喩えようもないが、あれだけ探していたものが、なぜ「ふっと出てきた」のか。そのときの内的状況を推し量ると、どうも、自分の指針としていたある種の在り方、生きる姿勢、自分のなかにあった北極星のようなものの存在が、曇りを払ってその瞬間確かに輝いていてくれていたような気がする。渡り鳥が渡る方角を決めるのには星座の存在も大きいという。雛の頃に見た夜空の星の記憶が脳のなかに刷り込まれているためらしい。

自分のなかの指針となる方角を北極星の輝く場所と決め、迷いのなかにあるとき、心身をそちらに少し傾けてみる。移動の「勢い」をそのときの「気分」に取り込む。そうすると、安定する。ぶれずにすむ。

北志向、というのは、自分のなかにある極北をイメージすることなのかもしれない。ことばは、その辺りに巣くっているような気がする。

「ひとがた」のバランス

去年（二〇一二年）の春、小林すみ江さんと日帰りの京都の旅をごいっしょさせていただき、様々な人形たちに出会った。

東京・浅草橋の地で、三百年ほど前から人形問屋を営んでいる吉徳が、小林さんの生家である。人形の生き字引のような彼女と、共に人形を見ながらお話を伺う機会が持てたのは、僥倖というしかない。御著書『人形歳時記』（小林すみ江著　婦女界出版社）には、従業員を数多く抱える戦前の大店の暮らしぶりが、四季折々の行事やしきたり、今は消え失せた地域の文化とともに細やかに綴られていて（それだけでも大変に貴重な記録だ）、私には知らないことばかりのはずなのに、なぜか無性に懐かしく味わい深い。小林さんは、現在同社の資料室長をしておられ、しかも昔から人形に親しんでおられるのだから、さぞかし人形には思い入れもおありであろう、と思われるが、お会いして感銘を受けたのは、人形たちに対してごく客観的な観察眼をお持ちで、かといって決して「もの」として扱っていない、そのバランス感覚の良さである。それは、ひととして持ちうる、上質の何かであると感じられた。

しかし、文楽の人形たちは、「ひとがた」でありながら、そういう「バランス」を持ち得ないところに、その特質があるらしい。

小林さんのお父上（十世・山田徳兵衛氏）は、戦前、吉田栄三師から、人形の所作について、「振り向いたり、顎を襟に埋めて思いにふける時の振りは、人間の肉体の限界より、ほんのすこしだけよけいに首を曲げることが芸のコツ」（『人形歳時記』）とお聞きしたそうである。「限界より、ほんのすこしだけよけいに」という言葉が示唆的だ。

　人間の限界以上なのだから、それはつまりもう、人間の所作ではないのである。そこになにか、ひとを超えたもの、ひとがいつも見つめていて、けれど行き着き得ないその先にあるもの、ひとの世界を映しているようできっぱりと異界の領域にあるものなのである。その小さなひとがたの周りに、数名の人間が寄り添って、明らかに人為的に動かしているのに、そっと手が添えられた途端、あっというまにそのひとがたが血の通った生き生きとした存在に見えてくる。そのものだけでは動くことさえできないのに、ひと以上に情を持ち、ひと以上に艶めいて、ひと以上にひとの心に訴えてくる。見る人の人生経験の積み重ねや、思いのたけの、そのほんの少し過剰な部分を、文楽の人形たちは体現してくれているのかもしれない。「ほんのすこしだけよけいに」、例えば、首を曲げることによって、人はそこに、自分自身の抱えている何かを見、理屈を越えて目が離せなくなるのかもしれない。

　さて、小林さんが少女の頃、ご自宅に『菅原伝授手習鑑』の寺子屋の松王丸がやってきた。

「（…）あれは昭和十四、五年頃のことだっただろうか。父が文楽の桐竹門造師にお願いして譲って頂いた松王丸の一体が、はるばる大阪から届いたのである。五十日鬘《ごじゅうにちかづら》というのだと聞いたが、ざんばら髪を逆立て、大きな目をカッと見開いた松王丸は身長百五十センチに近く、人形ながらもまさに威風あたりを払うといった感じであった。黒ビロードの衣裳は、全体を金糸銀糸を使った雪持の松の縫い取りで覆われ、それが青白いばかりの松王の顔色をさらに引き立てていた。これは凄いお人形がうちにやってきた！と思ったものである。この日から、『彼』はわが家の一員となったのであった。」（同）

　松王丸は一家の玄関番としてもなくてはならない存在となり、家族や来客、皆に愛された。が、隣家から燃え移った火事で、むごくも半焼の姿となる。チリチリに焦げた黒髪や開閉の機能を失い半ば閉じられた両眼は、まさに「無念の形相」であった、と小林さんは語る。

「（…）彼が、どんな思いで劫火に耐えたことか、『まあ、可哀想に―』母は、涙をこぼして不憫がった。―略―松王の名を口にするときの、私たち家族の心の痛みは、たぶん癒えることはないであろう。」（同）

　小林さんの人形を愛でる「バランス感覚のよさ」は、こういう思いを数限りなく重ねられた、その果てに獲得なさったものなのかもしれない。

「ひとがた」は、ひとの思いそのものに向き合って、ひとの思いより「ほんのすこしだけよけいに」かたちづくられているのだろう。

村尾嘉陵『江戸近郊道しるべ』

数年前のこと、自宅から歩いて数十分のところにある古書店の、棚六段ほどが、ほとんど品切になった東洋文庫で占められているのを見つけ、密かに狂喜乱舞した（心のなかで）。それから身辺無闇に慌ただしく時が過ぎ、なかなかその古書店へ行ける機会がなかったのだが、その間も、「棚六段」は心の小さな支えであり続けた。なのに（危うく「しかるに」と書きかけた。そういうモードに入っているのだろう）昨年秋、いよいよ入手の手筈もつき、意気揚々と彼《か》の古書店に出かけると、前出の棚六段はごく普通の雑多な古書で埋まっていた。考えてみれば予想できたことだ。が、このときの落胆と言ったら。そのまま入手に備え用意したなけなしの金子《きんす》を、ある古雑誌「全巻３００冊揃い」に費やしてしまったくらいである。代償行為というものだろう。

閑話休題。紀行文が好きなので、勢いその分野の東洋文庫が手元に集まっている。折さえあらばふらりと出かけたい、また出かけてしまう「旅虫持ち」はどの国にもいるのだ。なかでも『ペルシア放浪記』のヴァーンベーリは別格だ。極貧にありながら自負するところの天才的な「語学の才」と（一宿一飯を得るのに欠かせない）人間的魅力を武器に、ほとんど無一文で母国ハンガリーから中央アジアを旅してしまう。日本にも菅江真澄を始めとして、旅を日常とした人びとは多い。だが『江戸近郊道しるべ』の村尾嘉陵は、主家勤めの武士であったので、大きな旅はできない。それで暇さえあれば日帰り可能な近郊を探訪する。石神井の弁財天へ参ろう、等、それらしい目的がありそうだが、理由は後付けなのだろう。ただ旅虫がうずくのだ。この石神井へ出立するときの描写がとてもいい。「朝とく出たつ、あけぼのは、少し雲だちて、降なん心もとなさに、しばしためらふうちに晴にけり」。

　なんだか遠足に行く小学生のような、天気に一喜一憂する浮き浮きした気分が伝染してくる。そうか、大旅行者も小旅行者も、みんな遠足好きの旅虫持ちだったんだ、と妙に合点する。

よい航海を！――作家と絵本

新たな陸地を目指す創作者の方へ

まだ海のものとも山のものともしれないけれど、表現したいと感じる何かの、核のようなものが浮かんできたとき、詩人や小説家はその世界を言葉で構築していき、画家は色や線で作りあげていきます。

私の場合は、言葉で世界を紡いでいくわけですが、言葉はただ平坦に羅列されていくわけではなくて、その最中には、リズムというか、ある種の流れとともに生み出されていきます。こういうリズムで読んでもらいたいな、と思うときでも、文筆だけの世界ではせいぜい点を打つとか、改行するとかいうわざしかなく、ここは行間に立ち止まって、味わってもらいたい、と思うようなところでも、読み飛ばされたらおしまいです。作品は最終的には読書という作業で完成をみるものですが、この読書という作業の段階に至っては、もう書き手のすることはありません。作品と読み手の共同作業のようなもので、読み手の読むときのコンディションもまた、その読書に影響を与えます。忙しくてつい読み飛ばしたり、体調が悪くて文字が入ってこなかったり、またはその反対に、たまたま身辺に起こった出来事の関連で、感情移入して深く本の世界に入っていったり、もしくは過去の体験がたまたま本の内容によく似ていて……等々。とにかく、その作品世界に入ってもらうことが第一歩なのですが、絵本はその点、視覚的に一瞬で有無を言わさずその世界に引き込み、誘うことができる。活字だけの紙面より、その世界へ入るハードルが低いのです。

　私にとって最初の絵本は『ペンキや』（二〇〇二年　理論社）でしたが、そもそもなぜ絵本を作ろうと思ったかというと、絵本なら、文字だけのときには不可能な、行間を可視化できる、という魅力的な特徴があるからです。

「朝焼け」「夕凪」「夜の海ですら……」という言葉を紡いだ時点では、明らかに見開きでこの一言だけを入れる、というビジョンがありました。それで編集者にそれを伝えて、画家の方に素晴らしい絵を入れていただきました。出久根育さんは、彼女自身独特の世界を持ったアーティストなので、自分の考えたストーリーが、彼女の世界のなかで生かされていくのを見るのは喜びでした。出久根さんにはまた、『ワニ』（二〇〇四年　理論社）も担当していただきました。ここでもまた「ジャングルの憂鬱」「草原の無関心」の場面は、見開きでこの一言を入れる、と、自分のなかのリズムで文章を紡ぎながら決めていたことだったので、そうしていただきました。出来上がったものにはもう、うっとりとするしかなく……。『マジョモリ』（二〇〇三年　理論社）は、森のなかのお茶会の場面で、「お酒？」の類を呑んですっかりいい気持ちになる女の子たちを書きたかったのですが、今考えると——その頃そんな言葉はなかったのですが——まったくの女子会ですね。早川司寿乃さんは、ご自身の著作もある、彼女もまた独自の世界をお持ちの方で、早春の神社の山の緑のうつくしさで、ここも見開きで、とお願いしたところだったのですが、想像以上のうつくしさで、眼福、という言葉が浮かんだほどです。最後の場面は彼女が独自につけてくださった場面で、おお、と感激しました。作家が作った以上の物語の広がりを絵で表してくださったのです。『蟹塚縁起』（二〇〇三年　理論社）は、民話のような世界で、負の感情が昇華されるときのカタルシスを表現したかったので、『氷河ねずみの毛皮』（宮沢賢治＝文　二〇〇八年　理論社）の絵で感銘を受けていた木内達朗さんにお願いしました。これもまた、民話調の話を裏支えしていただく重厚な絵をいただきました。これらの作品は理論社の岸井美恵子さんが本にしてくださいましたが、私たちの文章や絵が、ひとつに溶け合いハーモニーを生み出すために、彼女の存在――その情熱と卓越したセンスと経験値――はなくてはならないものでした。一人で絵と文章、両方こなすときは別としても、絵本は決して作家と画家だけでできるものではありません。電子書籍の時代になり、まるで編集者は必要ではないような言説も目にするようになりましたが、そんなことになったらどれほど出版文化の質が落ちるだろうと懸念しているほどです。

以上は私自身が作ったことのある絵本作品についてでしたが、今の若い方々の才能には、私の遠く及ばない、目を瞠《みは》るものがあります。

例えば、『きょうはマラカスのひ』（二〇一三年　福音館書店）。とにかく魅力的なのは、登場人物たちがマラカスを体いっぱいで演奏するその体感！　チャッウーチャチャウーチャッ！　小さなひとたちは、もう、大喜びです。熱狂すること間違いなしです。とにかく声に出して読んでみてください。この絵なくしてこの本はないし、この言語感覚なくしてこの本はない。一人の人間（樋勝朋巳さん）が作ることの醍醐味ですね。

それと同じことは、『きこえる？』（二〇一二年　福音館書店）にもいえるのですが、『きょうはマラカスのひ』が無条件に体が動くような絵本だとしたら、こちらは、はいじまのぶひこさんによる、静かに五感が冴え渡っていくような絵本です。文字数は圧倒的に少ないのですが、これは文学そのもの。その核心的なところにあるものだと思いました。そして、この絵本は、子どもたちを選ぶでしょう。この絵本に惹きつけられなかったからといって、その子にセンスがないわけではない。むしろ惹きつけられすぎて、たじろぐ子も出てくるかもしれない。アンテナが鋭すぎるのですね。そういうふうに、大多数ではないかもしれないけれども、必ずこの本に磁石のように引き寄せられる子どもが出てくる。この絵本は、そういう子どもや大人のために存在する絵本です。

絵と文を両方同じ人物が作るということには、こういう不可分な一体感があり、それが絵本のユニークさと力強さを際立たせます。一方、それぞれを別の人物が手がけるということにも意味があります。文と絵の間に、隙間が生まれ、そこに良い風を通すことができるからです。

おそらくどなたでもそうなのでしょうが、創作しているときは、それに没頭して主観的に生み出していく側面と、客観的に読み手となってそれを検証していく作業との二つが、ほとんど同時進行していきます（そうでなければ、作品は作品として成り立っていきません。ただのナルシスティックな「書き散らし」に過ぎなくなります）。創作に編集者が積極的に関わっている場合は、編集者がその外部のチェック機能を受け持つことが多いです。けれども、それがまだ、どこの出版社で本にしてもらえるかわからない場合、自分自身でしっかりとその機能を果たさなければなりません。出版社は決まっていない代わりに、たっぷりとした時間があります。

書き上げて、もうこれ以上は無理だな、これで完璧、と思っても、必ずしばらく寝かせてみてください。そうすると、改めて読んでみたときに、自分のなかのチェック機能がとても素晴らしく働きます。書き直さなければならないところが必ず出てきます。

作品はそうやって磨かれていくし、それによって、自分のなかに占めるその作品の「揺るぎなさ」のようなものが確立されてきます。創作の道を目指すということは、必ず自分のたどり着く陸地があると信じて海に漕ぎ出すようなもの。大洋のなかを進んでいると、茫漠とした、海また海、陸地なんかこの世にあるわけがない、と思うような気になりますが、漕ぎ続けているうちに風が緑の匂いを運んでくる一瞬もあれば、同じように陸地を目指す渡り鳥に出会うこともある。

陸地を見つけたときの喜びといったら！　けれど、気をつけて。せっかく見つけた陸地ですが、あなたはまた別の陸地を目指してそこを旅立たなければなりません。

よい航海を！

Ⅳ

深山に近い真夜中のPAおよびコンビニで見たこと

真夜中、十二時過ぎの上信越道を、東京から長野方面へ走っていたときのことだ。この時間帯の高速道路は、背の高い物流のトラックが圧倒的に多く、林の中に紛れ込んだような気分。妙義山や八風山、トンネルの多い山深い道を走っていると、空中に架けたようなこの道路に平行して、土を踏みしめ街道を歩いていた昔の旅人のことを考える。たいていは手前の宿場で宿をとったのだろうが、なかには一刻も早くと夜を徹して歩いた人びともいたに違いない。夜の山道を、どんな思いで歩いていただろうと思う。暗いのだ。幾重にも重なり合った木の枝が月や星の光を遮断している。昔はオオカミも多かった地域だ。遠吠えに胆を冷やしながら、山賊の襲来に怯えながら、とにかく先を急ぐ。車体に守られているわけではない、身一つで、つまり動物たちと対等、ほとんど同じ条件で山を行くのだ。フクロウが鳴く。ヨタカが叫ぶ。昼間はともかく夜間ともなると行き交うひともほとんどなかっただろう。木々の合間から、ふっとこの世のものとも思われない、不気味な形の妙義山が、真っ黒な影を見せる。この迫力。大入道もかくやと思われる。

やっと山襞を抜けて、眼下に佐久平が見えるとほっとする。そのまま最初のＰＡ《パーキングエリア》に入った。設備が整ってだだっ広いＳＡ《サービスエリア》よりも、小さくてコンパクトなＰＡの方が、ことに夜間に利用するときは、いろいろと安心だ。駐車場はほとんどトラックがずらりと並んでいた。やっと山間部を抜けてほっとしたドライバーたちが仮眠を取っているのだろう。しんとして、出歩く人もない。トイレと自販機の周辺に明かりがある以外は真っ暗、建物は固く（開けようとしたわけではないが、見るからに）鍵が閉まって、ひと気もない。自販機で飲み物を買い、車の中で一休みする。佐久平の町の明かりが見下ろせる場所にテーブルと椅子が置いてある。昼間ならあそこで皆、休むのだろうな、眺めもいいし、と思っていると雲間から月明かりが、さっとそのテーブルに差した。あまりに神々しく、座れといわれてもたじろぐだろう。何ものも恐れるものがないようなトラックのひとたちは、夜だからといって物怖じしたりはしないだろうに、あそこで休むことはしないのだろうか。ぼんやりそう思い、先を急ごうと車を出した。駐車場から本線へ続く手前で、少しスピードを緩め、方向指示器を出し、何気なく左右に視線を配ろうと左を見て、え？　と、驚く。すぐそばで、ヘルメットをかぶった初老の男が、瞬きもせずにこちらを見ていた。手にはノートのようなものを持っている。私は本線に出るための一連の動作の途中であったので、そのままそこを後にする。が、車を走らせながら、頭のなかはクエスチョンでいっぱいだ。何をしていたのだろう。交通量を調べていた？　それなら、今日び、防犯カメラやモニターで調べれば済むことだ。休んでいた？　何もあんなに狭い車道脇のスペースで休むことはないだろう。テーブルも椅子も、ちゃんと空いているのに。なぜヘルメット？　……。

すぐには解けそうもない疑問を抱えたまま、佐久のジャンクションを上信越道から中部横断道へと進み、そして途中で国道に降りる。幹線道路ではあるが、昼間と違い、車もほとんど通らない。ずっと（意識せずとも）緊張する高速を降りたので、気持ちは楽になっている。これから山小屋へ向かう。本格的な買い出しは明日の日中に行うとして、とりあえずの食料を調達しようと深夜営業のコンビニの駐車場に入る。広い駐車場の、一番外れに、トラックが一台停まっているほか、みごとにがらんとしている。車を降りると、カエルの合唱が聞こえ、思わず足を止め、聴き惚れる。周囲は山に囲まれた田園地帯。カエルの声で、辺りの静けさが際立つ。梅雨入り前だった。

コンビニのなかは明るく、誰もおらず、しばらくすると奥からスタッフが出てきた。目をしぱしぱさせている。仮眠を取っていたのだろう。店内で品物を見つくろっていると、また誰か客が入ってきた。こんな夜中に、と、自分のことは棚に置き、これが「夜更けの郊外のコンビニ風景」なのだなあ、私が家で寝ているときも、この光景はここでは日常なのだなあ、と軽い感慨に浸りつつ、食品を籠のなかに収め終わり、レジに向かう。後から来た客は、買うものが最初から決まっていたらしく、籠も持たずにすでにレジで会計をしてもらっている最中だ。その後ろに並ぶ。体格のいい若い男性で、初夏のハイキングに行きそうな服装だ。登山にしては軽装、街中を歩くにしては暑苦しい、そういう装備。車が停まったようではないし、これはあそこに駐車していたトラックの運転手だろうか、いや、服装がそうではないし……とこれも軽く湧いてきたクエスチョンマークを抱えながら、私の番になり、会計を終える。外に出るとまたカエルの合唱。先ほどの客は、停まっているトラック方面に歩きながらもその手前で大きくそれて、国道へ向かうようだ。この辺りの住人だろうか。だとしたら、集落までずいぶん歩かなくてはならないだろう。周辺に民家はない。彼が出て行った方向へ、私も車を走らせる。途中で追い抜くだろうと思った。けれど、人影がない。ずいぶん走って、ようやく民家が見え、信号が出てきた。そこまで、人っ子一人いなかった。あの彼はどこへ行ったのだろう。山へ？まさか。

一晩のうちに、どこから来てどこへ行ったのかよくわからない二人の男性を見たことを、友人たちに話したところ、半分冗談めかし、半分真顔で、「同一人物かも。ＰＡで会った『人物』とコンビニで会った『人物』は同じ人物」。自分自身に言い聞かせるように瞬きもせず話すのが興味深かった。もう一人はメールで、「あなたは一人の人間の、過去と未来に会ったのだ」。もう、それしかないたった一つの真実を語るような文章の勢いだった。

両人ともきちんと社会生活を送っている人たちである。冗談を話しているようでいて、どこか本気、これは日本人の自然観と密接に関わる「感じ方」だと思った。彼らは自然科学的にそれが正しいと思っているわけではなく、もう一つ内側の、自分の求めている真実の方へ、意識の羅針盤の針が自動的に向いていたのだろう。

何に重きをおくか、ということなのかもしれない。この、ＰＡ・コンビニ事件（?）も、何か、「近くに深い山がある」という条件が、私たちの思考にバイアスをかけるのだろう。「深い山」と自分自身との間に、緩衝地帯のようなものがあり、とりあえずはそこに「重き」を「置く」。「不思議」を落とし込み、存在基盤を安定させ、とりあえず次に進む。

「深い山」と人間社会との緩衝地帯を、里山と呼ぶ。私たちは脳内に「里山」を持っている、のか。

奥山、深山と、村里の間にある「緩衝地帯」が「里山」と概念化されてから、それが日本人の考える一番身近な自然なのだと、ずいぶんすっきりしたと思う。里山とは、人びとが薪などの燃料や茸、山菜、栗の実や山椒などの山の幸を得たりする場所。山の神の支配する奥山の、裳裾の辺りに位置し、山の神と全く無縁ではないけれど、それほど神経質に礼を払わなくても許される場所。子どもの遊び場にもなり、山から獣も降りてくる。獣は畑に来られるとやっかいな害獣になるので、特に西日本では「シシ垣」を作り、猪害に対処した。罠も仕掛け、そして捕ったものは食料にもした。山から降りてくる獣は自然の象徴でもあり、ときに山の恵みともなった。日本人の「自然との付き合い」のなかには、「山に棲む動物たちとの付き合い方」もまた、含まれるだろう。

大正時代の山里、一九二〇年代の米国ワイオミング

今では熊や猪なども平気で街中へ出るようになり、その風体がどんなものかは広く知れ渡っている。猪などとは、昔の村落の人間の方が、よほど親しくしているだろうと思いがちだが、大正時代に上梓された『猪・鹿・狸』（早川孝太郎著）によれば、伝聞ばかりが流布して、山里にいてさえその全貌が明らかにされることはなかったようだ。かえって情報が氾濫し、神秘も何も消滅した今の方が、猪や熊がどんな姿をしているかは、よく知れ渡っているといえよう。

昔は奥山が充実して豊かであったので、獣は滅多に里の方へは出てこず、出てきても夜、田畑が荒らされている被害ばかりで、獣そのものを見るということはあまりなかったらしい。そこで手負いの猪の恐ろしさや勇猛さの伝説めいた噂だけが一人歩きしていく。

「いかに急所を撃たれても、決して鹿のような倒れ方はせなんだ。弾丸《だんがん》を受けてからもなお二、三歩肢を運んで、静かに前屈みにつくばい込むというのである。その話を聞いていると、いかにも剛勇の最後を見るようで、猪の猪らしい態度が、名実ともに適ったごとく感じられたものである。」「そうかと思うと、はげしい追狩りの最中に、逃げながらも幾度か引き返して猟犬を追いまくるという話を、恍惚として聞き入ったものである。幾度聞いてもあかぬ興味を覚えたが、そのたびに空想の世界が、だんだん根を張って伸びてしまったのである。」（『猪・鹿・狸』）

　実際の猪を見かけることがあると、「あんなものが猪だったかと」物足りなさを感じたという。

「村の某の男であった。鳳来寺村分垂《ぶんだれ》の山中で、一人炭を焼いていると、午《ひる》過ぎごろとも思う時分、なにやら近くの歯朶を押し分けて山を降《くだ》ってくるものがあった。木間《このま》からそっと透して見ると、今しも一頭の巨猪《おおじし》が、静かに炭竈《すみがま》の方へ近づきつつあったと言う。とっさのことで、逃げる間も隠れる隙もない。飛びかかったらそれまで、力の限り撲《う》とうと肚《はら》をすえて、炭木をかたく握っていたそうである。しかし猪は男を見ても格別驚いた様子もなく静かに炭竈のかたわらを通り抜けて、下へ向けて降《くだ》っていったと言う。事実はただこれだけであったが、某の説明によるとその猪が劫《ごう》を経た恐ろしい古猪だった。毛並は灰色がほとんど白くなって、背から胸へかけて、松脂《まつやに》でも塗っているらしく、さわってはみなんだが、かちかちとまるで岩を被っ

たようであったと言う。」（同）

元は、ただ、猪がそばを通り過ぎた、というだけの話なのだが、それだけでは済ませられない何かを、この「村の某の男」は「猪」に見たのだろう。記録者は、「しかもこの話には、その猪をただものでなくするに充分な傍証も絡んでいた」と煽る。数日前から幾人もの狩人が追いかけ、「弾丸も三つ四つ喰《くら》っていながら、どうしても捕ることのできぬ出没自在の古猪があった」というのだ。両者は同一の猪であると。本人もそう言いながら、眉唾と思っているのか、「多くの点がそれに符合していたのである」と、開き直ったように付け加えている。しかし、すぐにまた、理性を引き戻し、

「実験者（実際に体験した者）が平素無口な実直者だっただけ、そのまま信じられて、しだいに松脂のような箔をつけて、永く語り伝えられるであろう。

山深い土地に住んで、猪とは絶えず交渉のあった人たちでも、冷静な態度で観察していた者はいたって少なかった。自然のままの存在には、舁《かつ》がれてゆく骸《むくろ》などとはちがって、威厳と言うのかとにかく犯し難いあるものを備えていたことは事実である。そのためか多くは見た目以上に語ろうとした点もあったろうと思う。狩人の多くがすでにそうであった。」（同）

と、述懐している。この、「犯し難いあるもの」こそ、古来日本人の自然観に密接に関わる、「脳内里山」に棲まう何かだろう。この流れが、真夜中のＰＡやコンビニの不思議話につながっていく。

その「犯しがたさ」は、日本に特有のものなのだろうか。

一九二七年、三十八歳の生物学者、オラウス・ミューリーは、アメリカ合衆国生物調査局からの仕事で初めてワイオミング州のジャクソンホールを訪れる。ジャクソンホールは、イエローストーン国立公園へのアクセスも良く、また、のちにグランド・ティートン国立公園の玄関口となる谷間の町である。彼がここへ来たのはエルク（大形の鹿）の調査のためだったのだが、すっかりここの自然に魅せられ、その年のうちに家族を呼び寄せ、調査後も、結局死ぬまでそこに住み続ける。野外調査専門生物学者として、家族を巻き込んで桁外れの自然とともに暮らす様子は、『わが野性のワイオミング』（妻、マーガレット・ミューリーとの共著）に詳しく綴られている。

「ワイオミングのすきとおった青い空がかぎりなく広がる。思いっきり翼を広げ、深呼吸ができる空間がここにはある。大地の広がりを感じさせる。」「石の上でこうしていると、昔ここに住んでいたインディアンや山男たちの生活ぶりが頭のなかを駆けめぐる。―略―きっといまの私のように鳥や木や山をながめて、春の訪れを喜んだにちがいない。グロス・ヴォント・インディアンたちもここを通り過ぎていったのだ。彼らはみんなティートンの山裾に広がるこの谷間をながめ、夏には狩の獲物が集まる彼方の青い丘に見入っていたことだろう。そしてアンティロープやバイソンが谷間の草原やセージの咲き乱れる茂みのなかをゆうゆうと歩きまわっている姿も目にしていたにちがいない。―略―遠いすばらしき時代に思いをはせていた私は、うしろのほうでするかすかな動きにしばらく気がつかなかった。あたりを見まわすとエルクの群れがポプラのあいだから草原へ向かって歩いているのが見えた。」「私たち人間の開拓者たちも安住の地を求め、先駆者であるワピティ（エルクを指す先住民の言葉）やマンモスや鳥たちのあとを追い陸地を横断していった。力を持った開拓者は行く先々でバイソンやワピティ、インディアンをつぎつぎと滅ぼしていった。自然に対する考えや配慮なしに行く手にあるすべての生命を踏みつけにした。その結果としてワピティやバイソンやカモシカなどは、ほとんどといってもよいほど地球上から姿を消してしまったのだ。いまワピティ（エルク）は自然の残る保護区で見ることができるだけだ。その最大の群れがここイエローストーンとジャクソンホールに棲息している。」（『わが野性のワイオミング』）

自然の美しさに恍惚とし、自分たちが先住民族や野生動物を滅ぼしたことに対して、嫌悪の情を見せているように見える。だが彼、オラウスと妻マーディの一家もまた、ワイオミングでの自然のなかでの生活を満喫するなかで、大なり小なり、同じ轍を踏んでいく。決して経済至上主義の人びとではない。むしろその反対で、彼らの生活は実に魅力的だ。山のなかでのキャンプの様子などは、まるで『大草原の小さな家』を彷彿とさせる。家族でしばしば愛犬を伴い、キャンプに行くのだが、極力荷物を減らす必要があったため、犬のための食料は持たない。どうするかというと、キャンプ地近くで銃を撃ち、リスを殺し、飼い犬に与えようというわけだ（もっとも飼い犬は、その銃の音に驚いて、逃げ出してしまうのだが）。よほど銃の音に辟易したのか、飼い犬は次から自力でマーモット（大形の地下棲リス）をとってくる。そして人間たちがそのおこぼれにあずかる。「『よし、もうチモ（犬の名）の餌の心配をする必要もなくなったようだね。若いマーモットは私たちが食べてもおいしいものだよ』とドナルド（息子）に言った。『ほんとうなの？』訝しげだ。『もちろんだとも。おいしい草ばかりを食べて育っているんだからね』」（同）

文化の違いといってはそれまでだが、生物学者が何のためらいもなく、犬の食料のためにリスを撃とうとする、そのラフな行為を、考えてしまう。この屈託のなさの延長線上のどこにも、「犯しがたさ」は存在しない。欧州、英国でもリスを撃つことくらいはするだろうが、そこにあるのはスポーツとしての特殊な熱狂で、この無邪気さとは何かが違う気がする。スポーツではなくても、例えば島国の英国の、貴族や地主階級に土地を牛耳られている世界では、貧しい農民が蛋白質を得るために猟をするには密猟によってしかない。銃を放つ音一つにしても密やかに、緊張感を持って行わなければならない。森は森番対密猟者の駆け引きの舞台となり、そこにもやはり、日本的な「犯しがたさ」は存在しえない（欧州の山岳部ともなると、事情は少し違っていただろうが、今回、そこまでは検証できない）。全く別のコンテキストの緊張と弛緩、美しく、また威圧する森の世界だ。もちろんスポーツとして猟をする人びともいるが、それにもまた別の文化の歴史がある。

新大陸では、入植者たちが望む望まぬにかかわらず、どうしようもなく土地やそこに付属する動物たちを「ラフ」に扱ってしまう。「自然に対する考えや配慮なしに行く手にあるすべての生命を踏みつけにした」と、自分たちを批判しながら、やはり人間というものは矛盾の中に生きているもので、知らず知らず、先人と同じような振る舞いに生きてしまう。やがてエルクの多く棲息するジャクソンホールにはごく当たり前のように周辺のハンターたちが、冬越しのための食料として狩りに来る。エルクを調査研究の対象とするこの生物学者も、一家の家長として、ハンター達に混じってエルクを撃ち、肉を持って帰る。その描写が、いかにも楽しくてたまらないという様子。厳しい冬を乗りきるためのサヴァイヴァルに必要だという大義名分が、充実感と、否定しようもない「楽しさ」をもたらす。

「(…)問題はさらに深くなっていく。昔から比べると猟のスポーツ性そのものさえ問題になってくる。人間の持っている動物を愛する気持ちと、猟のおもしろみが微妙な絡みあいを見せる。昔からの狩猟のあり方やスポーツマンシップをそのまま導入すれば、猟をする者がいなくなってしまう。大屠殺場のような狩猟期を過ぎると急にみんなが狩猟に対して反対意見を述べはじめ、『フィールドスポーツ』の域を超えたものだと主張するのだ。」(同)

彼は生物学者として、エルクの間に蔓延する病気の原因を調べ、その対処に奔走し、「冬のあいだじゅう、零下の屋外で雪や吹雪と闘いながらワピティ(エルク)の死を見つづけ、解剖し、寒さのなかを血まみれのまま家へ帰り、エルクの不運の記録を書きつづけたのだ。春になり勇敢にも生き残ったワピティたちが赤茶色の毛を輝かせ、ポプラの林を抜け、緑が色づいてきた山へ向かって移動をはじめる姿を見るときの私の感慨の深さを想像できるだろう。」(同)

エルクを撃つ楽しさと、ワピティを守る気持ちは何のディレンマもなく両立しうるもののようなのだ。自然から搾取することと、自然を保護すること。エルクを撃つときの文字通りゲームとしての高揚感はあっても、そこに恵みを与えてくれた山への感謝はない。そもそも山への「犯しがたさ」どころか、彼がどういい繕おうと、入植者全員に共通する、「山は侵すもの」という無邪気な感覚があったのだろう。脳内に里山奥山など存在せず、一律に見渡す限り、征服していける「土地」なのだ(なお、括弧で示したように、ワピティと書いてあるのはエルクのことで、彼は先住民の間で使われていた呼び名ワピティを使っている間は、前述のように、先住民寄りの感慨に耽る)。

オラウス・ミューリーは決して「平均的なアメリカ人」ではない。後にウィルダネス（原生）協会の会長となった、アメリカのナチュラリストの筆頭に挙げられるような人物で、国が誇る自然景観を未来へ残すためのウィルダネス保護法は、一九六四年、彼ら夫婦のキャビンで起草されたのだ。およそアメリカの自然に関わる仕事をする人びとで、彼ら夫婦に尊敬を払わぬ人間はいないだろう。その彼にして――という言い方は、適当でないようにも思うが――野生動物を狩りの対象とすることを楽しんでいる――何か、気質の組成のようなものが、徹底的に違うのだろう。では「平均的なアメリカ人」は、というと、例えば開拓等で西部に向かった「アメリカ人」は、一八五〇年には少なくとも二千万頭いた大草原のバッファローを、その二十年後には、ほとんど絶滅するまで狩り殺してしまっていた。これが平均的かどうかはわからないが、とてつもない数の「アメリカ人」が、その狩りに参加していたということだ。

マタギと昭和十六年刊『自然の観察』

日本では東北地方を中心として山にはマタギという狩猟の専門職がいた。西日本の山でも、専門職としての猟師もいたし、獣害対策としての意味が大きかった罠猟もまた、炭焼きなどの山仕事の一つとして行われていた。獣肉がジビエと名を変えてから、日本でも幅広い層に受け入れられるようになってきた。しかし日本ではそもそも、仏教伝来以来、獣肉を食することには（ことに公家を中心とした上流階級では）積極的ではなかった。だが庶民には比較的多種にわたって食べられていたし、獣肉を専門に売る業者もいた。そこにはマタギや猟師たちからのルートがあった。魚屋のそれと比べると、あまりおおっぴらにされていなかったこともまた、その特殊性を高めていったのかもしれない。仏教的に世間から異端視されるようなことであればことさら、せめて山の神の加護くらいなければ、心細くてやっていけないような気がする、はっきりとそのような理由ではなかっただろうが、そんな心情になってもおかしくはないだろう。山では何が起こるかわからない。最悪の事態を避けるためにも変なことをしてはならない。マタギなどは特に、山の神に対する礼儀と命をいただくという謙虚さが、ほとんど信仰のように儀式を伴って現れていたが、他の地方で自らをマタギと称さない猟師でも、マタギと繋がるような心情を有していた。

「狩人が猪を撃った時は、その場で頸《くび》のイカリ毛を抜いて山の神に捧げるのが、古くからの作法であった。その方法は、まずてごろの木を切って皮を剝ぎ、尖《さき》を割いて串を作り、それに毛を挿《はさ》んで立てるのである。—略—その折のとなえごとなどはもうなかった。ただ実直な狩人には、人にもの言うごとくに、よう猪をお授けくだされたと、唱えるものもあったという。」「山の神を祀《まつ》ることは、狩りの前にも行なった。幾日山を歩いても、さらに獲物に遭遇せぬ時は、いったん家に帰ってさらに出なおしたのである。そして山口に地を選んで、手ぢかの常緑木《ときわぎ》の小枝を二、三折敷いて、その上に酒を灌《そそ》ぎかけて祀った。山の神様、猪をシナシてくだされと祈ったと言うが、猪狩りに限ったことではなかった。シナシてくだされは狩人の言葉で、獲物にめぐり合せ給えの意であった。」(『猪・鹿・狸』)

　山の恵みを与えてくれるのが神であれば、その恵みとはもともと神の領域から自分のところへ下ってきてくれたものなのである。「犯しがたきもの」は奥山の彼方に在るが、それは「恵み」を通じて里山とも地続きに感知されるものであった。

山に入って小まめに手入れをする炭焼きなどの職業が壊滅に近い状態となり、間伐等が行われなくなった現代の里山が危機に瀕していることは、周知の事実だが、昔の里山がずっと豊かであったというわけではない。縄文時代から搾取される一方であった里山は、日本列島の人口が増加してくるにつけ、また戦乱などのあおりを受け、無残にも禿山同然の状況に陥ったところも多かった。江戸期には森林伐採が規制され、保護政策がとられ、持ち直したかに見えたが、明治期になり体制が変わると再び乱伐の危機に瀕した。

「山の姿が以前と較べてひどく変ったことは、自分などの記憶から判断しても、著しいものがあった。」これは前述した『猪・鹿・狸』の著者、早川孝太郎の言葉である。彼が幼い頃は、まだ、山には江戸時代の遺産が残っていたのだろう。明治の後期には、その遺産もどんどんなくなっていく様が、目に見える形で出てきていたに違いない。富国強兵に邁進する明治政府は、江戸幕府とは違い、里山の保全に目もくれなかった。同様にそれが日本人の情操にどういう関係があるかにも、皆目考慮しなかった。

　昭和十六年、いよいよ戦時色も濃くなるなか、理科の教師用指導書である『自然の観察』が発刊された。それは後に（二〇〇九年に二度目の復刊をされたときの帯に）「レイチェル・カーソンに先立つこと約20年、奇跡のように生まれた日本のセンス・オブ・ワンダー」と紹介されることになる「幻の名著」である。復刻版解説には、当時、編集に中心的にかかわった、文部省図書監修官岡現次郎氏の、この「指導書」を戦時下に出した顚末が書かれている（一九七五年に一度復刊されたことがあり、これはそのときに記されたものである）。それによると、明治期からの理科教育というのは、「文明開化主義の思想によって、国民に未知の自然科学を普及させようと努めたものであった。この未知学問を普及させるためには、―略―自然科学書を経典のように暗記させ―略―理科は歴史・地理などと頭を並べて、学ぶ者から暗記物として扱われてきたのであった。」（『復刊 自然の観察』）

自然科学という西洋からいきなり入ってきた新しい学問を、ともかく日本に根付かせねばならない。どうすればいいのか。まずとりあえず、寺子屋式の暗記しか思いつかなかったのも、当時としては無理もない。もともとそういう素地しかなかったところへ、欧米に追いつこうとしたあまり、まるで自然から切り離してしまうような自然教育をしようとしてしまった、ということだろう。

岡氏は小学五年のとき、この「尋常小学理科書」の、「馬は全身毛におおわれて、四本のあしがあり、大きな目が二つある」「さくらは大きい木になる。冬には葉はない」というような文章を読み、「理科というものは、なんでもわかりきったことを、もう一ぺんいい直してみるものだナ」という子どもなりの理解を持ったとしつつ、これは子どもの必要と興味を無視していた、と述べている。このような知識の片鱗を積み重ねていけば、究極では自然科学の全体がつかめるようになるのだ、ということだろうが、人間の行いは、知情意が一体となってはじめて起こりうるものであって、片鱗の暗記だけでは、科学的な行動は期待しえない、と。

ここから出発した新しい教師用指導書であったのだった。これは後に「日本型理科の原点」と呼ばれるようになる、画期的な「指導書」だった。

「自然の観察に教科書は不要。強いてつくれば教師は教科書で指導して、子どもを野外に連れ出すことをしなくなる」から、子ども用の教科書はなかった。

しかし昭和十六年である。米の配給制が始まったのもこの年、隣組制度が強化され、学徒動員のための繰上げ卒業も実施された。こういう年に、よくぞまあ、こんな発想の指導書ができたものだと、その科学者としての熱意と誠実さに胸が熱くなる。本人は淡々と書いておられるが、軍部への根回し等、大変であったことは想像がつく（その一端もお書きになっている）。ご本人の意識としてどうだったかはわからないが、激しい時代の流れのなかで、日本がどこへ暴走していくかわからないという、止むに止まれぬ不安と危機感がその行動の底にあり、「日本人の自然の見方」と科学的精神をここに融合させようとしたように思えてならない。今、このときにできることを、という切羽詰まった気持ちにもなられたのではないだろうか。

「科学的精神は、『自然のありのままの姿をつかみ、自然の理法を見出し、わきまえ、これにしたがい、さらに新たなるものを創造せんとする精神』である。したがって、その根本には、自然に親しむ心、自然に和する心がなくてはならない。同時に、あくまでも現実に即して、正しく、くわしく、明らかにものごとを考察・処理する精神的態度であり、また、常に工夫をめぐらして、ものごとのはたらきをよくし、よりよいものを生み出そうとする精神的態度である。」（同）

これは、「科学する日本の良心」だ。「自然に和する心」という言葉を持ってくるところなど、ご本人たちが考える以上に、ここには日本的な感性が息づいているように感じられる。

例えば本書の、「自然の観察2」第28課は、「春を待つ庭」、目的は、「庭の木立、木の芽、散り敷いた落葉の有り様、木かげや水の底などにひそむ動物の有り様などに注意を払わせ、冬の情景の中に春の仕度が整えられていることに気づかせ、この季節の特徴を印象づける。」とある。要項で、冬特有の景色について細かく記した後、いよいよ指導例が述べられる。児童を校庭に集め、学習を始める。

「冬の風

北のほうから強い冷たい風が吹いてきて、枯木のようなこずえを揺すって音をたてていたり、電線に当たってうなっていたりすることがある。これらの様子に注意させ、風がどちらから吹いているか判じさせる。風に吹かれて立っていると、冷たい風が耳に当たって、ヒューヒューという音が聞こえる。あちらこちら、向きを変えて、風の当たる感じの違うことを経験させる。この感じの違いから風の吹く方向に気づくものもあろう。風の吹く方向は、落葉・ちりなどの飛び方、煙・旗・洗濯物のなびき方などでわかる。これらを児童に見つけさせる。

学校へ来る途中で吹く風についても各自に話させ、向かい風であるとか、追い風であるとかいう程度でよいから、吹く方向に関心を持たせておく。そうして、次の『方角』の課の学習の準備にする。」（同）

これもまた実に日本的な自然の感得の方法であることを、著者たちは確信犯的に知っていたのだろうか。マタギの修行とも相通じるものがあるとさえ思われる。

筆者が英国にしばらく住んでいた若い頃のことだ。夏のある日、郊外の知り合いの家を訪ねた。小高い丘の上にあったその家に行くのに、麓から歩きながら、吹いてくる風に一筋、涼しいものを感じた。その夏中感じたことのないものだった。英国では夏場にセーターが必要なほど冷え込むこともあるが、そういう気候の気まぐれな変動ではなく、何か明らかに、もっと大きなサイクルで、確実に季節が次のページに入る準備ができた、という感じだった。それで、往訪先の友人に、秋が来た、ここに来る途中でそれを感じた、と話すと、怪訝そうな顔で、まだこんなに暑いのに……それは日本人の秋ね、と、最後はミステリアスなものでも見るようにうなずかれた。私は、ああ、この人たちにはこういう感覚がないのか、と、決して軽蔑でも差別でもなく、ただ驚きと新しい事実を知った新鮮な思いを味わった。それまで音楽でもなんでも、共感してきた相手であったから、なおのことだ。「秋来ぬと目にはさやかに見えねども風の音にぞおどろかれぬる」、という和歌を思い出したことだ。そういう季節の変化への感じ方（に、あはれを感じるという）もまた、日本人にありがちなものなのかもしれないとそのとき思った。

科学的精神というものがどういうものかは、どこかで承知している。そういう教育も受けたし、本も読んできた。折に触れ、その筋の素養のある人びとからの薫陶を受けてきた覚えもある。しかしＤＮＡに刷り込まれた自然に対する「犯しがたさ」を感じる気持ちは個人としても如何ともし難い。そういうことが、日本的であるということすら、こうして改めてあれこれ思いつくままに書き綴るまで、ことさら意識してこなかった。

ふだんは鳴りを潜めているそういう「特性」が、たまたま「深山近くの不思議な出来ごと」に遭遇すると、ひとりでに「里山脳」として稼働し、物語が動き出してしまう。

私は真夜中のＰＡで、コンビニで、何を見たのか。

判断保留にして、楽しんでいる。

金子文子『何が私をこうさせたか』

金子文子のことを、どう考えたらいいのか。

不遇な子ども時代を送った人である。親はあったが籍を入れてやろうともせず、学校へもろくろく行かせてもらえなかった。向上心も知識欲も人一倍あった子どもなのに。九歳で朝鮮の父方祖母の元へ行くことになるが、食べるものさえろくに与えられない激しい虐待に遭う。七年後、日本に帰国すると、父親は金目当てで実の叔父と結婚させようと画策する。家を飛び出し、自活の道を探るうち、朝鮮人の無政府主義者で社会活動家、朴烈《パクヨル》と出会い、同棲、社会主義者として活動する。関東大震災直後、治安警察法により朴とともに検挙、大逆罪で死刑判決を受けるも、恩赦により無期懲役となったが、獄中で自ら死を選んだ（と言われているが、詳細は不明）。享年二十三。

この本は、収監中判事に命じられて彼女が書いた、「生い立ちの記」である。死後五年経った一九三一年、出版された。以前読んだときには、彼女の境遇の悲惨さと、それに屈しない強靭さが強く印象に残った。近年、家庭内での児童虐待が社会問題化するたび、金子文子のことを思い出すことが多かった。同じように両親による児童虐待と言えば言えるのだが、現代のそれとは明らかに何かが違う、そしてまた、別の何かは時代を経ても変わらない。違うところは、彼女は貧しさゆえに顧みられていないだけで、現代のように密室の中で虐待のための虐待としか言いようのない「いじめ」にあっていたわけではないというところ。同じなのは、周囲の大人たちの、あまりに未成熟な点である。何より不幸なことには、子どもが成長するに必要な、「見返りのない愛情」というものを、彼女はとうとう経験することがなかった。友情、ということであれば、二人ほど挙げられよう。朝鮮時代に短期間交流のあったたみちゃんと、自活するようになってから知り合った、初代さんという、読書家の友人である。初代さんは、なんの下心も打算もなく、ただ純粋な友情から彼女に親切にし、哲学書や文学書を惜しみなく貸し与えた。彼女は貪るように読んだ。男友達を含め、他の誰も、彼女にこれほどまでの無償の愛、思索のための真の栄養素たる「言葉」を与えた人物はいなかったのではないか。

「(…)けれど私には一つ、初代さんと違った考えがあった。それは、たとい私達が社会に理想を持てないとしても、私達自身には私達自身の真の仕事というものがあり得ると考えたことだ。それが成就しようとしまいと私達の関したことではない。私達はただこれが真の仕事だと思うことをすればよい。それが、そういう仕事をすることが、私達自身の真の生活である。

私はそれをしたい。それをすることによって、私達の生活が今ただちに私達と一緒にある。遠い彼方に理想の目標をおくようなものではない。」

この年齢で、と、驚くほど澄んだ諦めと情熱が同居した思想を、彼女は持っていた。だが、今、彼女の年齢の倍以上を生きてきた自分が、読み返せば、彼女がまず戦わねばならなかったのは、資本主義や天皇制というより、もっと身近にひしひしと感じていたはずの、女性劣位社会ではなかったのだろうか。彼女に直接「権力」を揮っていたのは、「女のくせに」と理不尽な仕打ちをし続けた父親であったり、弄んだ叔父であったり、搾取し続けた母親の再婚相手であったりしたのではないか。それは、日本も朝鮮も変わらない。

聡い彼女は、そのことに気づいていたかもしれないが、運命がそれを彼女に許していたならば、どんな豊かな可能性があったかと、思うだに残念だ。彼女が書く山の自然の描写の細やかさ、母親の仕草の味わい深さを読むにつけ、これほど早逝が惜しまれてならない才能があったかと思うほどだ。

スヴェトラーナ・アレクシエーヴィチ『完全版　チェルノブイリの祈り』解説

チェルノブイリの二十年

「チェルノブイリ、これはわたしたちがこれから解くべき謎です。読み解かれていない記号です」

　この言葉は、著者・スヴェトラーナ・アレクシエーヴィチによる、自身へのインタビューの章、「見落とされた歴史、そしてなぜチェルノブイリはわたしたちの世界像に疑いをおこさせるのか」の一節である。本著は、「チェルノブイリ」を体験した人びとへのインタビューで構成されている。そのなかにはベラルーシ人である著者自身も含まれている。

　一九九七年、あの大惨事から約十年後、最初の『チェルノブイリの祈り』がロシアで出版された。翻訳者の松本妙子さんが後にこの本の一部となる原稿に出会われたのは、一九九六年四月であったということだが、そのわずか二年後には日本語版『チェルノブイリの祈り』も翻訳刊行されている。そして二〇〇〇年代、大惨事から約二十年後、『チェルノブイリの祈り』は大幅に加筆された。先述した自身へのインタビューは、およそ四ページから十三ページ余りにまで、三倍以上の分量に書き足されている。「謎」は少しでも解かれたのか。否、冒頭の言葉からも、謎はまだ「読み解かれて」いない。チェルノブイリの閃光は、社会を、科学を、政治を、哲学を、神話をさえも貫き、そして、太陽風が太陽圏の境界を変化させていくように、時間の流れにまで作用しているかのようだ。加筆された十三ページ余りには、この戸惑いも滲んでいる。結論ではないし、統括でもない。そういうことのできない類のことが起こったのだと、時を経てまざまざとわかってくる（結論が出せたり統括ができたりするのは、「そこ」を潜り抜けた後だ）。

「わたしは長いあいだこの本を書いていました……。ほぼ二〇年間……」

チェルノブイリ人はまだチェルノブイリ人であり、二十年経っても「そこ」にいる。

本書のなかでは、人びとによって、また彼女自身によって、いくつもの問いがたてられている。問うという行為だけが、「謎」の在り処を示す唯一の手段であるかのように。答えの見えない謎の「在り処」を、彼女は、問う言葉によって穿ち続けている。一つ一つ、頭のなかの観念によってでなく、手触りだけを信じて探し当てた、語り手たちの確かな言葉によって。

そういう二十年であったのだろう。

「わたし」のチェルノブイリ体験

「大惨事が起きた時とそれを語りはじめた時とのあいだに間《ま》がありました。ことばを失っていた時期が……。そのことがみなの記憶にのこっている」

やがて人びとは身近な言葉を集め始め、トルストイにもドストエフスキーにも無縁だった老いた農民たちが、哲学的思考を深める。日常のなか、生活のなかから紡ぎ出したそれらの言葉を、かき分けかき分けして、著者は記す。聞き手が現れるのを待っていたかのように、埋もれていた言葉が、瓦礫のなかで輝きを放つ。著者の天才性はそこにこそ発揮される。「我々ソヴィエト人は」など、複数の単位でしか語ってこなかった人びとが、「わたし」の物語を始めるのだ。著者・アレクシエーヴィチが彼女たちに語りかけ言葉を引き出す現場にこそ、実は書かれていない、最も緊迫するいのちの生まれる瞬間があるのだろう。

著者は問い続ける。あなたにとっての、チェルノブイリ体験とは。

心理学者のピョートル・Sは、「それに答えることができないでいる」と語る。代わりに彼が話したのは、自分の子ども時代に起こった、死と誕生にまつわることだった。いずれも、自分のなかに残る、鮮烈で名付けようもないもの、解釈のしようもないものについて、（チェルノブイリ体験の）代わりに語ったのだった。「（…）ぼくは崩壊しつつある、自分のこの無力さのせいで。すっかり変わってしまった世界を見てもわからないせいで」。「わかる」ための感覚がそもそもわからない。新しい言葉とともに、新しい感覚をも模索し続ける。

サマショール（強制疎開をさせられた村に自分の意志で戻って住んでいる人）のジナイーダ・エヴドキモヴナ・コワレンコは、村の皆が出て行ったあと、七年間一人暮らしを続けた。セシウムとは、畑に転がっていたきらきらしたかけらであった、と確信している。彼らは自分なりの「感覚」で見えない放射能を可視化していく。誰もいない孤独な生活の中で、彼女はどこか知らないところへ連れて行かれる夢を見る。「そこは町でもない、村でもない。そして、地球でもないのよ……」

一旦村を出て行っても、老人たちはまた帰ってくる。そこに彼らの生きた歴史があり、生活のすべてがあるからだ。長年模範労働者だった、スタハーノフ運動をやった、スターリン時代を、戦争を生き抜いた、ベルリンまで行った、あるいはパルチザンだった、そういう過去の自分の、存在の基盤ともなった「生きてきた証」が、意味をなさない「新しい」現実が立ちはだかっている――どちらが夢なのか、夢だったのか。著者は彼らの声を記録し続ける。

教師をしていた女性は、善は常に勝つのだと、子どもたちに教えてきた。しかしそれは、ほんとうにそうだったのか。すべての規範が揺らぐ。

「チェルノブイリ……。戦争に輪をかけた戦争よ。人にはどこにも救いがない。大地のうえにも、水のなかにも、空のうえにも」

「（…）もしかして、神さまはいなさらんのかもしれん、ほかのだれかかもしれん」

例えば「愛について」語ること

「彼らは死んでいきますが、だれも彼らの話を真剣に聞いた人はいない」

原子炉爆発直後の消火活動にあたり、致死量の四倍ものレントゲンを浴びてしまった消防士、ワシーリイ・イグナチェンコの妻、リュドミーラ・イグナチェンコの言葉である。旧版でも新版でも、このリュドミーラの証言が、著者自身の証言より先に置かれている。その場所を絶対に動かせないほど、圧倒的な「個人」の話なのだ。医者に隠れ、看護師に頼み込んで、「あれはもう人間じゃなくて、原子炉よ」と呼ばれる夫に、夜昼となく付き添う。

この大惨事が起こった一九八六年から十三年経った一九九九年九月三十日、日本の茨城県東海村で核燃料の加工作業中に作業員が被曝する事故が起きた。国内で初めての臨界事故だとされ、この患者を生かすべく、前例のない壮絶な治療が行われた。治療の初期の方こそ普通の生活者同士のように患者と応対していた看護師は、今までに見たこともない「病状」へと変化する患者を、ついに「肉塊」という言葉で表現するに至る。その凄まじさ（NHK「東海村臨界事故」取材班による『朽ちていった命』に詳しい）には言葉もない。苦痛を緩和するため強度の麻酔が使われていたというが、本人にどの程度「感知力」があったのか、意識がまったくなかったのかどうかは結局本人にしかわからない。家族の接触はおろか、親しく声をかけるひととてなく、もし感じていたのなら実験室のような病室での、その孤独の壮絶さたるや言語に絶する。それに較べれば——こういう比較が、どれだけ意味をなさないことか、ひしひしと感じながらも、それでもやはり、おずおずと呟かずにはいられない、それに較べれば、と——絶命するその寸前まで、呼べば妻がそばに来てくれると信じ、傍らで自分を気遣う妻の存在を、愛を信じ続けていられた消防士、ワシーリィ・イグナチェンコは——幸福だったのではないかと書こうとして、やはり書けない——少なくとも孤独の幾分かは救われていたのではないか。リュドミーラにとって死と愛はもはや一体化してどちらかを抜き出して語ることはできない、個人の物語であり、チェルノブイリそのものの物語なのだろう。

チェルノブイリ人とは誰か

ソヴィエト連邦が崩壊した後、タジキスタンやキルギス、チェチェンから内戦を逃れてチェルノブイリにくる人びともいた。それまで親しく暮らしていた隣人から向けられる殺意、ゲームのような殺戮の現場から逃れて、チェルノブイリで心からほっとし、人間の生活を取り戻すことができた、ここが自分たちの故郷だと語る。人間ほど恐ろしいものはない、とも。事故後のチェルノブイリに移住した彼女たちの証言も、事故体験者の証言とともに淡々と記録されている。彼女らもまた「チェルノブイリ人」である、と無言のうちに断言する、著者の意思が感じられる。政治体制の瓦解、そして起こるはずのなかったチェルノブイリの臨界事故。それらがなぜ起こったかについて説明しようとする出版物、記録フィルムは十分に巷に出た。が、あくまで小さな人間の一人として、日常の、個人のごく周囲の、生活の感覚から記録していくことに著者は徹しようとする。結局それが、人間に起こったものごとの本質というものに、一番肉薄する道筋ではないかと信じていることが伝わり、それが真実であろうことも伝わる。

著者は、「スターリンの強制収容所、オシフィエンチム（アウシュヴィッツ）……チェルノブイリ……。そして、ニューヨークの九月」と、人間の理解を越えた大惨事を並べる。今ならきっと、3・11、そしてこの新型コロナウイルスによるパンデミックもあげることだろう。放射能と同じように目に見えない脅威、人と人との絆に入り込むような、不気味なパンデミックを。

何千年もの間、世を統べていた摂理が今、変わろうとしている。違うコンテキストが剝き出しになって迫ってきている。しかし私たちにはそれを理解するコードがなかった。コロナ禍の現在、私たちはまたしても、「全く新しい時代」に直面している。それも、当事者として。情報や移動の速度の驚異的な変化により狭くなった世界において、人種を超え、国を超え、私たちそれぞれが、皆「コロナ人」なのだ。そういう「新しい」認識もまた、著者・アレクシエーヴィチが手探りしてきた、「新しい」感覚の端緒の一つなのかもしれない。我々もまた、「新しい」チェルノブイリ人——当事者——になったのか。

この本の日本語版タイトル、『チェルノブイリの祈り』が示唆するところを思う。今まで使ってきた言葉が、直面する現実に追いつかない——そういう事態を表す「記号」でもあったのだ、「祈り」とは。この本は、「チェルノブイリの祈り」以外の何ものでもない。次元を超えるようなまったく新しい意識の目覚め、まったく新しい言葉の獲得——否応なく、「人類の」時代は、それに向かっているのだろう。古くからひとが、人知を超えたものに捧げてきた、「祈り」とともに。

「コヴィッド－19人《じん》」として——特集コロナ後の人生哲学

落ち葉と冬の青空

日中はリビングのソファを簡易ベッドにして横になり、時折窓の外を見ている。狭い庭だが雑木林のようにとりとめなく木々が生え、地面は落葉で埋め尽くされている。そこをガサゴソと、何かが動く気配がしたと思ったら、十中八九、シロハラが落ち葉の下の虫を探しているところである。雲が動き、葉の落ちた枝々の間を通って日が地面に届くと、まるでその冬の光が心のなかにまで伸びてきたように心身が晴れやかになる。青空がこんなにもひとを幸せにするということを、この冬ほど感じたことはなかったように思う。日が差すのがうれしい。

ある訃報

昨年（二〇二〇年）の四月に、女優の岡江久美子さんが新型コロナウイルスで亡くなった。当時はまだ、この突如現れた耳慣れないウイルスに世の中はパニック状態で（それは今も続いているが）、決定的な対策も立てられないまま、報道番組も含めテレビなどでは、新型ウイルスは舌に集まりやすいから舌ブラシを使ったほうがいいとか、目からも入るからゴーグルが必要だとか、なんとか手探りで情報を得ようとしていた時期であった。人びとに親しまれていた、明るい笑顔の印象的な岡江さんが、家族の見舞いも許されないなか孤独のうちに亡くなったというニュースは想像するだに痛ましく、各メディアで大きく報道された。

岡江久美子さんについてよく知っていたというわけではない。それでも周囲の人びとの笑顔のなかで自身も楽しそうに笑う岡江さんの姿はよく目にしていた。温かな人びとの輪の中心にあったひとが、このような死を迎えるはずがないという衝撃。「え？　まさかあの人が？」この衝撃を、社会は悲劇として声高に広め、感傷的な共感力だけをセンセーショナルに要求し、消費した。それは、巨大なマスメディアの、それを動かしている個々の人びとも意識していないなかで、古代からの、悲しみに寄り添う「喪」の在り方の流れが突如発現した状況だったと考えることもできたかもしれない。彼女のためにはそうであったのだと思いたい。個人の死を、消費という言葉で分析するにしのびない。しかしメディアが、起こっていることの本質に向き合うことはなかったように思う。

カラスの来意

シロハラよりずっと小さなシジュウカラも、時折庭に来る。薄いカーテンに映る、シルエットの動きだけで、シジュウカラだとわかる。独特の機敏さ。命の力にあふれているのだ。以前キジバトが巣をかけたこともあったが、カラスに卵を奪われ、不首尾に終わった。今回の（私の）持病の治療は三週間おきに行われ、二週間ほどは絶不調だが、それからしばらくは家のなかを歩き回れるほどには回復する。そしてまた次の治療が始まる。そういう繰り返しの回復期に入った数日前、家のなかの空気を入れ替えようと、玄関ドアを開け放し、室内の主な窓を開けて回り、また玄関へと戻ってきたときのことだ。玄関横の駐車場の屋根を、丸々と太ったカラスが一羽、トン、トン、トンと、比較的大きな音を立てながら、屋根の低くなった際《きわ》まで降りてきて、不自然な姿勢でこちらを、つまり家のなかを覗いていた。私と目が合った。そのときは珍しいこと、とだけ思い、しばらく釘付けになったが、宅配便の配達人の気配がして、カラスは慌ただしく去っていった。

　一年ほど前に実家で身内が亡くなったとき、朝からカラスの群れが騒がしかったこと、私だけがそう感じたのではなく、近くに住む親しい友人がそういっているのを聞いた、と家族が話していたことを思い出した。生命力が衰えているときは、何かそういう雰囲気を察してカラスがやってくるのか、と、民俗学的に思ってしまう。こちらを覗いていたカラスは、私だけだったら、侮って家のなかに入ってきたのではないか。あの見合った短い時間、それを――こちらの力を――見定めようとしていたのではないか。浮かない気分でいろいろと考える。いやいや以前の東京都知事が捕獲作戦を実行して以来、カラスには密かにエールを送ってきた。この間、見えない信頼関係がカラスとの間にできていると思っていた。それはもちろん、自分だけの一方通行だとわかっていたが、案外カラスの方もそういう「マーク」の仕方をしていたのかもしれない（無理に明るい方へと考えを誘導する）。しばらく外へ出ない私を、どんな様子なのか確認に来たのだったか。気になって来たのならば、見舞いである。

　絆やつながりが、群れ社会の動物である人間には必要なものだと考えてきた。けれど昨今の新型コロナウイルスの蔓延の特徴は、岡江さんの孤独な死が象徴するように「会わないこと」

「話さないこと」「集まらないこと」を人類に課していくことにもある。免疫力の落ちた人間は特に周りから気遣われ、新型コロナでなくとも入院したが最後、岡江さん同様外界との接触は一切遮断される。体の痛みは、話す人間もいないなかで、否応なく個を際立たせる。唐突に現れたカラスも、その世界では表徴のように意味を持つ。

それは過去形で語り得ない

先般スヴェトラーナ・アレクシエーヴィチの『チェルノブイリの祈り』が改版された。旧版が、チェルノブイリ原発事故から約十年目、新版が二十年目に書かれた原文の翻訳である。何か新しい知見があったというわけではない。あの事故から十年経っても二十年経っても、「チェルノブイリ人」たち——著者の定義するところの、チェルノブイリを体験した人びと——はチェルノブイリ人で、起こったことの「渦中」にある、ということがわかった。あったのではない。過去形で語り得ない体験なのだ。

この本はアレクシエーヴィチの、「チェルノブイリ人」たちへの聞き書きで構成されている。サマショールのジナイーダ・エヴドキモヴナ・コワレンコは、事故後退去命令が出た後も、誰もいない村のなかで、七年間一人暮らしを続けた。「えらい学者」に、布団カバー、シーツ、カーテンを洗い直せ、といわれたのがどうにも我慢ならない。そういうものは、部屋の奥深く、長持ちの中に入っているもので、放射能がどうやって窓ガラスやドアを通ってこれるのだ。同じく井戸の水を禁止される。水が汚れているから、といわれ、これにも我慢ならない。こんなに透き通ってきれいな水なのに。彼女は自分の生きて来た時代の常識に、真っ向から反対するこれらの「新説」の馬鹿馬鹿しさに付き合うつもりはこれっぽっちもない。しかし村びと皆が出て行った後、オオカミが庭を彷徨《うろつ》くような、孤独な生活の中で、彼女はどこか知らないところへ連れて行かれる夢を見る。「そこは町でもない、村でもない。そして、地球でもないのよ……」

リュドミーラ・イグナチェンコはまだ新婚の若妻だった。熱烈な恋愛を経て結ばれた夫、ワシーリイは彼女の命そのものだった。消防士だったワシーリイは、原子炉爆発直後の消火活動に駆り出され、致死量の四倍ものレントゲンを浴びてしまう。モスクワに送られた彼の後を追い、リュドミーラも潜り込むようにして病室に出入りする。医師も看護師も彼に近づくことを禁止するが、少しでも彼のそばにいたいという彼女の必死さに根負けする。日を追うごとに、まるで人間ではないもののように変貌していく夫に、彼女は献身的に尽くす。妊娠していることは隠していたのだが、やがて医者や看護師の知るところとなり、このままだとお腹の子どももどういうことになるか、と諭される。看護師は「あなたの前にいるのはご主人でも愛する人でもありません、高濃度に汚染された放射性物体なんですよ。あなた、自殺志願者じゃないんでしょ！　冷静におなりなさい！」そばに寄るだけで被曝する、と彼女を遠ざけようとする。しまいには「ご主人はもう、人間でなく原子炉なのよ。いっしょに死んじゃうわよ」と絶望的に。だが誰も彼女を止めることができない。リュドミーラは当時のことを振り返りつつ、著者に呟く。

「彼らは死んでいきますが、だれも彼らの話を真剣に聞いた人はいない」

これだけの体験をしながら、彼らは誰にもそれを、共有してもらえなかった、誰もそれを共有できない。どこまでも徹底的に「個人的な体験」なのである。それは、同一人物とは思えないほど目の前で激しく外観の変わりゆく夫を見ながら、間断なく忍び寄る恐怖や不安をものともせず、ただひたすら夫に寄り添ったリュドミーラの心的状況もまた同じであっただろう。誰にも理解できないだろう体験。リュドミーラにとって死と愛はもはや一体化してどちらかを抜き出して語ることはできない、これは個人の物語であり、彼女にとってはチェルノブイリそのものの物語なのだろう。広く共有していく体験ではなく、どこまでも、個人のなかを穿っていくしかない当事者としての意識の体験なのだ。

目に見えない放射能の脅威と、新型コロナウイルスのそれが、同じ孤独という言葉でつながっていく。

否定された「振る舞い」

コロナ禍が長引くにつれ、あらゆる立場の人びとの、その立場なりの状況がわかってくる。飲食業等の人びとの苦境は言うに及ばず、せっかく入学した大学のキャンパスに、ほとんど足を踏み入れないまま、同級生たちと話す機会もなく、リモートで授業を受け続ける学生の孤独。日常的に呼吸器をつけ、生活するには介護者に頼らざるを得ない病にあるひとの、コロナ禍での生活の困難と、先行きの不安。同じく介護者との「濃厚接触」なしには生きていくことができない人びとのやるせなさ。

子ども社会での、今まで世代間で申し送りのようにして来た様々な振る舞い――大きな声で挨拶する、困っている老人や身障者がいたら手を差し出す等々――が、尽《ことごと》く否定されてしまった。そもそも、団子のようになって仲良く遊ぶ、ということができない。そういうことは、旧時代の風習のようになってしまうのだろうか。まったく新しい「常識」、そして、広く水平に共感を求め、探っていくのではなく、深く垂直に自らの深みへ降りていく思考様式。

たとえこの先十年が経ち、この疫病が風邪の類になったとしても、新しい疫病がまたやってくるだろう。そういう時代に入ったのだ。

ひと気のない検査室にて

しばらく入院していた昨年末の、ある日の夕方のことだった。外来患者が帰った頃の時刻、病室を出て、エレヴェーターに乗り、ＭＲＩを撮るためひと気のない検査室へ入った。受付でチェックリストを渡され、ベンチで記入しつつ、待ち時間を過ごした。

　その病院でＭＲＩ検査をするのは初めてだった。三台のＭＲＩ装置を備えている部屋は、金属製の厚いドアが開くたび、近未来の別世界が広がっているようで、時間帯も時間帯だったせいか、はっきりいって人間味がなく、空恐ろしい。ベンチは何列か並んでいたが、そのとき私の他には同じ入院患者と思われる男の子が一人、一番前に座っているだけだった。ようやく幼児から少年へ移行しようかという年格好の、小さな男の子だった。小学校の一年生か、幼稚園の年長さんか。彼の「柔らかさ」がその部屋では明らかに異質で、あまりにも無防備に見えた。私が来る前は一人きりだったのだ。家族の付き添いもないのは、コロナでそれが禁止されているからだろう。大きめのガウンを着て、野球帽を深く被り（おそらく脱毛しているのだろうと思われた）、行儀よく目をしっかり開けて座っていた。椅子が高くて、足が浮いている。そこへ、あのドアが開いて、出て来た職員がその子に話しかけた。大人にするように、チェックリストを確認し、男の子はそれにきちんと答えていた。しばらくして名前が呼ばれ、あの金属製の厚いドアの向こうに、その小さな子は物怖じもせず、真っ直ぐに顔を上げてトコトコと入って行った。その後ろ姿は私を粛然とさせた。これが勇気だと思った。

人種を超え、国境を無視し、人類のすべてを

何千年もの間、世を統べていた常識や倫理が、親から子へ、孫へ、伝えられてきた生きていくための知恵が、今、変わろうとしている。修行僧の類の、人類のごく一部にしか馴染みのなかったコンテキストが、全人類に向けて剝き出しになって迫ってきている。それが、「新しい時代」に入るということなのだろう。アレクシエーヴィチがチェルノブイリ体験者を国籍に関係なくチェルノブイリ人と呼んだように、グローバリズムの時代の流行り病の勢いは、人種を超え、国境を無視し、人類のすべてを「コヴィッド－19人」とするのだろう。是非は知らず、そういう方向に向かっているのだ。私たちはみな、コヴィッド－19人として、まったく新しい感覚と常識を備えていくのだろう。その移行期にあるのだと、ひしひしと感じている。

遠くへ！　遠くへ！――『わたしたちのたねまき』訳者あとがき

種はフロンティア（開拓）精神にあふれています。生まれたところには兄弟がいっぱいで、みなおなじ栄養素をもとめるため、生きのこるための競争がはげしい。それに根づいたら、まずそこから一生はなれられないわけですから、種のときの移動というのは、ほとんどの種にとって、はじめてにして最大の旅になります。より遠くへ、条件のいい場所へと向かうため、さまざまな工夫をこらします。

スミレの種は、アリに運んでもらうために（風で飛ばされて水の中やコンクリートの上に落ちてしまうより、アリに運んでもらったほうが確実に土のあるところに行けますから）種の一部においしい物質をくっつけています。一部に、というところが絶妙。ぜんぶおいしかったら丸ごと食べられてしまうでしょう。スミレがよく、コンクリートやアスファルトの亀裂から花を咲かせているのは、ぐうぜんそこへ種が飛んだわけではなく、アリの巣の出入り口がそこにあったということのようです。山歩きの好きな友人の庭には、都会のまんなかでありながら時折めずらしい山野草が芽ぶきます。靴のみぞに入りこんだ土の中にでも種がまぎれていたのだろうね、といつも感嘆します。昔、船に乗って運ばれてやってきて、すっかり日本の土壌に根づいたものもあります。シロツメクサたちです。家畜の飼料用としてやってきました。いわば食べられるためにやってきた場所で、したたかに子孫を増やしていったわけです。

セイタカアワダチソウ、ナガミヒナゲシなど、たくましい外来種が、どんどん増えて、新しい日本の風景をつくっています。すごいなあと思いますが、日本のクズだって、外国ですごい勢いで増えています。反面、数を減らしていくその土地の固有種もいます。固有種たちは競争がにがてな種族なのです。

長い時間をかければ、固有種にも、この競争の中で生きのびていく工夫ができていく可能性もあります。それまでに私たちが個人レベルでできること……具体的には、めずらしいからといって持ち帰らない。コロニーに足を踏みいれない。写真を撮るときは、まわりを踏み荒らさないようにする。地球温暖化をこれ以上進めない生活をする……などなど。何もしないで、ただ見守ることが、いちばんの応援になることも。

動物（人間をふくむ）も植物も、たがいを利用しているようで、知らないあいだに協力しあいながら、助けあいながら、宇宙から見たらたった一つの、地球の生命という大きな「実験」へ貢献しているのでしょう。

一人ぼっちで孤独だな、と感じるときは、自分は本来自分がいる場所から遠く、この辺境に飛ばされてきた種なのだ、と思えば、今生きていることそのものが、重大な任務のように思えます。お日さまの光を浴びて、大きく息をして、この、奇跡的にあたえられた任務を楽しみましょう。

蛇の末娘

昨年（二〇二〇年）の春、庭の片隅にムサシアブミというテンナンショウの仲間（マムシグサの仲間、といったほうがイメージが浮かびやすいかもしれない）が突然出現し、今年の春もまた同じ場所に出てきたので、これからずっとここを棲み家とするらしいとわかった。そういう話をしていたら、東北地方ではマムシグサのことを蛇の末娘《ばっこ》と呼ぶのだと教えてくれた方があった。

蛇の末娘。聞いた瞬間、その響きに陶然とした。「末娘」という語感から彷彿とする、甘えることに巧みな愛らしいイメージを、「蛇の」で、抜け目ない計算高さ——ある種の賢さ——と結合させ、しかも連綿と続いてきた血筋を思わせるところに何ともいえない深い物語性を感じた（その点「ムサシアブミ」は、武蔵国で作られていた鐙《あぶみ》に似ているのだな、でおしまいである）。

蛇という、自在に移動できる動物であったものが、樹陰の暗がり、毎年同じ場所に不気味さを漂わせつつ現れ、やがてひっそりと消えていくだけの動けない植物へと零落した、「蛇の末娘」。この名付けにまつわる流離譚もありそうだが見つからない。しかし最初に名付けた（創作した）者がいたはずだ。物語のことなど、意識すらしなかったかもしれないが。いや、もしかしたらこの「蛇の末娘」、都合四文字のイメージ喚起力のみが、彼あるいは彼女の物語のすべてなのかもしれない。だとしたら、潔い。

創る者も読む者も、人は人生のそのときどき、大小様々な物語に付き添われ、支えられしながら一生をまっとうする。

初出一覧

Ⅰ

伝えたい一冊
「なごみ」二〇〇二年一月号～一二月号　淡交社

今週の本棚
「毎日新聞」二〇〇五年四月～二〇〇六年三月

愛書日記
「読売新聞」二〇〇五年四月～二〇〇六年三月

マンスリー・ブックマーク
「朝日新聞」二〇〇七年四月八日、五月六日

子どもの本三冊
「東京新聞」二〇〇二年七月一七日、二四日、三一日

一瞬の火のような物語
「ＰＨＰ」二〇〇八年一一月号　ＰＨＰ研究所

小学生の頃、読んだ本
「フィガロジャポン」二〇一七年一二月号　ＣＣＣメディアハウス

II

小さな人たちのいる場所――映画「借りぐらしのアリエッティ」
映画パンフレット　二〇一〇年七月発行　東宝

「曲り角のさきにあるもの」を信じる――村岡恵理『アンのゆりかご』文庫解説
新潮文庫　二〇一一年九月刊　新潮社

不可抗力の魔術――ゴールズワージー『林檎の樹』
「小説すばる」記憶に残る美味しい情景《シーン》　二〇〇六年一〇月号　集英社

「あり得ないもの」の在《あ》る「日常」と――早川司寿乃『いつも通りの日々』解説
ポプラ文庫ピュアフル　二〇〇九年一一月刊　ポプラ社

緩急を得た片づけの妙――幸田文『流れる』
「SHINCHO ムック／新潮別冊　新潮創刊一〇〇周年記念 通巻一二〇〇号記念　名短篇」二〇〇五年一月刊　新潮社

「狂熱」の行方――片山廣子の場合　『新編　燈火節』解説
（片山廣子著）二〇〇七年一二月刊　月曜社

勤勉と受容――二軒の家をめぐって　ガルシア＝マルケス『百年の孤独』解説
（鼓　直訳）二〇〇六年一二月刊　新潮社

ユートピアは存在する——ガルシア＝マルケス『ぼくはスピーチをするために来たのではありません』
「波」二〇一四年五月号　新潮社

ハンセン病と自由について——特集「自由」って何？〈改題〉
「鬼ヶ島通信」Autumn 70＋5号　二〇二〇年一一月発行　鬼ヶ島通信社

パトリック・バーカム『アナグマ国へ』解説
（倉光星燈訳）　二〇二一年一月刊　新潮社　〈「アナグマ国へ——解説の前説」は書下ろし〉

バオバブのある風景　記憶を紐解く——映画「バオバブの記憶」
映画パンフレット　二〇〇九年三月発行　ポレポレタイムス社

まとめ上げ、醸し、解体する——加藤幸子『家のロマンス』
「波」二〇〇六年一二月号　新潮社

生命《いのち》をかたちづくる皮膚——傳田光洋『皮膚感覚と人間のこころ』
「波」二〇一三年二月号　新潮社

詩が伝わる歓び——井坂洋子『詩はあなたの隣にいる』
「ちくま」二〇一五年二月号　筑摩書房

真昼の星々への旅——水越武『真昼の星への旅』
「波」二〇一五年四月号　新潮社

書苑周遊　新刊この一冊

『ヴェネツィアのチャイナローズ』（アンドレア・ディ・ロビラント著　堤けいこ訳）
「中央公論」二〇一五年八月号　中央公論新社
『アルカイダから古文書を守った図書館員』（ジョシュア・ハマー著　梶山あゆみ訳）
「中央公論」二〇一七年九月号　中央公論新社

自らを映し出す暗渠——本田創、髙山英男、吉村生、三土たつお『はじめての暗渠散歩——水のない水辺をあるく』
「ちくま」二〇一七年一二月号　筑摩書房

存在の深みへ向かう旅——鷲尾和彦写真集『To the Sea』
「産経新聞」二〇一五年一月一一日

私の好きなクレスト・ブックス——グレアム・スウィフト『ウォーターランド』
「波」新潮クレスト・ブックスフェア　アンケート　二〇〇七年九月号　新潮社

III

今読む名作・話題作

ジェイン・オースティン『分別と多感』（中野康司訳　ちくま文庫）
「しんぶん赤旗」二〇二一年四月四日号
E・ネズビット『若草の祈り』（岡本浜江訳　角川文庫）
「しんぶん赤旗」二〇二一年七月四日号
吉野せい『洟をたらした神』（中公文庫）

「しんぶん赤旗」二〇二一年八月一日号
ジョー・シンプソン『死のクレバス』（中村輝子訳　岩波現代文庫）
「しんぶん赤旗」二〇二一年九月五日号
和田稔『わだつみのこえ消えることなく』（角川文庫）
「しんぶん赤旗」二〇二一年五月二日・九日合併号、六月六日号

和田稔さんのこと――群れにいると見えないこと
「サンデー毎日」新炉辺の風おと　連載（10、11、12）二〇二一年六月二〇日号、六月二七日号、七月四日号　毎日新聞出版

「その矢じるしの先っぽは、きみたちの国だよ」――佐藤さとる『だれも知らない小さな国』文庫解説
講談社文庫　二〇一〇年一一月刊　講談社

気づかぬままで――佐藤さとる展に寄せて
「神奈川近代文学館　第153号」　二〇二一年七月発行　神奈川文学振興会

「静《しづ》の成熟」と「明治の精神」――『定本　漱石全集　第九巻「心」』月報
二〇一七年八月　岩波書店

親密な関心の寄せ方――夏目漱石「文鳥」
「別冊太陽231　夏目漱石の世界」二〇一五年七月刊　平凡社

『サリー・ジョーンズの伝説』――どんな絵本を読んできた？

「この絵本が好き！」編集部編『どんな絵本を読んできた？』　二〇一七年八月刊　平凡社

北志向について――場所の力　言葉の種
「すばる」二〇一二年九月号　集英社

「ひとがた」のバランス
国立文楽劇場　第１２９回文楽公演　解説書　二〇一三年一月発行　日本芸術文化振興会

村尾嘉陵『江戸近郊道しるべ』
「東洋文庫通信」私のオススメの一冊　二〇一六年三月発行　平凡社

よい航海を！――作家と絵本　新たな陸地を目指す創作者の方へ
小野明編『絵本の冒険』　二〇一八年六月刊　フィルムアート社

Ⅳ

「犯しがたさ」と「里山脳」――特集日本人の自然観・死生観
「ひらく」2号　二〇一九年一二月刊　株式会社エイアンドエフ

金子文子『何が私をこうさせたか』
「中央公論」二〇一九年六月号　中央公論新社

スヴェトラーナ・アレクシエーヴィチ『完全版　チェルノブイリの祈り』解説

（松本妙子訳）二〇二一年二月刊　岩波書店

「コヴィッド‐19人《じん》」として——特集コロナ後の人生哲学

「ひらく」5号　二〇二一年六月刊　株式会社エイアンドエフ

遠くへ！　遠くへ！——『わたしたちのたねまき』訳者あとがき

（キャスリン・O・ガルブレイス作　ウェンディ・アンダスン・ハルパリン絵）二〇一七年一〇月刊　のら書店

蛇の末娘

「図書」二〇二一年七月号　岩波書店

著者略歴

1959年生まれ。『西の魔女が死んだ』で作家デビュー。小説、エッセイ、ネイチャーライティング、絵本など、さまざまな著作がある。

小説に『丹生都比売　梨木香歩作品集』『西の魔女が死んだ　梨木香歩作品集』『裏庭』『からくりからくさ』『りかさん』『家守綺譚』『冬虫夏草』『村田エフェンディ滞土録』『沼地のある森を抜けて』『ピスタチオ』『雪と珊瑚と』『ｆ植物園の巣穴』『椿宿の辺りに』『海うそ』『僕は、そして僕たちはどう生きるか』など、エッセイに『春になったら苺を摘みに』『ぐるりのこと』『水辺にて』『渡りの足跡』『エストニア紀行』『不思議な羅針盤』『鳥と雲と薬草袋／風と双眼鏡、膝掛け毛布』『ほんとうのリーダーのみつけかた』『やがて満ちてくる光の』『物語のものがたり』、児童書に『岸辺のヤービ』『ヤービの深い秋』、絵本に『よんひゃくまんさいのびわこさん』（絵　小沢さかえ）などがある。

ここに物語《ものがたり》が

梨《なし》木《き》香《か》歩《ほ》

発　行　2021年10月30日

発行者　佐藤隆信
発行所　株式会社　新潮社

〒162-8711 東京都新宿区矢来町71
電　話　編集部 03-3266-5411
　　　　読者係 03-3266-5111
https://www.shinchosha.co.jp
Photo/Sungmoon Han/EyeEm/gettyimages
装　幀　新潮社装幀室
印刷所　錦明印刷株式会社
製本所　加藤製本株式会社

ISBN978-4-10-429913-3 C0095
乱丁・落丁本は、ご面倒ですが小社読者係宛お送り下さい。
送料小社負担にてお取替え致します。
価格はカバーに表示してあります。

梨木香歩の本

新潮社

裏庭

荒れはてた洋館の、秘密の裏庭で声を聞いた――教えよう、君に。そして少女の孤独な魂は、冒険へと旅立った。自分に出会うために。

西の魔女が死んだ

学校に足が向かなくなった少女が、大好きな祖母から受けた魔女の手ほどき。何事も自分で決めるのが、魔女修行の肝心かなめで……。

エンジェル エンジェル エンジェル

私はひどいことをしました。神様は私をおゆるしになるでしょうか。――熱帯魚を飼うコウコの嘆きが誘う祖母の少女時代の切ない記憶。

からくりからくさ

祖母が遺した古い家で、私たちは糸を染め、機を織る。静かで、けれどたしかな実感に満ちた日々。生命の連なりを支える絆を伝える物語。

りかさん

おばあちゃんから贈られたのは黒髪の市松人形。名前はりか。不思議な力をもったその人形に導かれて、私の「旅」がはじまった。

家守綺譚

庭池電燈付二階屋、草花鳥獣河童小鬼亡友等豊富。それはつい百年前、新米知識人の「私」と天地自然の「気」たちとののびやかな交歓録。

冬虫夏草

『家守綺譚』の主人公・綿貫征四郎が、愛犬ゴローの行方を追って分け入った、秋色深まる鈴鹿山中で繰り広げる心の冒険の旅。

沼地のある森を抜けて

始まりは「ぬかどこ」だった。先祖伝来のぬか床が、呻くのだ。変容し増殖する命の連鎖、連綿と息づく想い。生き抜く力を探る長編。

丹生都比売《におつひめ》

梨木香歩作品集

胸奥の深い森へと還って行くものがたり。しずかに澄み渡る小説世界。「丹生都比売」の他「ハクガン異聞」等全9篇を収録、初の短篇集。

西の魔女が死んだ

梨木香歩作品集

ロングセラー小説とそれに繋がる「ブラッキーの話」「冬の午後」「かまどに小枝を」の3作を合わせて収録する、愛蔵決定版。

春になったら苺を摘みに

「理解はできないが受け容れる」著者が学生時代を過ごした、英国の下宿の女主人ウェスト夫人と住人たちの騒動だらけで素敵な日々。

ぐるりのこと

もっと深く、ひたひたと考えたい。生きていて出会う一つ一つを、静かに、丁寧に、味わいたい。ぐるりから世界を、自分を考える。

渡りの足跡

近くの池や川に飛来するカモたちにも、一羽一羽、物語がある。渡りの足跡を辿り、観察し、記録することから始まったエッセイ。

エストニア紀行
森の苔・庭の木漏れ日・海の葦

何百年もの間、他国に支配されながら、大地とともに生き、祖国への変わらぬ熱情を静かに抱き続けてきたエストニアの魂にふれる旅。

鳥と雲と薬草袋／風と双眼鏡、膝掛け毛布

ゆかしい地名に心惹かれる――地名をめぐる、滋養に富んだ旅の記録。『鳥と雲と薬草袋』『風と双眼鏡、膝掛け毛布』の合本文庫。

不思議な羅針盤

静かな真夜中に五感が開かれていく感覚。世界をより新鮮に、日々をより深く生きるには――万華鏡のように変幻する思いを探る。

やがて満ちてくる光の

創作の萌芽を伝え、読み手を照らす光。デビューから25年の作家人生を映し出すエッセイ。この一瞬を大切に生きていくために。

ここに物語が

本との出会いは、自分を観察する記録。そこでは、変わりゆく自分にも出会えるのだ。日常に共にある本と物語をめぐるエッセイ。